沽上纪闻

林希 著

天津出版传媒集团
百花文艺出版社

图书在版编目（CIP）数据

沽上纪闻 / 林希著. -- 天津 : 百花文艺出版社,
2025. 1. -- ISBN 978-7-5306-8926-4
Ⅰ. I247.7
中国国家版本馆 CIP 数据核字第 2024WS3687 号

沽上纪闻
GUSHANG JI WEN
林希　著

出 版 人:薛印胜
选题策划:汪惠仁　**编辑统筹:**徐福伟
责任编辑:王亚爽　**装帧设计:**任　彦
出版发行:百花文艺出版社
地址: 天津市和平区西康路 35 号　**邮编:** 300051
电话传真: +86-22-23332651（发行部）
+86-22-23332656（总编室）
+86-22-23332478（邮购部）
网址: http://www.baihuawenyi.com
印刷: 山东临沂新华印刷物流集团有限责任公司
开本: 880 毫米×1230 毫米　1/32
字数: 198 千字
印张: 10.375
版次: 2025 年 1 月第 1 版
印次: 2025 年 1 月第 1 次印刷
定价: 68.00元

如有印装质量问题,请与山东临沂新华印刷物流集团有限责任公司联系调换
地址:山东省临沂市高新技术产业开发区新华路 1 号
电话:(0539)2925886　邮编:276017

林希先生的“衰年变法”

○ 肖克凡

我是天津人，自然关注天津作家，自然更关注天津老作家，他们是“夕阳红”“银发族”，尽管难称“国宝”，至少可称“市宝”吧。时逢二〇二三年，有位远在美国的津门老作家接连在本埠《天津文学》杂志闪亮登场，佳作迭出，宝刀不老，委实令人惊叹不已。八十八岁高龄而佳作迭出者谁？林希先生是也。

我认识林希先生时间不短了，那是二十世纪九十年代初期，我有幸与他共同经历了丰富而复杂的文学时代。记得我曾写过一篇林希先生的人物印象记，我这样写道：“在我们这个具有儒教文化传统的国度，盛产德高望重的大师，可谓泰山北斗。相对而言‘老顽童’则是难得的精神境界。”

这么多年过去了，我越发觉得光阴无情，那么人就更宝贵了。我对“老顽童”也有了更为深刻的理解，无论德高还是望重，并非人人都乐于成为老顽童，当然，也不是德高了望重了就能够成为老顽童。

成为老顽童不是说成就成的，那是经过人生历练的，好比金属热处理的淬火。我就不成，所以我视林希先生为人生榜样。

回忆与林希先生相处的日子，真是有趣。二十世纪九十年代，我俩有段时间几乎每天在久华里游泳馆会面，他老人家"非典型自由泳"的动作，令我至今难忘，甚至产生"白色大鱼"的联想。我热衷于游泳，或多或少跟林希先生有关：谁不喜欢"白色大鱼"这道风景呢？

那时，我常跟林希先生去紫金山路的喜来登饭店吃自助餐，每客一百九十八元，现在听着便宜，那时挺贵的。我的"规定动作"是跟着吃，您的"自选动作"是买单。他老人家说"咱哥儿俩不用客气"，我就说是"咱爷儿俩"。以津门习俗如此称谓者，在天津文学界好像没有别人。

自助餐吃惯了，我自然要问为何总是周六中午到喜来登吃自助餐。他老人家笑了笑，就是天津人所说的内涵颇为丰富的"嘎笑"，于是我的请益得到如此答复："嘻嘻，只有周六中午有大个海螃蟹，还有自己动手切片的正宗烤鸭。"

诚哉斯言！林希先生的"嘎笑"里还含有几分孩子气的得意。如今回忆您的经典表情，我算是明白了：他老人家年近九旬，依然能够写出字里行间不乏"嘎笑"的小说，纯属必然。

我以为这"嘎笑"是颗种子，不断生出根深叶茂的文学植物来。没错，林希小说是野生的，比爬山虎铺得广，比爬山虎爬得高，瞄着你家六楼窗台就来了。你开窗见喜，哈哈大笑吧。

这里就是文学的阅读窗口，请读者诸君往里瞧吧，瞧瞧林希小说为何引人入胜。

从二十世纪九十年代的《寒士》《茶贤》开始，林希先生求诸野，一篇篇小说拉开“林希热”的帷幕：《相士无非子》《蛐蛐四爷》《高买》《丑末寅初》，以及获得鲁迅文学奖的中篇小说《小的儿》。多年前林希先生尚未出国定居，他请我观看根据他的小说改编的话剧《相士无非子》。剧本也是他写的，那时他已然七十多岁了。我就开玩笑说：“老爷子您能写到九十九岁。”果然，年近九旬的林希先生于二〇二三年在《天津文学》杂志就推出四部小说，引得蒋子龙先生专门写了文章，对其称赞不已。

当然，这两年林希先生的小说新作同样引人入胜。此番结集出版，多篇都是《小说月报》转载的精品，现将我的读后感写出来，读者诸君容禀。

二〇二三年林希先生发表的小说都编进了这部小说集，其中有《大太子列传》《二壶居小酒馆》《哈罗，县太爷》《做梦发财三题》。我拜读老作家新作，不禁感慨起来。

林希先生写作持续半个多世纪，仍然保持业已形成的鲜明风格，具有极高的辨识度。拜读这些小说犹如隔墙听人说话，一张嘴就知道是谁的声音。一个作家写作风格的形成，绝非易事。

有的作家写作多年难以形成自身风格,更遑论辨识度。那么如何概括林希先生小说的风格特征呢?我认为很难概括。那么如何抽象林希先生小说的艺术特色呢?我认为很难抽象。我只能说林希先生说道的事情,皆文章;林希先生信手拈来的事物,皆景致。

《大太子列传》借助《史记》的体例,把活生生的大太子给您拎过来,小说手段何等潇洒自如,以“不吐核”的方式对大太子吐了槽,让您相信只有天津卫才有这路货色,也让您相信只有天津卫老作家才能够写好这路货色。这在华夏神州绝对属于“缺宝儿”。如果有人存心再杜撰一个,那只能是“二太子”了。这就是林希小说的独特性与稀缺性所在。

林希先生对津味小说的贡献,首先在于您的小说语言,淋漓尽致地表现出文学的民间性,举凡民间性才是独特性。

请看《二壶居小酒馆》里的句子:“酒馆掌柜,是一位五十来岁的于大爷。于大爷年轻时是一条好汉,不知道谁跟于大爷过不去,废了于大爷一条腿。于大爷没走‘君子报仇,十年不晚’的道路,一抹脸,罢了……”说一条腿残疾了,用“废了”二字形容,没有比这更到位的。于大爷不走君子报仇的道路,用“一抹脸,罢了”表示,我以为没有比这更地道的了。这就是林希小说语言的魅力。

林希先生小说创作颇丰，他的小说基本以故事为载体，多年前便在《北京文学》发表文章提倡“好看小说”，指出“好看小说”首先要有好故事。好的小说故事不光以好的小说语言讲述，更是由精彩绝妙的小说人物支撑起来。说白了，小说故事不过是小说人物的行为凸现而已。林希先生的小说人物，个顶个如此。

请看：《哈罗，县太爷》里精通《奇门遁甲》的于之乎先生，如是；《流浪汉麦克》里穿着大皮鞋的穷小子，如是；“飞来横福”的老河沿儿先生，亦如是。由此上溯到《相士无非子》《蛐蛐四爷》《高买》《丑末寅初》……林希先生拿出的篇篇小说，都有精彩绝伦的人物，可谓一以贯之。林希小说的成功有人归之为故事的成功，窃以为是小说人物卓尔不群，一个个都是生色而不是熟脸。这正是林希先生为文学人物画廊做出的贡献吧。

自从林希先生移居海外，我很久不得当面请益了。此番他的新作展示面前，提供给我虔心拜读的大好时机。一个真正的小说家如何为文立世呢？我想起多年前林希先生说过的那句话——要有坐冷板凳的耐心。说是耐心，其实是文学定力。林希先生从诗人转型小说家，不惦记当官、不贪图发财，埋头写作不声张，就是生生把那张文学板凳给坐热了。当你阅读他的一篇篇小说，你会感受到人的体温，毕竟文学是人学，小说要有人味。林希小说充满了人味。

中国书法家自古有“衰年变法”之说，寻常之辈则视其为危途而不敢涉险，以免前功尽弃。小说界并无此说，小说界看重作家的风格独创，更看重衰年而宝刀不老。林希先生便是衰年而宝刀不老的奇迹创造者。所以我说林希先生是我的榜样，他老人家寿比南山的文学生命力，照着一百开外就去了。

林希先生出版新书，特意嘱我作序，令晚辈诚惶诚恐。斗胆写出上述肤浅文字，就权作读后感吧，以略表文学之心。克凡这厢有礼了。

尘世谭趣

○ 林希

望九高龄，喜尚能饭，饭后负暄养心，冥冥中忆起大半生所闻所见、所历所为种种趣事，无奈尘世纷扰，大半生所历所为皆为不如意事，难得一二可语人者，甚是欣喜得意。唯恐健忘流逝，立即操笔录之为文。日久天长，便积下了这许多非史非文粗俗文字，披阅再三，虽觉食之无味，小读书人敝帚自珍恶忌，竟然编辑成牒，更蒙朋友读后不弃，无意间散布于肆。肆中君子得暇，权且哂读，或能消闲喷饭。拜谢拜谢。

目 录

引 子

沽上者，旧时津地俗称也。

津沽一带，原为滩涂之地，退海之后，残留七十二沽或谓七十二洼，土著民众依沽而居，或耕或织，或商或渔，和睦相处，温饱即安。津人天性和善，吃苦耐劳，邻里和睦，市风肃正，果然人间福地也。

近代开埠以来，津沽一带领西风之先，工厂林立，高楼群起，更有精英人士聚集定居，不多时，天津已成为世界繁华大都市了。

繁华都市，八方民众杂处；水旱码头，人人辛勤奋斗。或兴或衰，或成或败，每日皆有感天动地的表演。

不才如我，寓居沽上八十五载，沽上乃天下趣闻、奇事繁生之地，记下几宗市井怪谈，以为消遣，倒也乐事。

《沽上纪闻》，非史非文，多是市井闲杂无聊传闻，于人无所教益，于己无所成就。迟暮之人，教化民众，早已无能为力；传世流芳，更非吾辈所能。“天生我材必有用”，身无重任在肩，胸无大志,随意文字,聊以自娱。

如是,便有了这不成体统的几则粗俗文字,乡中诸贤知我怜我,宽有体恤,如此,就任我放肆了。

流浪汉麦克

欧罗巴游轮在天津大光明码头靠岸，德国流浪汉麦克最后一个从甲板上走下来，手里提着一个破皮箱，脚上蹬着一双锃亮锃亮的法国名牌路威酩轩皮鞋。就因为这双名贵皮鞋，流浪汉麦克被一辆小汽车接走，送进了天津英租界有名的野鸡窝公寓。

时代变了，许多事情年轻朋友听不明白是怎么一回事，所以只能先把正事按下，说说那个时代的种种猫腻。

头一宗事，大光明码头是从渤海进入天津市区的第一个可以停靠万吨级轮船的大码头，也是当年外国游轮进入中国的第一大港。那时候天津虽然没有现在这么多的高楼大厦，但是各租界也很是繁荣，连美国人、英国人来到中国，第一站看看天津，都觉得大开眼界。

那时候西方世界许多人都跑到中国来淘金，或者说是到中国来发展。这些人中，许多人带着资金带着技术来中国开办实业，但更多的人，两手空空，是中国人说的俩肩膀顶一颗脑袋来中国找饭辙。那时候中国刚刚敞开门户，商机多，无论做什么生意都能发财，于是许多外国投资失败者，就跑到中国来碰运气。那个时候在中国，除了中国人没运气之外，是个洋人就有运气，许多洋穷光蛋来到天津，没几个月时间就成了大富豪，买了房子，办了公司，有了汽车，收认了“干闺女”，一个个都成了社会名流。

那么野鸡窝是什么地方呢？

野鸡窝是一处教会办的收容站，来天津碰运气的流浪汉，在大光明码头下船，常常遇到码头上停着一辆小汽车，凑过去，用英语搭讪，说我是谁，只身一人到了天津，身上分文没有。好了，野鸡窝的汽车打开车门，请你坐进去，一阵风就把你拉到位于英租界的野鸡窝去了。

进了野鸡窝，洗澡、睡觉，一日三餐有面包、咖啡、火腿，白吃白住三个月没人撵你；住满三个月，你还没找到事由，滚蛋。再来野鸡窝，就没人理你了。

有人说，野鸡窝风水好，无论什么流浪汉，住进野鸡窝，保证到不了三个月，准能找到事情做。有本事的，可以进公司做职员，吗也不会的，也能找到一处有饭吃的地方。顶顶不济，还能做个小生意，反正不会挨饿。

野鸡窝怎么就这么灵，身无分文，吗也不会，在野鸡窝里住上三个月，有人当上了经理，有人坐上了汽车，有人办起了公司。天津人在天津活了好几辈子，一辈子没辙的人多的是，要是他们也来野鸡窝蹭蹭仙气，好歹能有个活路，不也算是你野鸡窝的德行吗？

不行。

野鸡窝不认中国人。

难道无论哪个洋人在天津登陆都可以登上野鸡窝的汽车,被拉进野鸡窝白吃白喝三个月,然后一拍屁股走人吗?

非也。

停在大光明码头的野鸡窝汽车里坐着野鸡窝的堂主,他的两只眼睛在从船上拥下来的流浪汉中扫来扫去,看着是个人才,野鸡窝堂主一点头,司机才拉开车门,迎接这位爷登车去野鸡窝呢。

今天野鸡窝堂主怎么就将流浪汉麦克迎进汽车里了呢?

非常简单，因为流浪汉麦克从轮船上走下来的时候,脚上蹬着一双法国路威酩轩皮鞋。路威酩轩皮鞋，世界驰名。手艺人路威酩轩家族专门侍候法国皇室成员,据说拿破仑大人一生只穿路威酩轩皮鞋。及至现代,在法国能够穿上路威酩轩皮鞋的，无论进哪家餐厅都会被引进最豪华的餐室,餐厅老板亲自侍候他一顿大餐而且绝对不收钱。您老能够屈尊光临我家小小的餐厅，已经是我小小餐厅无上的荣光了,本餐厅于此表示无上感谢,云云。

不过,说来也奇怪,身无分文的流浪汉麦克何以脚下蹬着一双价值连城的路威酩轩皮鞋呢?或者说,这双无价之宝的皮鞋怎么穿到穷小子流浪汉麦克脚上了呢?

嘿嘿,昨天夜里,这艘轮船上发生了一桩风流奇案。

一位名士,半夜摸进情人房里,两个人欲云雨一番成其好事,可偏偏他二人正要入港之时,听见外面房门“咯吱”一声被打开,这位贵夫人的丈夫喝酒回来了。这位名士匆匆从床头上蹦下来,幸好窗外跳板连着走廊,名士赤着双脚溜回自己老婆身边去了。

第二天,名士夫人发现丈夫的路威酩轩皮鞋不见了,自然一番审问,名士回答说,昨晚在甲板上玩球,踢球时用力过大,一只鞋甩到海里去了,看着如此名贵的路威酩轩皮鞋只剩下了一只,一气之下,他又把另一只甩到海里去了。果然,不会说谎的男人不是好男人,夫人一听,有理,还嘱咐丈夫说:“以后晚上不要去甲板踢球了,黑乎乎的,若是跑得太猛,一个收不住脚,翻过栏杆掉进海里,那可比一双路威酩轩皮鞋的损失大多了。”

“就是,就是,夫人所言极是。”

既然如此,这双路威酩轩皮鞋怎么就穿到流浪汉麦克脚上了呢?

流浪汉麦克多年来有个习惯,无论乘车还是坐轮船,到地方他都最后一个离开。为什么?因为他要在各个房间巡视一番,看看床上、床下有没有什么遗留的东西。这一次,他遛到一间特等房间,看到床下有一双锃亮的皮鞋。流浪汉麦克也不知道是什么品牌,脚伸进去一试,还能凑合,他就穿着走下轮船来了。

野鸡窝堂主身患颈椎间盘突出,坐在汽车里东瞧西望,脖子直不起来,只能低头看地面。忽然,他眼睛一亮:“路威酩轩皮鞋!就是他,快请进来,野鸡窝迎来贵客了!”

住进野鸡窝，堂主好酒好肉地侍候着流浪汉麦克。只是很可悲，流浪汉麦克在野鸡窝住了三个月，最后还是被六亲不认的堂主一脚踢出去了。

自从天津教堂设立了野鸡窝，多少年来，凡是被野鸡窝接进来的流浪汉，都是住不到三个月就有了立身之处，有的被什么洋行接走，摇身一变成了副经理；有的自己开办实业，做起了大生意。只有这位流浪汉麦克，在野鸡窝白吃白喝三个月，一桩事由也没找到，一点饭辙也没有。按说野鸡窝养你三个月，到时候不等野鸡窝轰你，你就该有了去处，还清三个月的酒肉钱，早早地搬出去了。野鸡窝堂主等了三个月，不见流浪汉麦克有任何动静，还是每天出去遛大街，晚上空着两只手回来。有时候回来晚了，饭厅已经打烊，流浪汉麦克自己爬窗户进去，拿两个面包填肚子。

倒霉蛋流浪汉麦克怎么就如此不走运呢？好大一个天津卫怎么就没有一处地方收留他呢？

不是他没本事，野鸡窝朋友教给他的几手活，他都尝试过了，不顶用。

他在起士林餐厅门外窗台上坐过，看见小汽车停下，车里下来一位洋人，他远远地招一下手，别管人家理不理他吧，跟在大腹便便的洋人后面就往起士林餐厅里面走。

走进起士林餐厅，人家大腹便便的洋人被侍者引到一张餐桌前，坐下，他自然不敢跟着坐下，自己悄悄走近，从餐桌上抽一个牙签，叼在嘴里，潇洒地往外走，当然不会有人阻拦，只是玩这手活的人太多了，起士林餐厅侍者也没冲他的背影鞠躬，也没有人把他踢出去，只由他自己没趣地溜出去了。

据说，有人专门在起士林餐厅门外等着这种人。天津老土豪开的洋行，都要找个洋人坐在洋行里充数——没有洋人的洋行，能是洋行吗？怎么就没人看上流浪汉麦克呢？人家脚上还蹬着一双路威酩轩皮鞋呢。只是，天津人眼多尖呀，隔山买牛，都能看出公牛母牛，一看你走路的德行，就知道你那双路威酩轩皮鞋是“借”来的，不跟脚，鞋号小，脚大，走路时脚后跟不沾地，用脚尖踮着走路。路威酩轩皮鞋都是按脚形定制的，不是你的鞋，你能穿吗？

穿帮了。

再有一个原因，流浪汉麦克没有受过音乐教育。天津特色，给洋人做马仔，你得有十足的洋味，腊头（即现在的猎头）冲着他吹口哨，他没接茬儿，别把天津人看土了，真货洋人，有讲究，吹的口哨，都是西洋歌剧名曲，流浪汉麦克接不上茬儿，失之交臂了。

自己做小生意吧，实在没有本钱：就是卖香烟火柴，你也得有几元钱呀。身上一文没有，天天逛马路，连电车都不坐，你说他怎么有本钱做生意呢？

一不能混事由，二不能做生意，怎么办？流浪汉麦克可就真要挨饿了。

最重要的是，流浪汉麦克太笨了，在野鸡窝住了三个月，中国话只学会了几句：“你好”“吃了吗”“多少钱”“您老贵姓”“官茅房在哪里”，等等。而且发音不准，“你好”说成了

“你耗”；“吃了吗”说的是“七拉木”；“官茅房”三个字，不好发音，他就一只手揪着裤裆向小孩儿们比画，天津小孩儿也坏，往天上一指，朝天上滋吧，爷儿们。

在野鸡窝混到三个月，你得给人家滚蛋了呀。可是，哪儿去呢？再三恳请，野鸡窝堂主答应只能给他一个睡觉的地方，就在野鸡窝的储藏间里。储藏间里堆放着破衣服、臭皮鞋，这倒也好，流浪汉麦克每天从野鸡窝储藏间扒出几件破烂，摆在马路上，好歹也能换几个小钱，如此就可以在马路边上的小摊上买两个窝窝头，有时候还是枣窝头，日子过得虽然狼狈，到底也没饿死。

野鸡窝储藏间里的破烂，最终也有被流浪汉麦克盗卖一空的时候。储藏间空空如也了，流浪汉麦克真没辙了。

在天津卫，天津人饿肚子，街坊邻居们看着不能不管。大杂院里，谁家今天没饭吃，天津人说是“扛刀了”，挨饿的人家门外的煤球炉子没冒烟，到了饭口，邻居们就会趁着院里没人，悄悄地在他家窗沿上放两个窝头，他自己也要趁着院里没人，悄悄把两个窝头拿进房里，悄悄给孩子吃了，再嘱咐孩子出去别说“咱们家今天断炊了”。

洋人住在野鸡窝，野鸡窝里的住户没有煤球炉，洋人流浪汉即使今天扛刀了，也还要西装革履地出去装蒜，抽冷子混进大饭店，拿根牙签叼在嘴里，走出来装出酒足饭饱的德行，一双眼睛东瞧西望，看马路上有没有谁丢了一分钱，好捡起来去换窝头——洋人说的“天津面包”。

终于到了走投无路的一天，偏偏黄鼠狼专咬病鸭子。天时已到深秋,寒风专打独根草,流浪汉麦克在外面逛了一天也没找到办法,饿肚子了,天又下雨了。上帝呀,阎王爷呀,真把人逼上绝路了。没办法,肚子饿事小,先找个地方避避雨呀。捂着脑袋瓜子走呀,走呀,流浪汉麦克又走进了德租界。德租界的房子,都是两层独栋小楼,一个大阳台伸出来,住户们晚上各自坐在自家的阳台上和邻居说话。

天已经快黑了,德租界冷冷清清,流浪汉麦克钻进一家的大阳台下面避雨。这倒霉的雨下个没完,流浪汉麦克躲在阳台下面犯困,把破大衣拉长了蒙住脑袋瓜子,晕晕乎乎,渐渐地睡着了。

睡着了,就都是美事了。

睡梦中,流浪汉麦克驾驶着一艘游艇在大西洋上飞驰,迎面的浪花,一片一片打在他的脸上,好爽!最浪漫的是,一只大龙虾跳出海面,直愣愣地扑在流浪汉麦克的脸上,流浪汉麦克自然不会放过这只混账龙虾,一伸手似是抓住了它的尾巴。龙虾一挣,跑了。又一只龙虾跳上来,重重地砸在流浪汉麦克的脑袋瓜子上,好痛好痛,脑袋瓜子几乎被龙虾砸破了。

流浪汉麦克一下子蹦起来,抬手捂着脑袋瓜子,这一抬手,从脑袋瓜子上抓住了一个东西,很重。哎呀,这若是一块面包多好呀!德国人爱吃硬面包,即使面包块小点,好歹也能填肚子。流浪汉麦克已经一天没有吃东西了。

抓着那个东西放在眼前一看,硬纸盒,比火柴盒大些。什么东西?德国妇人的首饰匣。哎呀,若真是一枚钻石戒指,爷儿们就发财了。想着,想着,流浪汉麦克激动得双手发抖,紧紧地闭上眼睛,将硬纸盒拉开,突然睁开眼睛,再看,呸,针,缝纫针。

对于此类没有任何用处的东西或者是没有一点用处的人,中国有句老话,说是“食之无味,弃之可惜”。流浪汉麦克手里的这盒针,何止是食之无味,你敢将它放进嘴里,它不把你嘴巴扎烂才怪!留下吧,可野鸡窝里的男人不会做针线活,白白被针盒砸了一下,一点好处没沾着。中国人说,人走了倒霉运,放屁砸脚后跟,喝口凉水都塞牙。

流浪汉麦克灵机一动,想起马路上有人卖缝纫针。他围观过,大约一分钱一根针。那是什么针呀?就是铁丝磨出个尖尖来,再有个针眼,用不了几天,就生锈了。偶尔也看见过小贩卖德国缝纫针,简直就是表演:立起一块木板,远远地将一盒德国缝纫针扔过去,“当”的一声,一根根德国缝纫针插在木板上,拔出来针尖锃亮。天津人围过去抢着买,一根德国针最少可以卖到一角钱,比十根中国针还贵,人家的东西就是好嘛。

回野鸡窝在储藏间里睡了一会儿,还没等天亮,流浪汉麦克就爬了起来,逛马路去了。今天也怪,逛了大半天,没遇见一个卖针的汉子。他一只手揣在裤兜里,紧攥着德国缝纫针盒,一双眼睛东瞧西望。天津人眼贼,一看就知道这小子口袋里有货。

“吗货?”一个青年凑过来,向麦克问着。

麦克又是何等精明的人,立即把德国缝纫针盒掏出来,向天津人递了过去。

“玩去。”天津人抽了一下鼻子,不屑一顾地走开了。

麦克小哥还没闹明白天津人说的什么话,第二个天津人凑过来说:“瞧瞧。”

麦克小哥自然明白,识货的来了,再把德国缝纫针盒送上去。

这次,天津人没让麦克小哥玩去,信手扔过来一张五角钱的钞票,转身走开了。

“No! No!”麦克追上去,拉住天津人的衣领,表示五角钱太少,天津人也不争辩,一扬手又扔过来两角钱,几步就跑远了。

本来麦克想追上去,要那个天津人再加点钱。麦克知道德国缝纫针,小市一角钱一根;一个针盒,里面两打二十四根针,至少你得给我一元五角。

只是,没等麦克小哥追上去,又一个天津小贩拦住麦克:“还有吗?”

麦克被问愣了, 这盒针是昨天夜里从租界楼上扔下来的,今天夜里还会有人往下扔针盒吗?

“有,有,你要多少?”也不知道麦克小哥哪儿来的勇气,当即他就答应天津人说,“明天还有德国针。”

“有多少要多少。”

“明天还在这里。”麦克信口答应着。

“好咧,不见不散。”

“一言为定。”明天的生意做成了。

手里捏着七角钱，麦克小哥跑上大街，买了七角钱的天津麻花，便提着一筐天津麻花回到租界地，挨家敲门。“太太，有缝纫针吗？一盒缝纫针，换一根天津麻花。”呼啦啦，半天时间，麦克小哥就换到手五十盒缝纫针。

第二天，发财了。麦克小哥也非等闲之辈，小架子端上了，一元五角一盒，言不二价。讨价还价者，go away！再磨蹭，get out！你给我滚蛋。

口袋里有了钱，流浪汉麦克体会到有钱人的感觉，腰板硬了，走路抬得起头了。对面有人走过来，不必早早溜边了，理直气壮了。

只是，这点钱花不了几天呀！就算不吃大餐，只吃天津煎饼馃子，也吃不了几天呀！想办法，还得想办法。

想什么办法？

还得进德租界想办法。那天晚上从阳台往下扔针盒的那位太太，今天会不会还从阳台上把第二个德国针盒扔下来？

笑话。

可是，那天从阳台上扔针盒的德国夫人，今天不肯再扔第二个针盒，那明天买面包的钱哪里来呢？

管不了那么多，反正今天肚子填饱了。

回到野鸡窝，麦克小哥拉开被子就要睡觉。几个挤在墙角犯愁、没辙的倒霉蛋看见流浪汉麦克好像刚啃过面包喂饱了肚子的模样，过来和他搭讪，问他今天买面包的钱是哪片天空飘下来的，还是在地上捡的。流浪汉麦克灵机一动，有了！何不将这几个倒霉蛋利用起来，派他们到德租界挨家挨户收集德国缝纫针去呢？

果然有效，几个没辙的倒霉蛋一听流浪汉麦克要他们去德租界挨家挨户收集德国缝纫针，问好价钱，收一盒缝纫针，流浪汉麦克给一元钱。条件之一是外包装不得破损。

“好咧！”呼啦啦，野鸡窝一群流浪汉一股脑跑进德租界。“当当当”，一阵骚乱。后半夜，一个个回来，流浪汉麦克床头堆起了上百盒德国缝纫针，包装完好。这下有饭辙了。

转天晚上，流浪汉麦克坐着小汽车回到野鸡窝，俨然德国贵族老爷了：西装换了，手表戴上了，文明杖拿上了，眼镜配上了，金戒指戴在手指上了，大雪茄叼上了。野鸡窝堂主听说野鸡窝来了一位大富豪，立即跑下楼来，站在大门口，鞠躬迎接。德国大富豪趾高气扬地走进野鸡窝，堂主伸过手去，正要握手，抬头一看，嗐，你小子呀！你还欠我三个月的饭钱、房钱呢。

野鸡窝堂主何等精明，一眼就看明白流浪汉麦克是怎么回事了：真发了财，口袋里都是大额钞票。

你流浪汉麦克掏出来一大把小票。“要来的？”

“不是，不是，我没有讨饭，没给野鸡窝丢人。我做的是正宗零售生意。”

“什么生意？”

“德国日常生活用品，零售。”

“哦，别拿二郎神不当神仙，我早就看出来阁下不是凡人，普通人能足蹬路威酩轩大皮鞋吗？只是阁下不肯屈尊低就,小庙供不下您的尊位,这才终于找到了大庙。住着吧,住着吧,您大可不必急着搬家。先大房间合伙住着,臭皮鞋味不好闻，我立即让人给您收拾楼上的房间。什么饭钱房钱呀,免了,全免了。您在我这儿住,就是给我面子。

“冒昧冒昧,您的公司在什么地方?正好有一批正牌德国日常用品寻找贸易伙伴。原来野鸡窝的一位朋友,想做厨房用品生意,从德国带来一批厨房用具,其中有菜刀、水果刀、剪刀。”

“好了好了,别啰唆了,你告诉他把东西全送来吧。”

“可是,送到什么地方去呢?”

“明天我告诉你,地址早找好了,说是什么大道,一时记不住,明天让秘书告诉你。”

第二天下午,野鸡窝堂主接到一位女士的电话,这位女士声音好甜,只一声“喂”,就让堂主一双膝盖瘫软掉了,“咕咚”一声,坐在沙发上,屏住呼吸,静听这位女士说话。

“喂,喂,堂主先生,我是董事长麦克先生的办公秘书,请您通知送货方于明天下午五点二十九分准时将货物送到德租界巴德利路增一号。请复述电话内容。”

“是是是。”堂主将那位女士刚才通知他的内容复述了一遍。准确无误,女士放下电话,堂主先生这才眨眨眼知道自己还活在世界上。

麦克的生意火了。德国厨房用具“菜刀不用磨,使用十年依然削铁如泥”,缝纫机“纳鞋底”越用越好用。铲子、勺子,无论什么厨房用品,绝对经久耐用,天津各家饭店厨房全都用上了德国厨房用具。麦克先生呢，早就不在野鸡窝住了，麦克洋行在一幢大楼门外挂上了牌子，大门外三个印度人站岗，一个印度人鞠躬，一个印度人开门，一个印度人引路。走进大楼，接待登记，找什么人、办什么事，传达室和里面联系，电话应了，一位小姐走过来。“先生，请随我来。”小屁股一扭，你就跟着走吧。那股法国名牌香奈儿香水味呀，熏得你不要不要的。

在天津住了八九年，麦克先生的生活习惯已发生了许多变化。

首先，麦克先生喜欢上了天津美食，煎饼馃子、锅巴菜。每天早晨，麦克先生一定到马路边的小摊上买一套煎饼馃子，还要夹馃篦儿——棒槌馃子吃着不脆，再要一碗锅巴菜。最重要的是，入乡随俗，麦克先生对辣椒油吃上了瘾，锅巴菜摊的辣椒油只有一小缸，全倒给麦克先生还嫌没味。锅巴菜小摊给麦克先生预备下一小碗辣椒油，供他单独享用。

几年时间，麦克先生染上了第二大天津症候——看热闹。天津人的看热闹，世上少见，一个人蹲在马路边上看天，一会儿时间就围拢过来一群人，一起望天望了半天，吗也没有；原来看天的那位爷站起身来走了，后来围过来的人还蹲在那里接着望天，望了半天，还是吗也没有，但人们还是不肯散去，接着你一言我一语讨论：“你说，他刚才看吗？”说着四面钟敲了十二下，吃饭去了。

麦克先生到底受过西方文化熏陶，热闹事只看一眼，看看就走，不浪费时间。可就是看看就走，也赶上倒霉事了，麦克先生又变成穷光蛋了。

那一天麦克先生正坐在他的洋行里读流行小说，就听见外面人声鼎沸，就好似大河决堤，洪水滚来，地动山摇。天爷，发生什么大事了？透过洋行大玻璃窗向外张望，成千上万的人一面喊叫着一面往一个地方奔跑。前面跑得慢的小孩儿，被后面冲上来的人推倒。没人管，人浪立即拥了过来，也不知道被推倒的那个孩子被踩死了没有。

麦克先生正想着外面究竟发生了何等大事，就听见外面人们大喊："着火啦！大舞台着火了！"

世界知名大都市天津卫，那年月每天都要"发生"几起火灾，一天从早到晚，救火车鸣叫着刺耳的警笛声在马路上跑。反正人们只要听到救火车的鸣叫声就立即散开，没人问什么地方失火。老天津人都知道这点猫腻，没事。发生火灾，救火车奔赴现场，有出警费，白天一元；过了夜间十二点，出警费两元。消防队警察，上班后抽上一支烟，哥几个活动活动啦，一个警察把报警器用力一摇，"噔噔噔"，全体警员乱哄哄地跳上救火车，"嗷"一声，救火车开走了，有光膀子的，有趿拉一只鞋的……一支烟没抽完，回来领出勤费和外落儿。所以，天津卫后半夜救火车满城跑，车上的警员相互打招呼："我们那儿三缺一呀，候着您啦。"

如此，在中国看中国热闹是一桩很有兴味的事，麦克先生在中国看热闹最多的地方是天津卫，很是看了七八年的热闹，也见识了许多他做梦也想不到的情景。麦克先生爱思索，每看过一桩热闹，他都要深思这桩热闹是什么事件，其中又含蕴着怎样的华夏文化，它又达到了怎样的文化高度，云云。

麦克先生看到过婚礼游行，就是娶媳妇的迎亲队伍。他思考中国人结婚为什么要把新娘子装在一个花布房子里在大街上穿行，还要吹奏着各种乐器，耀武扬威地热闹一番。他更看过中国人为死者送葬的场面，中国人说是出殡。他不明白，中国人的送葬行列，为什么送葬的人走在棺材前面？那个走在最前面的人，穿着白布袍子，一路上“呜哇呜哇”地放声大哭。正常情况下，一个人大哭是要流眼泪的，而这位大哭的送葬者却只是听声不见泪。其中含蕴着什么博大精深的东方文明呢？

不理解就不理解吧，非我族类，慢慢学着吧。兴许有一天，你老爸死的时候，你也就被人搀着走在你老爸的棺材前面，“呜哇呜哇”地感天动地了。

“今天赶上了着火，一定要去长长见识。”

说着，麦克先生蹬上了他那双价值连城的路威酩轩大皮鞋，鞋后跟也没有提好，匆匆地就往外跑。出门一看，又令麦克先生不可理解了，明明说是大舞台失火了，正常情况下，发生火灾的地方必然是火灾现场的人往外跑，逃离现场。而他看到的情景，却是成千上万人从远离火灾现场的地方往火灾现场跑，想了想，麦克先生明白了，果然是东方文明呀，一方有难，八方支援，大家得知大舞台那地方失火，各地的人一齐跑来救火，值得学习也。

救火，至少要提个桶呀，麦克先生跑出来的时候太匆忙，没有带一件救火的用具，好在天津人包容，看他是个老外，不懂规矩，空着手跑来出个人力，终究精神可嘉。往里面跑吧，跑了一大段路，看见天上滚滚的浓烟了，看到排成长队开不进去的救火车了，更看见成千上万的人指手画脚地各自评说了。看到就看到了，再看也没有什么意思了，麦克先生转过身想退出来，公司还有事情要做呢。

只是，麦克先生退不出来了。前面是成千上万的人，背后更有成千上万的人，人与人之间挤不进一条腿，麦克先生用力想拨开后面的人，用他熟练的天津话大声央求："借光借光，让我出去，让我出去，我有事。"

你有事呀，有事去吧，这地方是你想来就来，想走就走的地方吗？中国有句老话"既来之，则安之"，你老老实实地在里面待着吧，起码一半的人退出去，你才能转身往回走。

麦克先生不肯"则安之"，一定要退出去。他用力推开一个人，更用力分开后面的一群人，肩膀碰肩膀，双脚踢双脚。倒行逆施也。直到大舞台天空上黑烟消散了，人群动了，麦克先生才退出了身子。

我的天爷，麦克先生挤出了一身大汗，抬起胳膊来抹抹头上的汗，一低头，哎呀，大事不好：麦克先生发现脚上的路威酪轩大皮鞋，被人踩掉了一只。

"我的鞋，我的皮鞋！"麦克先生大声喊叫，无人理睬，人群还是呼啦啦往外跑，没人理会有人丢了一只大皮鞋。

再挤进去找呀，可好不容易挤出来，再想挤回去，没那么容易了。

看热闹丢鞋，平常小事也。天津卫每一桩热闹事，最后清场，都要捡出成筐的鞋，有布鞋，有皮鞋，有高跟鞋，有拖鞋，一只一只，成千上万，反正没有成双的。

只是，麦克先生被踩丢的可是非同小可的一只路威酩轩大皮鞋呀。

靠着这双大皮鞋，穷光蛋麦克先生来到天津卫，一下船立即被请进英租界野鸡窝，在野鸡窝里白住了三个月，吃得白白胖胖。再后来，蹬着这双路威酩轩大皮鞋，又去起士林西餐厅里转了一圈，终于遇到一位中国洋行大经理，立即把他带到一幢大楼，请他坐在一张办公桌后面，聘书下来，任命他为这家洋行的副经理，工作就是每天穿着这双路威酩轩大皮鞋，在洋行里坐着吸烟、喝茶，见有人进来谈生意，先冲他甩两句洋话，然后请出真经理，由他们两个零售多少、批发多少地谈生意去也。

从大舞台火灾现场出来，麦克先生全身哆嗦，心里阵阵发冷。他知道丢了一只路威酩轩大皮鞋对他意味着什么。明天他如何趿拉着一只鞋去洋行闲坐呀？面对大玻璃窗，是把足蹬一只皮鞋的大腿架在光脚的一条腿上，还是把光脚的一条腿架在脚上穿鞋的一条腿上呀？哎呀哎呀，难了难了。

一夜没睡，第二天天未明，麦克先生匆匆跑回大舞台火灾现场，现场一片狼藉，地毯式检查，吗也没有。灵机一动，他找到清洁队，找到清理火场的工人，询问昨天清理火场拾到的鞋子倒在哪儿了，说是送垃圾场了。天津垃圾场有好几处，说是送到河东老坟场去了。麦克先生坐胶皮车来到河东老坟场，喜出望外，果然看到一堆鞋，找到一根棍，一只一只扒拉，扒拉过来，扒拉过去，到下午五点半，也没有找到路威酩轩皮鞋，其中绣花鞋不少，看来天津姐姐和天津大哥一样爱看热闹。

失魂落魄，麦克先生耷拉着脑袋瓜子回来，晚饭也没心思吃了，蒙头大睡。第二天早早给洋行送去请假信，再去寻找路威酩轩大皮鞋。

半个月后，洋行解聘书送来了，麦克先生只甩了一句地道的天津话："我×，介(天津方言，指'这')是怎么说的。"

悲夫，麦克先生又当他的流浪汉去了，只是，德租界那位从楼上往下扔缝纫针的住户搬走了，流浪汉麦克又得找饭辙去了。

哈罗，县太爷

上

天津府县太爷，官在五品，天津平头百姓的“父母官”也。

公元一八九八年，清光绪二十四年，天津府县太爷，正五品县知府余盛世大人，四十五岁。这位余大人不光是光绪二十年头榜进士，而且还是倡导西学的敬业学堂在读生，如是，余大人自然就是学贯中西的贤达了。而且，最重要的是，这位余盛世大人在位十余年，为官清正，明镜高悬，治理有方，民望极高，甚得朝廷赏识。

到了公元一九〇〇年，清光绪二十六年，天下大乱，大清王朝运交华盖，国势衰颓，走倒霉字了。举凡学贯中西、为官清正的贤达之辈，此时必有惊世骇俗、力挽狂澜之壮举。果然，此言不谬，天津府县太爷余盛世大人，就演出了一场载入天津县志的惊人事件。

未说县太爷余盛世大人惊天动地的大事之前，简要地介绍一下清代县政府的编制：清代县政府设县长一人，副县长二人；县长、副县长之外，设一名主簿，主簿者，相当于现在的秘书长一职，统管日常事务，就是俗话说的“大拿”。

余盛世先生就任天津府县太爷的时候，天津府的主簿、大拿是五十岁的于之乎先生。余盛世大人的一切公务，皆由于之乎先生安排，县太爷余盛世一切交往，于之乎先生必然陪同，他二人形影不离。更有甚者说，县太爷余盛世大人不过是天津府主簿于之乎大人操控的一个提线木偶。

何以天津府县太爷余盛世大人就任由他手下的主簿操控呢？现在说是工作能力强，那时候说是学问大，天津府衙门县太爷余盛世精通四书五经，否则也考不上进士。只是，真正的治世学问，还要靠《论语》，俗话说“半部《论语》治天下”，这“半部《论语》”里讲的就是治世的权术，明白了吗？偏偏天津卫就出了一位精通《论语》的名士——于之乎先生。这位大人的名字，就占了“之乎者也”中的两个字，你说说，这名字该有多大的学问吧。

于之乎先生学富五车，是天津卫无人不知的大儒，举凡过往天津的官员、名士，路经天津，登门求见于之乎先生为一等大事。于之乎先生接到求见函，自然先要考量考量此公的名望、身份，更要考证此公十辈之内有没有做过对不起国人的勾当。经过如此一番考量，十位求见者多不过五人能得见于之乎老先生的真容，如再蒙于之乎大人一时高兴，赏赐墨宝一帧，实乃三生有幸，捧回家去，以为镇宅之宝了。

于之乎先生隐居于闹市，不张扬，不惹事，住在一处小四合院里,过着与世无争的日子。这座小四合院地处老城里东门内。天津人说东门贵,西门贱,老城东门里一带的住户,多是圣贤学士之辈,其中有津门研究《诗经》的泰斗,有藏书万卷的老学究,有发现中药材“龙骨”是珍贵甲骨文的老中医……谁说天津人是一伙俗民,小看天津人了。

那么,家住东门里小四合院里的于之乎大人到底有什么过人的学问呢?

杂学。

真正的读书人知道,最大的学问,就是杂学。读书人告诉你,研修中国历史,必须读尽历朝野史。正史里只记载着某朝某代皇帝出生于某年某月某日,于之乎先生却考证出某朝某代皇帝出生的那一天天地间出现了怎样的异象。汉刘邦,于某年某月某日出生,那日天上突现一条黄龙冲进刘邦老娘住的茅草小房,然后又一声惊雷,惊天动地,如是,这位举世无双的皇帝就出来了。信不信由你,反正于之乎先生讲得头头是道。

不仅遍读野史笔记,于之乎先生对于一切杂说,譬如星象学、易学、子平学、阴阳学、八卦学……真可谓无所不通。

精通各类杂学的同时,于之乎最精通的,是一部名为《奇门遁甲》的著作。我的天爷,《奇门遁甲》可是一部天书呀,小老儿自己读了几十年,至今一窍不通,他于之乎先生居然能将《奇门遁甲》讲得清晰透彻,若他心无灵犀,焉能得《奇门遁甲》之真谛乎?

奇门遁甲,夺天地造化之学也,精通《奇门遁甲》能够前知五百年，后知五百年，无论何等杂乱无章的事态，靠一部《奇门遁甲》都能决断出一条对策。如是，治世者身边都要有一位《奇门遁甲》学士，才能不偏不倚，遇事不慌，逢凶化吉，起死回生。

信哉！

就因为于之乎先生精通《奇门遁甲》，县太爷余盛世大人上任伊始，就三顾茅庐将隐于闹市的于之乎先生请了出来，在县衙内做了一名主管一切的主簿。县太爷大人每天到职，军机处的指示，大理院的公文，领会朝廷的圣意，知晓民间疾苦，今天审哪个案子，发什么告示，什么人来访，接见什么人，参加什么活动，说什么话，着什么装，朝服还是长袍马褂，等等，事无巨细，一桩一桩主簿大人都给你安排妥当了。只办这等琐事，于之乎先生是不肯屈尊就任的。县太爷请于之乎先生出山，就是请他共同决策大事，治理天津地方，此等大事绝非他人所能胜任。

余盛世大人出任天津府知事，坐上了县太爷宝座，必须有一位得力助手，这位助手，就是主簿于之乎大人。余盛世县太爷第一次请于之乎先生出山辅佐县政，来到于之乎先生家门，递上名帖，担心于之乎不知道来者是何方神圣，在余盛世名字前面，注明了自己的身份——天津府知事。

县太爷余盛世想着，平头百姓于之乎得知县太爷屈尊登门来访，一定会吓得魂不附体，立即连滚带爬地迎出来，跪在门内叩见。只是没想到，县太爷余盛世大人在门外站了半天，听见门内似有匆匆脚步声，听着脚步声一声声跑近，突然，于之乎先生家门“咣”的一声，狠狠地撞上了。

不见。

岂有此理，县太爷屈尊礼贤下士来见你，你竟敢狠狠地将院门撞上，拒之门外！

陪同县太爷屈尊来访的随员衙役们自然不肯罢休：“反了，敬酒不吃吃罚酒，老东西于之乎算哪棵葱！”说着，诸班衙役抡起哨棒就往里面冲。

“不可！”县太爷喝住诸班衙役，训斥众人，“贤人门前不可放肆。”

平头百姓门外，县太爷三次投名帖竟然被拒之门外。这真是，县太爷求贤若渴，穷措大敬酒不吃。

怎么办？

最好的办法，县衙门有个部门，叫典史，典史者，如今的公安局也。公安局是干什么的，世人尽知。派个差役将典史的人唤来，给我把这家的大门砸开，不多时间就把他个书呆子揪出来。好一个大胆的穷书生，本县县太爷屈尊求见你，你本应受宠若惊，乖乖出来跪迎大人，吃了什么豹子胆，竟然不理大人。

但县太爷余盛世大人自幼秉承华夏文化优秀传统，知道对读书人不可动粗，只好暂且忍受奇耻大辱，安安静静立在门外恭候于之乎先生开门出来。

果然，于之乎先生架子再大，他总有个大解小解的时候。一阵匆匆脚步声，院门“哗”的一声打开，于之乎先生内急，东张西望，直奔官茅房去了。

于之乎先生从官茅房出来，走到自家院门，突然发现县太爷静静地立在院门外闭目养神。

“哎呀，小民在房中潜心读书，不知县太爷屈尊造访出巡，更未能设案备茶迎接，真是有罪有罪。”

听于之乎先生如此一说，县太爷心中默默骂了一句：好一个老坏嘎嘎，我三次投名帖，你闭门不见，此时你见我求贤若渴，三顾茅庐心诚，又在我面前装好人了。看我收你做主簿后，不给你穿小鞋才怪。

如此这般，于之乎先生恭迎县太爷走进宅院，请进大花厅。

走进大花厅，于之乎先生请县太爷余盛世大人落座。防备县太爷请他出山治世，当头一棒，先请县太爷余盛世大人吃一杯闭门羹。点着了水烟袋，于之乎先生先向县太爷余盛世大人说道：“古训曰，官府不进民宅，大人今天屈尊寒舍，想必是有要务在身，只是小民于之乎身下无嗣，县太爷如下兵书，于之乎实在愧于家园，不能送子投笔从戎效忠朝廷也……”

于之乎先生的话音未落，县太爷余盛世立即摇着双手，打断于之乎先生的话，告诉于之乎先生：“今天不为征兵而来，只是、只是……”

“那么，容小民于之乎禀告大人，草民于之乎大半生闭门读书，不问天下纷争，于治国平天下之事，一窍不通……”老泥鳅，既然你不为征兵而来，必定是要我出山助你治理本埠了，对不起，小民于之乎不侍候也。

话未出口，先吃了闭门羹。县太爷自然也不是等闲的人物，先放下正事，东拉西扯，说些闲白，疏通疏通感情；说到话投机时，再往正题上扯。

好了，好了。

古人云，士无癖不交。大凡有学问的人，你想和他套近乎，先看他有什么癖症，投其所好，找到共同语言，成了同好之士，就可以说知心话了。

于之乎先生有什么癖症呢？他有学问。

说《三字经》？看他不把你踹出去。

又好了，听说于之乎先生对《奇门遁甲》极有研究，何不和他盘道一番，说说《奇门遁甲》的事呢？

“本官奉旨就任本县知府，实在是才不配位。”

“不能不能，余盛世大人就任本府知事，实为本县百姓之大幸矣，实至名归，实至名归也。”

“只是，只是，盛世不才，半生闭门读书，原来这治世之道，决断万般事端，还有一门能夺天地造化之学，此学该是出自那部《奇门遁甲》吧？哎呀哎呀，我连书名都不知道，之乎先生见笑了。”

“《奇门遁甲》本不在经史子集之列，县太爷大人求取功名，自然不会涉猎此等奇巧杂书的。”

“不敢不敢。”

你不敢，我不敢，又是一堆不敢也。

这一下，于之乎先生打开了话匣子，越说越投机，越说越来神——那才是你比我知道得多，我比你明白得透彻，他二人已经成了知心好友了。

县太爷余盛世大人先说，姜子牙用《奇门遁甲》之学，帮助周武王建立了周朝；张良用《奇门遁甲》之学，帮刘邦建立了西汉政权；诸葛亮用《奇门遁甲》之学，帮刘备建立了蜀国，云云。

当即，于之乎先生打开了话匣子，何谓“喜神方位”，又何谓“六甲青龙”，滔滔不绝地讲了起来。县太爷余盛世大人造访于之乎先生，从前晌卯时三刻进府两个人说《奇门遁甲》，忘了吃午饭，到后晌亥时四刻，西洋钟敲了十下，县太爷大人告辞出来，二位圣贤杯水未喝，粒米未进。连给县太爷抬轿子的衙役都说，来的时候，抬进来一个县太爷，回去时觉得轿子轻了分量，以为只抬回去半个县太爷。

话说到这里，亲如手足，至亲好友，胜过拜把子哥儿们，莫说是余盛世大人恭请于之乎先生出山任天津府主簿，就是拉他一起出去推辆小车卖煎饼馃子，他都会欣然从命，士为知己者用了。

下

县太爷余盛世、天津府衙门主簿于之乎，二人珠联璧合，将浩大的一个天津府治理得秩序井然，真是到了路不拾遗、夜不闭户的太平盛世的地步了。

何以路不拾遗？天津百姓身无分文，出门走路没有人捂口袋，更不必防小绺伸小手，任他掏，能够掏出半粒花生米，算他今天运气旺。何以夜不闭户？家里四壁空空，大杂院里家家棚铺，连房门都没有，只挂着半截布门帘，该是何户可闭哉！

于政务上，他二人互补长短，余盛世大人久在官位，应酬朝廷自是一把老手；于之乎大人学富五车，草拟个方案，发个告示，手到擒来，不费吹灰之力，而且无论柳体、颜体都功夫老到。真有揭下府衙门的公告，拿回家给孩子当字帖的。

金无足赤，人无完人，他们二人也有短处。县太爷余盛世处事犹豫，一事当头，不能当机立断，既怕得罪百姓，又怕得罪朝廷，左右为难。就为了女子不得放足一桩小事，足足思忖了一个月，最后还是县太爷夫人想出的高招，四个字——由他去吧，如此才算做出决断。如今好了，有了主簿于之乎先生，万事拿《奇门遁甲》一推演，万无一失。如是，县太爷案头堆积多年无法了断的命案、金银债务以及各种鸡毛烂事，于之乎先生一接手，三下五除二，几个月时间全都处理完结了。不光是理事神速，最重要的是所有案件的处理结果，原告、被告双方都点头赞同，案件了结之后，原告、被告双方都给天津府衙门送来了谢恩厚礼。继而几块“明镜高悬”“青天在上”的匾额挂在了府衙大门上，百姓齐称天津府治理有道，天津成了大清国的模范都市了。

于之乎先生本领虽高，但也有致命的缺欠——从出生到年过半百，只是闭门读书，不食人间烟火，如今到了府衙，每天面对柴米油盐芝麻谷子之类的小事，也不免觉得力不从心。尤其是那些民间纠纷，于之乎大人觉得当事人简直不可理喻，何以一个人向对方说了一句“玩去”，双方竟然闹到官府来打官司？哎呀，真是岂有此理，让你玩去有什么不好呢？“玩”者，弄也，五行属木，木能克土，此中再无深解了，何以请你“玩去”的一方，竟然被你拉到大堂来了呢？呜呼，吾不知其所以然也。

民间鸡毛蒜皮小事，再不可理喻，到底都是中国人的事；无论什么粗话，到底也是中国话，日久天长，于之乎大人也听怪不怪，甚至耳熟能详了。

最为难的是，府衙门时时还要接办洋务。时时有洋人到府衙门来“交涉”，而所交涉之事，多是涉洋利益。一切自然好办，反正洋人要什么，你只管顺情办事。不过，那些到府衙门交涉的洋人，什么规矩礼貌一窍不通，见了县太爷不肯下跪，远远伸出手来，嘴里还“哈罗、哈罗”地喊。头一次听到洋人冲着自己喊“哈罗”，吓得于之乎先生打了一个大彳亍，所幸，当时县太爷余盛世大人站在于之乎先生身边，赶忙伸胳膊扶了一把，否则主簿大人真要跌倒在地，出丑了。

洋人喊了一声“哈罗”，何以吓得于之乎先生险些跌倒在地呢？

事后县太爷告诉于之乎先生说：“洋人冲着你喊‘哈罗’，那是问候你好，不是冲着你念咒。”

“非也，夷人灭我大清国，一靠船坚炮利，再者就靠淫词邪说。君不见舶来品有话匣子者，何物也？淫曲也。一张黑色圆盘，放置匣上，令其飞旋，黑盘立即发出洋人吼叫，有男有女，有抑有扬，似啼似号，何故也？夺命咒语也。欲征其国，先收其民；欲收其民，先收其心。夷人淫曲邪说，乱我民志，惑我民心，令我大清国人数典忘祖，背叛儒家教诲，其用心何其毒哉！”

“之乎吾兄此说未必为错，只是我国人深得儒家教诲，未必就被夷人淫曲邪说蛊惑。这天下为仁的教养，我大清国人也是不会轻易背弃的。”

“县太爷大人此言极是，如此夷人才暗中对我国人释放咒语，令我国人神志颠倒，迷惑一时，受他的欺骗。”

县太爷余盛世大人见说不服于之乎先生，便也作罢。他暗自轻轻一笑，半似玩笑地向于之乎先生反问：“刚才夷人向之乎先生呼过一声‘哈罗’咒语，何以之乎先生依然静如处子，不为所惑呢？”

“哈哈哈哈……”于之乎先生被县太爷问得哈哈大笑。

“盛世大人不知，不才研习《奇门遁甲》多年，无论他什么夺命咒、百病咒、迷魂咒，都不得侵入我心，所以无论何人咒我，都只是反咒其自身而已。”

“之乎兄破解一切咒语，又有什么魔法呢？”

“我有六字真言在胸，一切咒语自然不侵我心。”

“之乎兄胸中六字真言，可传授于我乎？”

“嗐，此六字真言，并非隐语，早深深植于我心中也。”

“那又是哪六个字呢？”

“能够阻挡天下咒语的六字真言，就是‘唵嘛呢叭咪吽’六个字也，切记切记。”

…………

于之乎大人心怀六字真言，可以破阻天下一切咒语，以其人之道，反治其人之身，罢了，待你夷人再来，看我如何对你暗用咒语吧！

果然，善有善报，恶有恶报。没多少日子，英国工部局管事又来天津府衙门交涉。这一次偏赶上四面城修路，英国工部局的汽车不能开进天津府衙门，远远停在英租界栅栏门口，英国工部局管事大人只好步行到南门大街来，再走到府衙门来晋见县太爷。

工部局管事大人公爵身份，只能缓步而行，今天，早晨八点从英租界走出来，十点半才走到天津府衙门，累得管事大人气喘吁吁，汗流浃背。交涉结束，县太爷看英国工部局管事年高体弱，便要派一顶官轿送英国工部局管事大人回租界地。嘿嘿，尔辈吹嘘你国汽车出行方便，如今到了关键时刻，还是我大清国的官轿方便吧。

如是，一顶官轿备好，于之乎先生随县太爷出来送行，相互鞠躬再见。随后，管事大人躬身就往轿里钻。到底从来没享受过此等清福，他不知道坐官轿要背过身子，屁股先探进轿子，屁股挨着座椅后，再缩身坐好。此时轿帘放下，衙役们才能抬起轿来堂皇而去。你先把半个身子探进官轿，官轿里空间狭窄，你想在官轿里转过身来，那是不可能的。

于之乎先生看到工部局管事大半个身子已经钻进官轿，为提醒他快快退出身来，便大声地喊了一声“哈罗”。于之乎先生大喊“哈罗”，管事大人以为身后扑来刺客，“咚咚”地退了几步，猛一回身，“咕咚”一下，一屁股坐在了地上。管事大人的屁股也大，“噗”地一下，腾起一团黄土。

衙役们见状慌忙跑过来，将管事大人扶起，又扶管事大人转过身来，将管事大人背着身子塞进了官轿。

哈哈，于之乎先生心中暗自笑了，你夷人曾以咒语迷我出丑，被我六字真言阻挡，偏你不知六字真言，如今被我一咒成谶，失态丢丑了吧！

天津府衙门众衙役抬起官轿将工部局管事大人送走了，于之乎先生很是得意地对县太爷说着："我说过夷人的'哈罗'本是一句咒语，县太爷大人不以为然，你看今天我以'哈罗'咒他，果然应验了吧！"

知多见广的县太爷只是摇摇头，不置可否地走开了。

…………

和英租界办过交涉，一个月后，又和日租界打交道了。英租界做事讲外交礼仪，待人也礼貌，行礼握手都客客气气；和日本人打交道，就没有这么客气了。你比他硬，他怕你；看你软弱好欺，他就是阎王爷。

好在一切直来直去，彼此也就不用客气了。

英租界侨民和工部局是两回事，工部局只管外交交涉，民间纠纷由天津府衙门决断；日租界，一切都是租界决断，连租界地外面的事，也是日租界说了算。日租界里有一个三友会馆，民不民，官不官，什么事都是他们说了算。他说了，你不服，他还有一个居留民团，一群日本浪人，什么不是人的活都干，闲着没事，夜半三更砸中国商店店门。里面伙计不知道什么事，披上衣服跑出来开门，一看，门外站着一群日本浪人。中国商家小伙计迎过来，毕恭毕敬地询问："夜半三更尊家造访敝小店，恭问有何贵干？”

没有贵干。一群日本浪人由一人指挥，站好队列，齐声大喊：“大掌柜，×你妈妈！”天津话发音精准，节奏整齐，抑扬顿挫，声音洪亮，十足的精神。骂过之后众人礼貌周全，齐刷刷鞠躬行礼，转身离去。

今天，日本居留民团，请天津府县太爷和主簿大人到日租界参观民团训练。

时值三九，昨天下了一场大雪，今天正是雪后寒，偏偏又刮起地面风，卷起一层雪，莫说是出门，就是偎在府衙里，也要把皮袍子裹得严严实实。就如此，县太爷的白胡子还挂着白霜。

只是“盛情难却”，何况日租界送到天津府衙门来的请柬上面有日租界三友会馆总理（指旧时某些机构、企业负责人的名称）大人亲笔签名。三友会馆，名义上是民间组织，但千万别小看这个三友会馆。表面上那里面吃吃喝喝，有赌场，有浴室，有唱三弦的，有对打刀枪的，还有“茶嫁”二字掩盖下的烟花之地，但细看，你才知道，三友会馆原来就是日本安插在中国的“特高课”，掌控着一个庞大的机构，掌握日本和清政府及天津府衙门的一切外交事务，还有贷款使用、贸易往来，此外最重要的使命便是监视一切反日活动人士。有日本反战人士逃来中国，住在日租界，没几天，这个英雄就跳了大河，而且他跳河的方式极有个性，跳河者把自己装进麻袋里，更怕麻袋沉不下河底，还在麻袋里装了许多石头。最不可思议的是，麻袋还从外面系上麻绳，你说说，这得是多大的能耐吧。

观赏演武，自然是在院里，二位大人各自把自己裹得严严实实。穿着冰天雪地一天冻不煞的貂绒大皮袄，再披上皮毛风衣，两个滚圆滚圆的大圆球，由衙役们抬着两顶官轿，来到了日租界三友会馆。

演武场设在三友会馆后面的一处旷地。好大一片空场，足足有四个土地庙大小，举头再看，居然没有暖棚。远远看见三友会馆总理大人，就坐在空地边上的一个石头礅上。看到县太爷和于之乎大人驾到，总理大人起身迎接。总理大人身后，竟然没有座椅，原来就席地坐在演武场边的洋灰台上。

"请坐，请坐。"三友会馆总理大人用地道的中国话请二位大人就座。坐在哪里呢？县太爷和于之乎先生互相看了一眼，莫非也让咱坐在洋灰台上吗？

身份不身份的无所谓了，只是，难道东洋人不懂得"夏不坐木，冬不坐石"的忌讳吗？二位大人又是你看看我，我看看你，人家就坐在洋灰台上，咱还有什么好挑剔的呢？

于是，二位大人就在三友会馆演武场的石头台上坐下了。初坐下，硌屁股；坐一会儿，一股寒气顺着脊梁骨往上蹿，活像是一条毒蛇从屁股沟往上爬，一直爬到后脑勺。县太爷打了一冷战，于之乎大人打了一个喷嚏。哎呀不好，万不可受了风寒，这年纪受风寒是很可怕的。

幸好，演武场里的对打早早结束，三友会馆总理大人站起来向获胜者鼓掌。匆匆忙忙间，二位重臣准备起身告辞。没想到，节外生枝，眼看着演武场里众人抬出一个木架，木架上放着一个黑色木匣，木匣上蒙着一块黑布帘，又是什么“淫器”，摆出来糊弄大清国，不就是想把奇巧淫器卖给中国人吗？

于之乎先生大半生深居简出，不和外界打交道，猜不出日本人搬出来的小木头盒子是什么东西。县太爷见过世面，便向于之乎先生介绍说：“这个奇巧玩意儿，洋名叫‘开麦拉’(英文 camera 的音译)，到了中国叫造影匣子。怎么造影呢？它里面有一个小孔，把蒙在匣子外面的布帘一拉开，‘噗’地一下，就将外面东西的影子造到里面一块玻璃上了。”

“哦哦，听说过。还听说过，这‘开麦拉’把人的影子造下来的时候，也摄去了人的魂魄。”

“不会吧。”县太爷懂得一点现代的事，不无怀疑地对于之乎先生解释。

“否则，一个人在外面立着，洋人造下他的影子有什么用？”于之乎先生问着。

“而且前两年还传说开封府道台，在外面被一个洋人造了影，回家一场大病就一命呜呼了。”

“不会吧。”

就在县太爷和于之乎先生二人说话之时，又一个日本人站到了造影匣子旁边，手里举着一个圆圆的东西。倒吸一口凉气，这回连县太爷也认不出这是什么奇巧物件了。

坐在二位大人身旁的总理大人，看出县太爷和于之乎二位大人脸上的疑惑，便向县太爷解释说：“造影匣子造影时要有强光，光靠太阳光效果不好，本国又研究出了一种可以突发强光的灯泡，叫镁光灯。”

县太爷摇摇头，表示没见过，只是，还没容他向于之乎先生介绍，突然，真是突然，“噗”的一声，一道强光爆起，光线冷不防向县太爷和于之乎二位大人扑了过来。天爷爷也！县太爷、于之乎二位大人一齐“啊”地大叫一声，一齐打了一个哆嗦：吓坏了，吓得几乎跌倒在地了。

好不容易，一切一切终于结束了，二位大人站起身来，飘飘摇摇，只觉得脚下无力，天旋地转，幸亏身边有人搀扶，这才摇摇晃晃地告别，分别坐进自己的小轿。

只是今天也怪，前面县太爷坐的官轿，一路上摇摇晃晃，一会儿往左歪，一会儿向右歪；后面于之乎主簿坐的小轿，更是上下颤动。衙役不解。

却原来，二位大人各自坐在轿子里打哆嗦呢。

冰天雪地，他们在演武场石礅上坐了大半天，冻得瑟瑟发抖，最后照相机镁光灯“噗”的一声，吓出了一身大汗。莫说是弱书生，就是硬汉，也休想避过一场大病了。

果然，二位大人第二天早晨都没到天津府衙门理政。县太爷贵体欠安，只吩咐公事房，今天另有公事，在内府办事了。主簿大人有上级，他便早早派人给县太爷送来了信函，“昨夜卑职略受风寒，身患小恙，至今仍感乏倦，无力到府问事，请县太爷准予在家休养一天”，云云。

县太爷没精力回复于之乎先生的来信，只忙着延请名医号脉诊病。县太爷请来的名医自然医术高明，当即开出家传秘方。县太爷体恤下属，立即派下官轿将医生送至于之乎大人府上,去给于之乎大人诊病。

同一位医生,看同样的症候,开出了一模一样的处方,讲出了一模一样的病理,也治好了一模一样的症候。

经医生诊断,县太爷和于之乎先生并无大恙。看症状是精神萎靡,面色少华,目眶青黑,双眉紧锁,满面愁云,心无所倚,神无所归,心神不安,气血失调。每人服用天王补心丸一剂,药到病除。

在家休养半个月,有人扶着县太爷来到天津府衙门,坐堂理政。只是天津府衙门主簿大人于之乎先生,再也不肯为大清国当差理政,那一份每月八斗米的俸禄,也不要了。

县太爷第二次屈尊老城东门里恭请于之乎先生出山。才走进院门,家人送出来一份手卷,上面是于之乎先生手书的三个大字——我要命。

…………

噫哉,百多年前,一部镁光"造影灯"险些夺去了天津府衙门县太爷和主簿大人二位贤达的卿卿性命。

信乎哉?

嗟夫!

“黑心我”心不黑

求自新，做新人，取名欣我，本来雅事，但贺欣我先生大号“欣我”，就奇事一桩了。

何以贺欣我先生就不能雅号“欣我”了呢？

古训，“近朱者赤，近墨者黑”。“黑”字，读为“he”且在第四声，如此“贺欣我”，不就谐音成“黑心我”了吗？

如是，就奇事了。

…………

南苑大学距离市中心十二里，一条弯弯曲曲通向市中心的黄土路，轻易看不见一个人影。天津人都知道，这条路是天津最平安的路，从来没发生过抢劫、绑票等恶性事件，即使入夜，只要你不怕鬼打墙，你就放心大胆走，绝对不会有人从草丛里跳出来，大声喊叫“此树是我栽，此路是我开，要想从此过，留下买路财”。话说回来，就算有人跳出来也好说，不就是留下买路财嘛，你看着拿吧。身上一件洗得褪色的蓝布长衫，脚踏一双黑布鞋，胳肢窝夹着一本书：宋版毛诗残页。当心！纸质已经发脆了。

学校上课那阵，还有学生家境宽裕、西装革履、人模狗样。下一次手，也许能掏出几张面值五百万的金圆券来，买两棵大葱蘸大酱吃。现在学校停课了，学生们走的走，散的散，南苑大学校园里只剩下几位没地方去的穷教授，早就饿得奄奄一息了。他们倒是盼着有人将他们劫走，劫走了起码得先给他们一个烧饼。

学校停课，这是什么时候？一九四八年十一月，东北野战军解放沈阳，国民党军队溃败。没过多少天，消息传来，东北野战军已经进驻张家口，北平、天津解放在即。

南苑大学已经人影稀疏，大部分外地学生趁着火车还运行，早早离开天津回家去了。最后连天津学生都不来学校，偌大一所南苑大学已经空荡荡不见人影了。

学校里不见人影，学校外面通向市区的道路上就更不见人影。学生们不到学校来了，城里有房子的教授们搬出了学校，南苑大学成了一座“空城”，没有人再到学校来。这条本来就人迹罕至的土路，没多少日子就已经被荒草覆盖得不见形迹了。

也是无奇不有，就是在这条荒废的道路上，隔些日子总会出现一个人影，此人不是南苑大学的学生，也不是南苑大学的教授、老师，更不是南苑大学的职员。

那是谁？

一位没有正经事由的大闲人，无所不能，闻名遐迩，不为文、不经商、不扛活、不拉车，什么事情也不做，还不愁吃喝，养活一家老小，夏有单，冬有棉，平日有鱼有肉，晚上还有二两小酒，日子过得很是惬意。此公何人？

贺欣我。

贺欣我先生何许人也？

贺欣我先生是维多利亚大街小马路深处珠宝大街的土地爷。

哎哟，这事说得绕脖子了。

维多利亚大街，是天津最大最长最漂亮的一条大街，大街两侧高楼毗邻，都是外资大银行——花旗、汇丰、三井、麦加利，一家比一家阔。维多利亚大街中间，拐出一条小马路，小马路上开着十几家珠宝店。贺欣我先生不是任何一家珠宝店的老板，他就是轮流在这十几家珠宝店闲坐、蹭饭吃。饭不能白吃，珠宝店有用贺欣我先生的时候，所以，贺欣我先生在各家珠宝店蹭饭吃理直气壮。

珠宝店有买有卖，做两面的生意，有钱人来珠宝店买珠宝，卖珠宝的人拿珠宝到店里来换钱。无论是买是卖，绝对童叟无欺、言不二价。

贺欣我先生在珠宝店闲坐十几年，生意上的事，他从来不参与，来人买珠宝，他不推荐，也不帮着砍价；有人来卖珠宝，他不凑过去看成色、论价钱。坐在店里，贺欣我先生就是一杯茶、一把折扇，坐在远处一张小桌旁边，一声不吭，活活一尊土地爷。

坐着坐着，贺先生突然起身，向掌柜和伙计们一抱拳，告辞。贺先生走了。

贺先生何以突然告辞？

坐腻了。

贺先生没有走远，从这家珠宝店出来，走二十步，贺先生推开下一家珠宝店的门，走了进去。

自然是施礼抱拳，你好我好，敬茶点烟，掌柜过来问好。

刚刚，上一家，某某号，进来一位爷，捧出一块石头，老掌柜看也没看，立即把石头推出去了。

"假的。"

"我们家能有假东西吗？"

谁把真东西往你们家送呀？别提你们家祖辈的事，军机处行走，金银财宝，随便拿出一件，都能给儿孙讨个三四品的官。每天送礼的门外排成队，无论什么东西送到，老爷子看也不看一眼，立即送南院放起来，一放至少几十年，直到烂掉，再没有看一眼。你说，就这，你们家还能有真东西？

"好歹您给个价。"

"看在老朋友面上，你若是急着用钱，先从柜上拿二百元走。"

"咣"，一摔门，那位爷走了。

"哦，你看你看，那位爷又过来你家店了。"

"告辞告辞，别让他看着我脸熟。"

贺先生气也没喘匀，回身出去，又推开第三家珠宝店的大门，到下一家珠宝店去了。

可怜那位卖珠宝的倒霉蛋，在珠宝大街从南到北走了一趟，没有一家珠宝店肯出钱收下他的这件珠宝，一气之下，抱着他的宝贝回到家里。老伴儿问他换到钱没有,家里灶台还没有起火呢。

挨了一夜饿,第二天一早,倒霉蛋又来到珠宝大街,还是找到第一家,按照掌柜昨天说的办法,把这件东西放下,拿走二百块钱。

这件事就算完了。

多少年之后,法国巴黎拍卖行,拍出了一件宝物,五百万法郎。整条珠宝大街翻建,每一家珠宝店老板都分到一份好处,贺欣我先生于此事有功,自然也得了一份辛苦钱。

为此,满天津卫老少爷儿们给贺欣我先生送了一个绰号——“黑心我”。也有人称贺欣我先生为“我心黑”。

“黑心我”也罢,“我心黑”也罢,反正都带有贬义,虽然不是骂人的粗话,至少不为恭敬之语。好在贺欣我先生在珠宝行人缘很好,大家当面贺二爷、贺二爷地称呼,背地里说个“黑心我”“我心黑”,倒显得格外亲近。

历史进入一九四八年,东北全境解放,天津市面虽然还是挂着“青天白日旗”,但底气没有了,精气神崩溃了。可就是在一家家商号纷纷倒闭的浪潮中,天津小马路珠宝店突然发疯一般,人山人海挤得水泄不通;在全华北经济一蹶不振的时候,小马路珠宝店生意却畸形繁荣。

国民党气数尽了,满天津卫大街小巷的商号先后倒闭关门,何以小马路珠宝大街倒发疯般的热闹起来了呢?

长长的珠宝大街,大大小小几十家珠宝店,店面有大有小，一套套四合院的铺面，门外有人侍候，门内伙计们肃立敬礼，账房先生正襟危坐，人出人进，生意热闹非凡。

珠宝店，历来是“三年不开张，开张吃三年”的清静生意。天津人不逛珠宝大街，没有好看的景致。店铺内死气沉沉，店铺外不见人影，偶尔出现一位摩登女郎，也是匆匆而来、匆匆而去，没有人来珠宝大街闲逛。

如今，天津小马路珠宝大街突然热闹起来，景象极是吓人。一辆辆吉普车“嘀嘀”开进来，车子停下，猴子一般蹦下一个小兵，拉开车门，立正敬礼，随之一位大腹便便的什么人物走下车来，后面跟着走下一位肥头大脸的太太。卫兵拉开珠宝店店门，看着司令、太太走进珠宝店，店门立即关上，卫兵在门外站岗，禁止闲杂人等从外面经过。立即又一个随员从后面的吉普车跳下来，提着一只沉甸甸的大皮箱，一步闯进珠宝店，“哗”地一下，把大皮箱扔在地上，打开箱子，金光闪闪，金条散到地上。

掌柜出来，随从说：“把你店里珠宝拿出来，司令和太太没有时间闲坐。”

放下一箱金条，呼啦啦把柜台上的珠宝收进肥太太的手提包里，立正，向后转，一列保镖护送着司令、太太走出珠宝店，钻进吉普车，“嗖”地一下，跑得没有影了。

珠宝大街的老板们吓呆了，自从盘古开天地，世上从来没做过这样的生意，不讨价还价，不看货色，不数钱，一个把黄金推过来，一个把珠宝让你收进去，全过程一眨眼工夫完了，真就完了。

什么年代如此做生意？不是告诉你了吗？完了，“完了”的时代就是这样做生意。

战局吃紧，国民党要人，凡是不准备扔下的，挑着拣着还要接走几个。只是飞机上只给座位，任何人不得带箱子，随身只能带一个手提包，重量不能超过半斤。半斤只有八两，金条是不能带的，换珠宝，好歹一颗大钻石就值上百根金条，于是小马路珠宝大街就上演了一出“强买强卖”的闹剧。

没过几天，珠宝大街所有的店铺通通关门大吉，立即，小马路珠宝大街冷寂地跑野兔子了。

头一茬儿提着一箱子金条来珠宝大街抢珠宝的司令太太们早挟着钻石珠宝登飞机走了，第二茬儿大人太太们再提着一箱金条跑到珠宝大街来，珠宝大街就已经连野兔子都看不见了。

不行，不行，飞机在机场等着，有资格坐飞机的老爷、太太必须准时登机。战局紧张，飞机过时不候。急中生智，找珠宝店老板，可成队的大兵跑遍了天津卫，也没找到珠宝店老板们的影子。说是有一位“黑心我”先生有搜寻珠宝的本事，立刻捉拿！没费多少力气，天津战时警备区指挥部就把“黑心我”先生抓到了。

“我，穷小子一个，你们宰了我，我也给你们变不出珠宝来呀。”

“你们天津不是有‘八大家’吗？‘八大家’家里能没有珠宝吗？”

“嗐，快别提了，‘八大家’都是空壳，祖上留下的钱财，早被你们法币、金圆券鼓捣空了，如今个个在家里啃窝窝头呢。”

“贺二爷、贺二爷，今天司令、太太是不会放你走的。”

“司令、司令，不是我贺欣我不帮忙，是实在没有办法呀，你们看到了，整整一条珠宝大街都空了，还去哪里找珠宝呀！”

“啪！”司令把手枪往桌上一拍。

“浑蛋，老子把大好河山都给你们留下了，临走想带几块小石头，你都不帮忙，真以为老子不行了！告诉你，一天不走，老子就是镇山王！老子认输了，但老子的手枪还一肚子火呢！”

司令大人的心头火，已经没有几天热度了；司令大人手枪里的火，可还让人害怕。贺欣我先生冲着司令大人的手枪发了一阵呆。“难呀，难呀，这时候谁手里有好东西也不肯卖呀，让我去哪里给您找东西去呀？”

“满天津卫的人都说，没有贺二爷找不到的东西，你找不到好东西，在我这儿住几天，动动脑筋，几时想起来，我再放你回家。”

这一下，贺二爷吓坏了。把我留在你们身边，被你们带到警备司令部，等炮弹呀？过不了几天共产党攻进来，把我和你们一起抓走，拿我当贵方要人，我配吗？

“容我想想，容我想想。”

这些年通货膨胀，原来的有钱人家早将家里的东西变卖一空了，吃饭要紧呀，珠宝不能当窝头啃。再说，平民百姓人家能有什么好东西呀。就说原来那位八旗贵胄的后辈，他老祖宗留下的东西虽多，但听说早就把最后的几件传家宝换成棒子面了。

完喽，完喽，一完喽，就全完喽。只是……

“打开天窗说亮话，我也不难为你，只要你给我办一件小事。”

“司令吩咐，司令在天津多年，为民造福，临走吩咐小民做点小事，小民贺欣我当效犬马之劳。只要司令一声吩咐，小民贺欣我一定奋不顾身、以命相许，不成功便成仁，如今正是贺欣我报答的最后时机呀。”

“别跟我耍嘴皮子。”

“是是是。”

“中央银行南迁，清理保险库，里面的一块千年古玉佩，是从宫里传出来的。只是，中央银行事务军政两界不得介入，听说那块玉佩又让原主取走了。请你去访访，访到消息，咱们规规矩矩和主家商量，要多少钱付多少钱，决不让主家吃亏。”

“哦哦。”贺欣我似是深思了一会儿，眨眨一双小眼睛。贺欣我先生的一双眼睛，天下奇观，睁眼和闭眼一般大，无论他打什么鬼主意，从眼神上谁也看不出来。

“听说过，听说过……”

贺欣我又眨了眨他那双睁开眼和闭上眼一般大的眼睛，恍惚间想起了一件事——

早年间，一位皇族家眷，好像是老佛爷慈禧太后的侄孙女，下嫁给了一位状元人家的读书郎，出宫时带出了几件国宝，是什么东西谁也不知道，谁也没见过。前些年南苑大学一位老教授得了点什么症候，这位教授的夫人拿出件东西要到珠宝店卖了帮助医病，恰巧问到贺欣我哪家店靠谱。他和他们如此那般地说了一通，最后劝他们去了中央银行。中央银行对他们说，东西放在中央银行保险柜里，他们要用钱，无论多少，说句话，随时有人送到。

嗯……也许……

于是，在南苑大学通往市区的黄土大道上，就出现了贺二爷的身影。

“什么人？”

南苑大学前门、后门、旁门，早用大石头砌死了，只有西侧还开着一个窄窄的小门，门里有护校队学生，护校队拦住了贺欣我先生。

“我，一个小商人，听说南苑大学停课，委员长派飞机要接几位老先生一起走。几位老先生不肯走，其中那位不肯南迁的孙老爷子，曾经找我办过事，我来问问老先生有什么需要我帮忙的地方。我别的本事没有，给老先生买个什么米面呀，还有办法。

“检查，随你检查，我知道，你们怕我是警备区、军统局的人，进学校劫持老先生。看清楚了，我就是一个平头百姓，身后没有汽车，腰里没有‘家伙’，手无缚鸡之力，还没劫持别人，先被人家收拾了。”

几位护校队学生，把贺欣我身上查了个遍，确实不像军统局、警备区的特务："进去吧，别到处乱逛。"

"孙爷爷、孙奶奶，您二位还记得我吗？那一年，那一天，我正从一家珠宝店出来，正看见您二位迎着我走过来，您二位一定以为我是珠宝店的账房，拿出一件东西给我看，我接过装东西的黄缎盒，双手就直哆嗦。这不是民间的东西呀！再到我打开盒一看，险些没把我的魂吓飞了。

"那时，您二位对我说，你们带来一块玉，想找个诚实的珠宝店卖掉。我立即告诉您二位：'爷爷、奶奶，您二位养尊处优，不食人间烟火。我如实告诉您二位，您老手里的这块玉石，不是普通的玉石，是件玉佩，还不是普通的玉佩，是千年的玉佩。'

"当时我没地方去查史书，只是断定您二位这件玉佩至少是秦汉年代的国宝，双龙祝寿。我听说过，没见过，史书上有记载。

"我当时跟您二位说：'老爷爷、老奶奶，您二位快带着这件宝贝回家吧，您二位带着这样的宝贝到这里来，不是找受骗来吗？这条街上能有好人吗？您二位若是急着用钱，直接去中央银行，把东西放在他们的保险柜里，从银行拿点钱，让他们替您二位保管着。'我还告诉您二位，这东西可千万不能露，谁也别让看，只我一个人知道。不是我不想发财，我没有那么大的造化。玉是有灵性的，这件古玉佩更有通天的灵性，一旦它发现自己落到了一个平民手里，它会显灵把我收走。立马，我叫了辆车，送您二位离开了那儿，还嘱咐您二位,以后千万别往这儿来了。

“后来,后来……”

孙奶奶记性好,看了看贺欣我,再经过贺欣我提起旧事,立即就说道:“想起来了,你就是我们在珠宝大街遇到的那位好人。”

孙爷爷也看了看贺欣我,似是点了点头。

“孙爷爷,听说您前年离开天津,去了中南大学,那里有十三页毛诗残页,您看到了吗?”

“你、你、你是哪一年的学生?”

“孙爷爷,我不是您的学生,我哪里有这造化呀。”

“那你、你、你是……哦,哦,告诉过你,就是饿死,我也不走。你们不就是停电吗?我点着蜡烛也能看书写字。你们不供煤,我们买煤球,一样取暖烧饭。滚出去,滚出去,告诉你们的委员长,我孙某人就是饿死、冻死,也不跟你们走。”

“老头子,老头子,你消消火,这位是帮助过咱的好人,大好人,贺先生。”

“什么何先生,何应钦?你是一个明白人,我告诉你,老蒋完了,走到今天就是他的报应,大家不是不和他合作,是他失了民心……”

“老头子,老头子,你快别乱说了。”

“孙奶奶,您这屋里什么东西烤煳了?”

“不是不是,是我给老头子炒的黄豆。没有咖啡,他不喝白水,还怪‘咖啡’不是味道,连糖也没有几块了。”

“孙奶奶,您还需要什么东西,我明天给您带来。”

“需要什么东西呀，你看见了，这屋里只剩下满屋的书。唉，想把我们困死呀，工薪没了，停了电，断了交通，老头子说了，就是饿死、冻死，也不上老蒋的飞机。老头子说，当年为了《诗经》，他和闻一多先生有过争论，如今他怎么可以投奔到杀害闻先生的刽子手们的窝里去呢？”

“唉，老先生，老先生呀。”

又说了几句闲话，孙奶奶给孙爷爷送过来一杯以炒黄豆代替的“咖啡”。孙爷爷轻轻地嗅了一下，皱着眉头咧咧嘴，当然不是味道，微微抿了一口，似是笑了笑，说：“糖放多了，省着用啊。”

“也就是一点糖味了。”孙奶奶似是抱歉地回答着。

“明天，明天，我给您带点咖啡来吧。”贺欣我抢着说。

“你还能弄到咖啡？”孙爷爷吃惊地向贺欣我问着。

“也许、也许……皇后饭店虽已经关门了，也许还存着点咖啡。”

“也好，也好，贺先生，我们要付款的。”

“不要说客气话了，看看我的朋友还在不在皇后饭店吧。”

…………

“只是，今天贺先生突然到我们这里来，也许有点什么事情吧？”

贺欣我被孙奶奶问得不知道如何回答。孙爷爷又跑过来，板着面孔对贺欣我说：“如果贺先生受人之托，劝我们南去，贺先生就免开尊口吧。”

“哦哦，我一介草民，哪里有资格奉劝孙爷爷做什么事情呀。”

恰好此刻，响起了敲门声。

“谁呀？”

孙奶奶走去开门，应声走进来一个年轻人，他担着一个大菜篮，走进门来，放下提篮，恭恭敬敬地向孙奶奶说：“爷爷说孙爷爷不能进城买菜，让我送几棵白菜、几个土豆过来。”

“哎哟，宝宝。这趟路多远呀，又断了交通，快喝杯水吧，早就没有茶了，你爷爷奶奶好呀。”

“好好好，爷爷还嘱咐我，问孙爷爷有没有什么文稿要我捎去，我们家里还有间地下室。”

“哦哦，刚写完第二部分，早准备好了，正琢磨孩子怎么还不来呢。”

“孙爷爷，我爷爷还让我告诉您……”

说着，年轻人将孙爷爷拉到一边说话去了，他们两个一边说话，年轻人的眼睛还向贺欣我瞟着。贺欣我知道这两人一定是在说不想让自己知道的事，便远远地躲开，故意和孙奶奶大声说着什么。

…………

从南苑大学出来，贺欣我心头压上了一块大石头。这么多年，贺欣我在市面上混，交际不可谓不广，更不可谓没有见过世面。各行各业，耍手艺的、糊弄人的、卖生意口的、编魃造魔的，他见识过形形色色万般景致，唯独没见过孙爷爷这样的教书匠，没见过孙奶奶这样贤惠的老太太。飞机等在飞机场，是委员长的面子，几位老先生就是不买账，知道市面上如何说这种人吗？这叫不识抬举，你一个教书匠算老几？有皇上的时候，这就叫违抗君命，是要杀头的，你们难道就不怕？而且只要登上飞机，到了那边有吃有喝，高高地待见，何乐而不为呢？

糊涂了，糊涂了。

…………

贺欣我先生看到了一个对于他来说完全陌生的世界，这里面更生活着一群他不理解的人。他们为什么这样活着？贺欣我想不明白。他们一个个又有怎样的精神世界？贺欣我更说不清楚。只是，贺欣我觉得让这些人饿死、冻死，太不应该了。自然，咱管不着，也管不了，咱生而为人，自己一家人有饭吃，有衣穿，让这些人饿肚子、挨冻，太深的道理贺欣我说不出来，只知道对不起老祖宗，不配为人也。

第二天，贺欣我雇了一辆胶皮车，车上放着二十斤大米、十斤牛肉、二十斤大白菜、一筐土豆，还有油盐酱醋，一路辛苦来到南苑大学。

走进孙爷爷孙奶奶家，贺欣我将东西送进来。孙奶奶惊喜万状地连连感谢贺欣我，真是不知道说什么才好。

孙爷爷听到外间屋的声音，也忙着迎出来，看见地上放着的米袋、白菜、牛肉、土豆，立即知道是贺先生送来的，更是感激不已。

贺欣我看见孙爷爷，一步迎了过去，从怀里取出一个铁盒，送到孙爷爷面前。孙爷爷立即接过贺欣我送过来的东西，眼睛突然放出光芒，几乎是跳着双脚，大声地向孙奶奶叫着：“哎呀，哎呀，蓝山咖啡，蓝山咖啡。”

孙奶奶闻声也跑过来，抱过蓝山咖啡盒，隔着铁盒用力地吸着，似乎闻到了咖啡的香气。

“快煮，快煮。”

孙奶奶顾不得再看地上的东西，赶忙给老头子煮咖啡。她取出咖啡壶，打开，便往壶里注水。

“去请他们过来，去请他们过来。”

孙爷爷搓着双手，高兴得脸色通红，对老伴儿吩咐着。

“他们？”

孙奶奶对贺欣我说，委员长派飞机，要接走四位教授。现在这四位教授都被困在学校里。他们和孙爷爷家一样，生活早就十分困难，更早就没有喝到咖啡了。将他们请来，大家一起享受享受正宗的蓝山咖啡。

不多时，另三位大教授和他们的老伴儿都到齐了。孙奶奶一一向贺欣我先生介绍：“这位是理学院的于先生，这位是史学院的王先生，这位是经济学院的吴先生。”

“哎呀，哎呀，感谢感谢！”四位先生一齐向贺欣我拱手致谢。贺欣我受宠若惊，不知道如何还礼，又是鞠躬，又是抱拳，连连说“小意思，小意思”。贺欣我对四位教授说：“这点东西实在是小意思，不值得四位圣贤如此感谢。”

三位先生和孙爷爷一起坐在书房里，咖啡的清香早令四位先生如醉如痴。四位先生围桌而坐，一丝声音也没有，只看着孙奶奶取出咖啡杯，在几位圣贤面前摆好。

本来，这应该是多么美好的一次聚会呀，咖啡煮好，满屋飘香，四位圣贤每人举起咖啡杯轻轻地抿一小口，眯上一会儿眼睛，让咖啡的浓香融进血脉，然后一起赞赏今天的良辰美景。

但是天下无奇不有，这一席美好的聚会，最后竟然变成一片争吵，而且吵得不可开交，几乎闹得不欢而散。

事情还是贺欣我引起的。

书房里四位老教授喝过咖啡，天南地北说了一阵话，贺欣我听不懂教授们说的是些什么，有时局，有历史，有经济，都是他听不出门道的事。

四位教授坐了很长一段时间，请来的三位教授似是要起身告辞了，四位教授连连向贺欣我致谢。

“贺先生，贺先生，艰难时日，无以报答贺先生的辛劳，待到来日，我等一定要对贺先生的厚礼付出报酬。”

“嗐嗐，说远了，说远了，一点点大米白菜不值几个钱，只希望几位伯伯、叔叔平安度过艰难时日。来日方长，您这些有学问的人，一定会有好日子过的。”

“贺先生不辞劳苦，几次到南苑大学来，一定是有什么事情吧？”

到底孙奶奶知道人间烟火：无缘无故，一个生意人往这么冷清的地方跑什么？

哦，孙奶奶想了想，突然好似想明白了是什么原因。

“当年我们带着一件玉佩去珠宝大街，贺先生为我们出了一条万全之计，如今贺先生又来南苑大学，一定还是为了那件玉佩的事吧？”

“哦、哦、哦……”

贺欣我“哦”了半天，不知道应该说什么才好。

孙奶奶又说：“那件玉佩中央银行给我们送回来了，现在就在我们手里，贺先生要看看吗？”

说着，孙奶奶就往内室走去。

“不是不是，”贺欣我急忙拦住孙奶奶，结结巴巴地向孙奶奶解释，“是这样，是这样……”

这时，四位教授和孙奶奶五个人围着贺欣我坐成一圈，贺欣我开始讲述自己为何会突然出现在南苑大学的校园里——

“世人都说无利不起早，时局吃紧，南苑大学停课，委员长派飞机等在飞机场，接四位大教授南行。四位圣贤不买委员长的面子，留守在南苑大学。警备区司令长官命令，四位圣贤家里断电、断米、断面，没有青菜，没有咖啡，我怎么就成了救苦救难的活菩萨？不怕四位圣贤耻笑，在珠宝大街人们叫我‘黑心我’，还有更不中听的绰号，叫‘我心黑’。

“各位圣贤知道，我贺欣我虽然是一介市井闲散人员，于今改朝换代之时，绝不会轻易往南苑大学这一方是非之地瞎闯，无事不登三宝殿啊……”

“我们和贺先生只是那年在珠宝大街有过一面之交，那次我们带了一件玉佩……”

孙奶奶向在座的教授们说起他们一家和这个市井闲散人员的相识渊源。

“就是就是。”贺欣我接过话茬儿对教授们介绍。

“那次不是我贺欣我多么高尚，实在是我一个平头百姓不敢做欺天的恶事，骗得孙老夫妇一件国宝，于我绝对是一件祸事。举头三尺有神明，而且宝玉都是有灵性的，我把一件国宝骗到手，其实骗到家来的是灭门之灾。一户平头百姓的人家，怎么养得起国宝神玉呢？

“一时天良发现，我没有犯下欺天之罪，老天有眼，在我四十岁的时候，我女人为我生下了一个宝贝儿子，哦，善有善报。

“就说在这改朝换代的时刻，我为什么敢往南苑大学这方是非之地跑。我知道南苑大学里困着四位圣贤，蒋先生接四位圣贤南行的飞机就在飞机场停着。当局警备司令部派下军警特务围在南苑大学通往市里的道路上。难道我往南苑大学跑，警备司令部会不知道？难道我不怕他们找我的麻烦吗？就是就是，这就说到正题上来了。

“有一个绰号叫‘黑心我’的人跑到南苑大学来了，消息报告到警备司令部，警备司令听了点点头：‘果然这家伙给我办事去了，去了一趟，事情没办成，他又辛辛苦苦地去跑第二趟了。’

“如果我不跑呢？司令吩咐我办的差事，我敢抗命？要知道，他腰里挎的那把勃朗宁还没开张呢。”

“哦，哦，明白了，你是警备司令部派来的。”

“可是，我们已经对你明说了，我们四个不知趣的老头子，已经做好饿死、冻死在南苑大学的准备了。”

“不会，不会，您听，大炮已经不响了，已经用不上大炮了，机关枪……什么意思？就要进来了，近了近了，眼看着就要进来了。

“只是、只是……正因为他们要跑了，才更急着要孙奶奶手里的那件国宝。他们对我说，不把那件国宝弄到手，就要我的人头。”

“贺先生，不就是那件玉佩嘛，你拿走。”孙奶奶痛快，说着就往内室走，明明就是要去取那件玉佩。

痛快，痛快，一件玉佩换来一个新时代，足见这件玉佩是无价之宝呀！

孙老夫子也连连点着头，一点阻拦孙奶奶的意思也没有。

“不会的，不会的，我第二次进南苑大学，就是要让警备司令知道，事情办得不容易，明天我可以到他面前交差：‘国宝玉佩拿到手了，您老带走吧。’”

说着，贺欣我先生从长衫口袋里掏出一个小盒子。

玉佩，国宝玉佩。

“哈哈哈哈，警备司令大人只知道天津有一件国宝玉佩，但他没看见过这件玉佩是什么样子，是不是？玉佩嘛，珠宝大街各家都有几十件。您看看，和您家那件国宝什么地方不一样？”

“赝品？”

“哈哈，珠宝大街古董行里有几件真货？这不现成嘛，莫说你要一件，就是要个十件八件，我立马就给你送过去，带走吧。天津人说‘贼不走空’，在天津威风了这些年，溃败之时不顺手捞点宝贝,大司令岂不白干了吗?”

“好了,好了,贺先生,你的意思是……”孙教授拦住贺欣我的话,极为严肃地向贺欣我问道。

“哎呀,孙先生,您还不懂我的意思吗?

“你要国宝玉佩,我给你一件国宝玉佩,就是你知道的那件国宝玉佩,是我从南苑大学孙先生、孙奶奶那里给你要来的。”

贺欣我先生说完自己的完美设想,静静坐下来等候四位教授和孙奶奶的喝彩, 更是万般得意地向孙奶奶说着:“孙奶奶,您老先别把那件真品玉佩拿出来。您拿出真品,稍一疏忽,就再也分不清哪件是您原来的玉佩,哪件是我拿来的赝品玉佩了。”

孙奶奶果然又细细地看着贺欣我先生带来的赝品玉佩。“哎呀,”她不由得赞叹一声,“真是巧夺天工呀!”和孙奶奶家传的真品玉佩,分毫不差。

古董行嘛,既能识货,也能造货。人说,古玩街出来的东西,没有一件是真品,言不为过。今天你拿一件国宝,谈不拢价钱,无奈自己带回家去了。过几天,你再来古玩街,那件和你家一样的国宝就出现在古玩街上了,怎么,世上会有同样的国宝吗?当然有,一件是真,一件是假;再过几天,十件二十件国宝就一起出来了。要不,怎么有人劝告你没事别逛古玩街,逛不出三天,你就倾家荡产了!

听过孙奶奶一番赞叹,贺欣我先生万般得意地点上一支烟,静待孙爷爷的赞赏。只是一等半天,孙爷爷一动不动只是坐在一旁一声不吭。奇怪,难道你孙爷爷真等着司令带着一帮败兵砸破你家房门，强闯进来，抢走你家国宝玉佩,再烧了你的房子,将你绑架到司令部受刑去吗?

“不可！”

晴天霹雳,贺欣我先生吓得打了个寒战。孙老夫子一拍桌子,大喝一声,一双怒目盯着贺欣我先生,明明是怒不可遏了。

“怎么？您、您、您……”

贺欣我先生战战兢兢抬头看看孙爷爷,胆怯地向孙爷爷问着。

“不能！”又是斩钉截铁的一声回答。

“老头子,你糊涂啦！”孙奶奶扶着椅子扶手向孙教授问着,“你不同意？”

“我当然不同意。

“不能这样做。”

现在是四位圣贤一起说:“这件事,不能做。”

哎呀,哎呀。世上真有如此不可理喻的怪事了,人家贺欣我先生一番好意,为你们想出一个瞒天过海的好主意,诸位阁下居然不同意。

怪哉,怪哉也乎了呀！

“管他是什么司令,糊弄他一回,难道还有什么不应该的吗？”

“不可！”

孙爷爷还是一个重如千斤的回答。

“我们可以和他谈一个条件，这件玉佩交给他，无论沦落到什么地步，他也不能传带出去变卖，更不能让它落到外国人手里。”

“孙先生，孙先生，您把他们想成人了。东西一到了他们手里，他们逃出去，立马就要卖掉，把他们丢下的黄金捞回来。您要他们将来献给艺术博物馆，他们满口答应，您能信他们的话吗？”

“是呀，是呀。”

但孙爷爷有他自己的道理：“他背信弃义，是他的品德，可最后一询问，说此件赝品是从天津南苑大学一个孙姓教授家里传出来的……”

“哎呀，哎呀，我的老教授先生们呀，对付一个土匪，你们跟他有什么伦理道德可讲呀！”

贺欣我先生坚持这样做，四位圣贤坚决不答应，你一句，我一句，双方争执起来了。

“不行，不行，南苑大学的人不能做这样的事。”

“那怎么办，怎么办？”

“贺先生不必为难。孙爷爷家的国宝玉佩，是绝对不会交出去的。回去见到那个死到临头的司令，事情只向我等身上推，告诉他，他想为老蒋的天下殉葬，就请带上他的兵马攻进南苑大学，我等四人任他杀任他剐，只是这玉佩他休想拿到手。”

四位教授凛然正气，变成四条铁骨铮铮的好汉，巍然屹立在贺先生面前。贺欣我先生突然感觉自己像是一个小矮人,连头都抬不起来了。

“为贺先生平安避过这场劫难，请贺先生将我四人的回复告诉给他,他也许会幡然悔悟,选择自新之路。”

贺欣我先生和四位教授在室内喝茶讨论,外面的枪声越来越近,一阵呐喊,更听见外面号声响起,“冲呀——”明明是解放军攻进来了。

南苑大学瞬时寂静无声,突然学生跑出来,锣鼓喧天,欢迎解放军的到来。

…………

天津解放,那个倒霉的司令此时应该已经举起双手被解放军俘虏了。

不多时,南苑大学院里升起炊烟,解放军炊事班搭起大灶为困在南苑大学的师生烧起了一大锅小米饭。嗅到米香,四位教授、孙奶奶的肚子一阵咕噜叫:几天断炊,终于嗅到饭香了。

门外一阵脚步声,一队解放军战士走进门来,送上热气腾腾的小米饭，更向四位教授报告说:“按照前线指挥部的指示,给各位教授特别送上营养牛肉罐头。”说着,解放军战士将一箱牛肉罐头放到了桌上。

怎么,解放军居然有制作罐头的工厂吗?

解放军还没有制作罐头的工厂,这是从国民党军司令部地下室搜出来的。

“感谢,感谢！”一番感谢,四位教授连声向解放军战士说道,“还是先给学生们送去吧，他们已经好多天都没有吃饭了。”

“请教授们放心，体育场已经开饭，小米饭、白菜豆腐汤，司务长亲自掌厨呀。”

“哈哈哈哈！”

一盆热气腾腾的小米饭，一盒膻气烘烘的美国牛肉罐头，一碗美味无比的白菜豆腐汤，贺欣我先生饱餐一顿，辞别四位教授，从南苑大学出来，一路想着四位圣贤至死不肯用赝品玉佩去对付一个残兵败将，真是可敬可佩。走在路上，身边是提着武器匆匆向市区冲去的解放军战士，贺欣我心中极感震撼。抬头看看头顶的太阳，贺欣我先生心中一亮：贺欣我呀贺欣我，从此贺欣我再不是“我心黑”，幡然是一位新人了！顿时，贺欣我先生心已经不黑了。

又是一则纪闻，纯属虚构，恭祈方家万勿考证，一切猜测对号，笔者概不负责。作者谨拜。

大太子列传

上

大太子者，讳其名姓，津人纨绔子弟，从游者众，故称其为大太子。以其丰厚家财、父辈威名，以其倜傥风流、憨厚呆痴，果然实至名归，货真价实“大太子”一枚也。

大太子饱食终日，没有衣食之忧，知道家里有钱，但不知道有多少钱，从来没见过钱是什么模样。当有人告诉他钱只是一张纸的时候，大太子大吃一惊：“钱怎么就是一张纸呢？我书房里有许多纸，你们拿去买东西岂不甚好？”

众人唯唯。

每日三餐，大太子准时屈尊摆驾餐厅。众人见大太子驾到，这个拉椅子，那个摆盘子，不多时，前菜、主菜敬送上来，立即有诱人酒香飘来。酒香飘到身边，一只纤细小手将酒瓶斜倒过来，瑶池玉液从酒瓶注入明亮高脚酒杯，大太子举杯一饮而尽。“快哉！哪里来的此等好酒？”“天上掉下来的。”

“很好很好！”

及至成年，大太子由好友张三哥、李四弟二人引导遍游天下，如是留下诸多佳话，更如是开启了天津老儿迟钝的大脑，妙笔生花一般，编出了一则虽然荒唐却确有其事的文字，诸君哂阅，云云。

大太子麾下两名随员——张三哥负责钱财，李四弟负责事务。大太子今天要去北京游玩，李四弟先去天津老龙头火车站，调来当年慈禧太后西狩还政时由内务府督造的观光车，车厢里连扶手都是纯金的。然后，在天津老龙头火车站和北京前门火车站定好沿途一切来往客车、货车、军车停驶时间，再定好天津观光车进站时间。

万事安排妥切，张三哥出面付款结账。反正张三哥手里有美国花旗银行、英国汇丰银行、日本三井银行和瑞士联合银行等银行的支票本，随便撕下一张，用水笔画个圈，无论多少钱立即清了。你瞧，这世上诸事了结起来该是何等轻便。不似我辈，下楼买一绺芹菜，六角钱，给他一元，找回四角。一张张查看有没有缺角，粘贴的，看粘贴的是不是原配。

粘贴不要紧，就怕半张是毛票，另半张是五分纸币，去银行都不给你兑换，半张毛票换你五分，半张五分如何兑换？若是支票，不就没有此等麻烦了吗？不是玩笑，我们小区就有一个人干这等缺德事，两张钞票，一张一角，一张五分，重新组合，变成两张，都当一角钱使用，一角五分钱变成两角钱了。

张三哥、李四弟二人，非凡人也。

张三哥者，国务总理靳大爷的外甥。知道靳大爷吗？北洋政府国务总理。靳公馆和大太子家的承泽园一墙之隔，大太子自幼和张三哥一起玩，张三哥八面玲珑，聪明过人，天津卫的事，明的暗的，没有张三哥不知道的。靳大爷退出政坛后，寓居天津英租界，张三哥寄居在靳公馆里，为靳大爷打理日常杂务。靳大爷在北京收认了一位干女儿，每隔一段时间，靳大爷的干女儿就要到天津来，给靳大爷烧一桌宫廷大菜。据见识过靳大爷干女儿烧大菜的人说，干女儿烧的宫廷大菜胜过天下扬名的谭家菜、厉家菜。有时候外国政要到天津来专程拜见前总理大臣靳大爷，靳大爷就派张三哥去北京将干女儿接到天津来，为靳大爷的贵客烧一桌大菜。也是据说，沙皇尼古拉二世的二太太陪同丈夫到天津来，吃过干女儿的大菜居然不肯回国，死皮赖脸住在靳大爷的公馆里，更把干女儿留在天津，立志不把靳大爷干女儿的“芥末墩儿”学到手，绝不回国。

在靳公馆当差，张三哥的小日子过得优哉游哉。靳大爷的钱，由他可着性子花；靳大爷参加宴会，他敞开肚皮狠命地吃；中国大戏院二楼正中位置靳公馆包厢，靳大爷不来，他爱带谁去看戏就带谁一起去看戏。无论梅老板、马老板，还是中国大戏院掌柜，都亲自带着一班茶房恭立厢外侍候。赶上靳大爷寻花问柳，便单独有头等的人侍候张三哥。如此好的地方，如此好的日月，张三哥怎么离开靳公馆投奔到大太子麾下来了呢？

事出有因。

原因就出在靳大爷这个干女儿身上。靳大爷的干女儿到天津来，靳大爷指派张三哥带她各处转转，看看天津的劝业场，看看天津卫的花花世界。张三哥自然不辱使命，鞍前马后，把干女儿侍候得很是高兴也哉。只是这小子过于放肆，带靳大爷的干女儿去哪里不好，偏偏带着靳大爷的干女儿去了日租界的三友会馆。

三友会馆，何方宝地？三友会馆是日租界一处私家会馆，里面吃喝玩乐应有尽有。名义上三友会馆是日本在中国的侨民组织，暗地里三友会馆是日本暗藏在中国的特务机关。三友会馆的总理，由日本陆军部派定，每三个月三友会馆总理要回日本向陆军总部汇报，至于汇报什么事情，这就与本文无关了。

日租界三友会馆，是一个花花世界，想吃酒席，里面有法式大餐、俄式大餐、日式大餐，更有比大部分中国大菜烧得还正宗、更精致的中华料理；想喝酒，全世界的名酒应有尽有，从开天辟地上万年的葡萄酒，到商纣王酒池肉林里的玉液琼浆，只要你把钱拍在桌上，立马一杯美酒呈上来。多少钱？半条黄河。

领着干女儿在天津开心，靳大爷不疼钱，你就可着性子花吧。偏张三哥这小子起了歪心，他竟然带着靳大爷的干女儿钻进了日租界的三友会馆，张三哥要靳大爷的干女儿看看日本的新鲜，其实也不是大场面，就是将一个歌女叫到房里来，拨着三味线唱能乐。

其实，能乐并不好听，连日本人都听不懂唱的是什么，但请这类歌女演唱有一个特别的习惯：在歌女演唱的时候，你和你的伴侣想干什么就干什么。如果是一对夫妻，或者是一对情侣，这位歌女在演唱的同时，你们可以调情、拥抱、亲嘴，各自方便。无论你等做什么，歌女都看不见，照常演唱，一板一眼，绝无半丝半毫差错。演唱终了，歌女退出，见到同伴绝不乱说“刚才我演唱时看见了什么”，说出去，自己砸饭碗，这辈子就别想吃这行饭了。

靳大爷得知张三哥把他的干女儿带去了三友会馆，二话没说，一脚把张三哥踢出了靳公馆。幸亏大太子以宽仁之心收留了他，否则下场真不堪设想。就是，就是，靳大爷一脚踢出家门的人，谁敢收留呀？

唯大太子也。

张三哥落脚在大太子麾下，行事万般谨慎。张三哥知道，大太子是位有前程的人物，他一旦失足不仅误了自己的前程，更耽误了更紧要的大事。大太子几次暗示：“听说张三哥对天津卫犄角旮旯了如指掌，如今张三哥到我身边，真应该带我长长见识。”张三哥何等聪明，他一听就知道大太子希望他带着长什么见识，只是张三哥不敢呀。听说大太子家老爷子作风肃正，老爷子自己可以讨到十一姨太，但对于儿子，却连自由恋爱一事都不允许。

一次，大太子的五弟在外面有了相好，一个人在屋里偷看相好的照片。偏偏他不走运，老爷子一步闯进来，问他昨天留下的功课做完没有，老爷子一眼便看见小儿子双手捧着一张美女照片全神贯注地观赏，冷不丁地就将美女照片夺将过来，怒声向他的小儿子喝道："混账东西！哪里来的这等不雅物事？"

小儿子听见老爹吼声，吓得全身发抖，坏了，惹大祸了，老爷子最忌儿子们干那等不干不净的坏事，如今老爷子抓住自己竟然敢自由恋爱的证据，弄不好被逐出家门，那可真就要流浪街头行乞讨饭去了。

哎呀，哎呀！正在这大难临头之时，小儿子灵机一动，缓缓地抬起头来，双膝跪在父亲面前，哆哆嗦嗦地向老爹禀报说："一位朋友托办，说是一位淑女，敬仰父亲大人的学养，想寄身于咱家门下，侍奉父亲。这女子天生丽质，绝不贪求任何名分。小犬要来此千金的玉照，正要呈父亲大人过目。"

哦，老头子我年近八十，居然还有此等艳福，哈哈哈哈，好不乐煞人也！

老爷子再展美女照片，看了看，果然国色天香。

"罢了，既然人家仰慕我的学养，那就迎进府来随我读书吧。"

哎哟！我的天爷爷呀，小儿子给自己讨了一位绝色的十二姨太，从此每日清晨小儿子到十二姨太房间请安问候。赶上老爹不在，母子二人说说悄悄话，日子过得很是融融。

这小子真聪明呀！

他们家的孩子能有傻帽吗？

…………

虽然不能引大太子逛天津卫的犄角旮旯，但天津多了个什么好去处，张三哥一定要先禀告大太子。

这一天张三哥告诉大太子，英租界新开张了一家大菜馆——起士林餐厅，主厨是德皇威廉二世的御厨，不远千里来到中国，就为了让中国人吃一次记一辈子的拿手大菜。“嗜！人家做的那个烤牛排，外面是脆的，切开，里面的肉是鲜红鲜红的，那才是入口即化，香！”

“哦，早听说过半熟的牛肉最香，走，咱们尝尝去。”

说着，下边人就做好了准备，汽车开到门口，大太子更衣系领带，拔腿就下楼。

我的天！这一下吓坏了李四弟，起士林餐厅刚刚开张，报上说天天座无虚席，大太子摆驾起士林餐厅，当然不会排号等座，就是推门就坐，但满堂的人声、上菜服务生的喊叫声，也惹大太子心烦呀！李四弟立马跑向起士林餐厅，早早做好安排，留出半个餐厅恭候大太子御驾降临。

李四弟一口气跑到起士林餐厅。哎呀！果然不出所料，起士林餐厅人满为患，一张空桌也没有，中国人、洋人，哇啦哇啦的声音震耳欲聋，莫说让大太子落座用餐，就是让大太子看见此等场合，都要把警察局局长叫来，把这满堂的闲杂人等轰出天津卫，令他们十年之内不得再进天津。

只是，李四弟直接下令，让这闲杂人等退出餐厅不行吗？

你李四弟算哪棵葱？李四弟何等的聪明人呀！

一头撞进起士林餐厅的李四弟见到起士林餐厅经理，经理才要向李四弟问好，李四弟先匆匆忙忙抓住经理的胳膊，甚是着急万般地对经理说：“怎么你还没听到消息？张大帅奉系的军车已经开进山海关了。”

“啊！”

立马，一个大大的起士林餐厅，鼎沸的人声戛然静了下来。好似地球不转了一般，静得可怕。突然，起士林餐厅一半的客人，一齐转过脑袋瓜子向李四弟看过来，就像是起士林餐厅闯进来一头猛虎。

站在起士林餐厅经理对面的李四弟张牙舞爪地述说张大帅率兵进山海关的事，起士林餐厅经理还向李四弟询问："张大帅不在东北三省享大福，辛辛苦苦地率兵跑进山海关来做什么？"

李四弟立即回答说："打仗呀！养兵千日，用兵一时，养兵不就是要打仗的吗？"

“打仗，打仗……”

开饭馆的人想不明白，不好好在东北三省享福，跑进山海关来，洋枪洋炮地打仗做什么呀？

“哎呀，哎呀！我的大经理，没听说过吗？大炮一响，黄金万两呀！”

“唉，那是要死人的呀！”

起士林餐厅经理动了恻隐之心，他知道人死了，就没人来起士林餐厅吃饭了。

李四弟心里有底，死的人再多，也不会死到他的头上；人都死光了，起士林餐厅全班伙计侍候他一个人吃饭摆谱，那应是何等的风光呀！

当然，开饭店的起士林餐厅经理的感知和吃帮闲饭的李四弟不一样。起士林餐厅经理想起了前两年直奉战争使天津蒙受牵连的那一场浩劫。战场摆在距离天津一百公里的廊坊，但廊坊几十万的难民拥进了天津，多少天时间，吃大户，把多少天津人家吃得一贫如洗，而且张大帅的兵车停在天津老龙头火车站，政府带领天津各界代表登车慰问。也是政府粗心，光举行慰问大会，没送上慰问金，过路的军长一拍屁股，下车，看哪个银行大，带上炸药炸开金库，把金库里的金砖可着性地往车上搬。猪脑子，这小屁事还等我带着弟兄亲自动手？

“这次、这次……”起士林餐厅经理嘴唇哆哆嗦嗦地向李四弟问道。

“这次、这次天津商会学机灵了，张大帅的军车开进老龙头火车站，才一停下，天津商会立马将两百只烤鸭送上了军车，随后登瀛楼饭庄将四十桌燕翅大席送到，一边压住阵脚，一边筹措慰问金。等着吧，一会儿天津商会派来收慰问金的人就到了。”

“哦，我可要好好侍候着，商会那帮小子，血盆大口，你不和他们对付，连你家房梁都能被他们扛走。”

“哎哟，哎哟！赶紧回去照应照应收慰问金的事吧。”

呼啦啦，满起士林餐厅正在用餐的人们蔫溜地走了一大半，剩下一桌一桌的大菜，一口没吃，还冒着热气呢。

“倒霉倒霉，今天做赔本生意了，食客们还没付账呢。”

“好办，好办，张三哥来，大太子的账户，一张支票全有了。”

大太子要来起士林餐厅吃奶油煎牛排，先演出了一场张大帅率兵过山海关的闹剧。

这一天，这些桌的大菜，多少钱？几十桌大菜还没付账，食客们哗啦啦全走光了，这笔钱算到谁的头上呀？张三哥来了，一张支票，把几十桌大菜全包下了。逢凶化吉，一张支票，使正在愁眉苦脸的起士林餐厅经理赚了一大笔钱，信手买下了英租界一幢小洋楼。

一则纪闻，信乎哉！

下

锦衣玉食的大太子，在承泽园里长到二十岁，吃喝玩乐的日子过腻了。一天，大太子和好友张三哥去中国大戏院看梅老板《醉酒》回来。路上，坐在汽车里的大太子打了一个哈欠，耷拉着眼皮，无精打采自言自语说出了两个字——没劲。

哦，大太子活得腻歪了。中国虽大，好地方也不过就那么几处，上海，苏杭二州，大江南北、长城内外，天上去不了，入地也无门呀！还有什么地方好玩呢？

“外边转转？”张三哥灵机一动，信口对大太子说着。

“哪儿？”哦，大太子真动心了。

“那不由咱一说吗？”

“我知道哪儿好呀？再说老爷子面前也得有个借口呀。”

“留学。”

“学吗？”

“想学的东西太多了，工程、制造、天文、地理、医学、文学……”

“你打听打听,哪儿地方好,吃得好,住得好,还有,还有什么都好,老爷子面前也说得过去。”

“好！就是这个主意。”

无须多日,大太子留学柏林帝国大学的事,就一切筹措停当了。

老爷子听了很高兴,到底我家后辈有出息,不肯在家养尊处优,一心立志上进,做一个有为人物。“好！早早准备,德国银行有咱家的户头,张三呀,你操持着办吧。只是,只是,到了德国,你可要看住他,一旦他染上不洁症候,我把你脑袋瓜子拧下来配药熬汤给他医病。”

“爷，您就放心吧，两年后大太子回来帮助您治国平天下,光宗耀祖有望也。”

这一天,天津大光明码头人山人海,冠盖云集,洋鼓洋号四五伙,咚咚噎噎,嘀嘀嗒嗒,震耳欲聋;码头外,几条大街,停满了汽车,几百名警察手提警棍,冲着熙熙攘攘来往的行人吼叫:“快走,快走！”再有人要过来看热闹,不客气的警棍早举过头顶,躲得稍慢,脑袋瓜子就要起包了。

什么事如此隆重？一艘日本大轮船,烟筒已经冒着浓浓的白烟,明明就要启航,甲板上悬着的横幅上,斗大的红字写着——“读书救国,远大前程”。洋鼓洋号更吹奏着中国化了的西洋乐曲——“今日里别故乡,横渡过太平洋,肩膀上责任重,手掌里事业强”,云云。

如此隆重场面,必定是哪位学子出洋留学去也。

正是，大太子远去德意志，读书救国去也。

场景好不热闹。码头上搭起高台，立起插满鲜花的彩门，主席台大大的沙发椅上，市长、议长、会长，等等，凡是有“长”字的头面人物全部到场，端着茶盅，等候辞别时刻。

突然，地动山摇，船上船下，鼓乐齐鸣，万众欢呼。天上飘起气球，船下拉起彩旗，大太子出现在甲板上。各位“长”爷，全体起立，恭向大太子鼓掌致意。大太子手扶船帮，微微向码头上送别的民众挥手，再转身向列位“长”爷点头感谢。一声汽笛响起，轮船缓缓启动。河面涌起浪花，大太子在一片浪花中启程。

且慢，轮船已经缓缓离开大光明码头，何以那些送行的“长”爷还在甲板上坐着呢？少见识了，十里相送，他们要把大太子送到入海口，过了大沽口，才算尽了送客的使命也。

沿着海河河道顺流而下，过军粮城、塘沽，六十里，两个小时，出炮台。大太子来到甲板和送行者一一握手辞别，双方互相赠送纪念品。大太子送每位送行者一个首饰匣，内有纯金戒指一只，内环刻有铭文，作为大太子德意志留学送行纪念。至于各位“长”爷送给大太子的礼品，就不计其数了。

诸位“长”爷一一下船回津，汽笛再次长鸣，启航远行，直奔德意志去也。

轮船行驶半天时间，船主驾到，恭问大太子此行顺利，各种服务是否满意，然后拉开舱门。

“古德拜(英文 goodbye 的音译)，下船吧，爷。”

“到了？德意志远在万里，轮船才走了四个小时就到了？”

莫非世上真有飞船不成,那天方夜谭里的飞毯,飞起来,霎时就飞到天上人间,鲜花美女,鱼肉美酒,想要什么东西,什么东西就降在地毯上了。“到了,就是到了,您老的船票就是到这个地方。”

“什么地方?”

“青岛。”

“哦,不是去德国吗?”

“对了,对了,德国就在青岛。”

大太子从轮船上被抬下来,一辆小汽车停在码头上,张三哥从汽车里迎出来:“大太子,我等在码头恭候半天了。”

汽车开进青岛德租界,一幢哥特式洋楼,大片草地,四周半人高的灌木。远处望去,三层小楼,楼门台阶两侧早已齐刷刷地列队站好两班男女仆人。男子身穿黑色礼服,胳膊弯里搭一条雪白餐巾;女子着一色长裙,头顶白色花边小帽;领班挥手,似吟似唱,齐声问候“欢迎欢迎”。

“这是哪儿?”

张三哥走上来,说:“德国。”

“呸,你拿我当傻帽,德国远在万里,轮船才走了半天时光,就到了德意志什么国了?”

“大太子息怒,实情禀告,德国就在青岛。青岛德租界,什么都有,慕尼黑的黑啤酒、柏林古勒大街的小面包,随叫随到。而且、而且出门一拐角,就是阿姆斯特丹,那儿有德国近邻——荷兰的‘好景致’。大太子,爷,您就在这儿读书吧。”

“不是还要进柏林帝国大学吗?”

“就是，就是。这儿就是柏林帝国大学的校门。”说着，张三哥、李四弟拥着大太子来到后花园，一座大铁门，门楣上一行哥特体德国字——柏林帝国大学。大太子站好，整理整理礼服，一位绅士靠近过来，“咔咔咔”，一阵拍照，镁光灯一阵刺眼闪烁。于是，某年某月某日，柏林帝国大学校长迎接大太子来校攻读博士学位的照片，就登在天津大小报纸头版位置上了。

“这要花多少钱呀？”

“钱的事您就不必操心了，让段大帅、吴大帅多放两炮就全有了。”

山寨版柏林帝国大学校园里，一切安排停当。一路跟在身后的李四弟，凑到张三哥耳边，小声向张三哥禀告：“三哥，我该上火车站接爱美丽小姐去了。”

“接谁？”

“怎么？大太子连爱美丽小姐的盛名都不知道？”

“就是那位风靡上海演有声电影的爱美丽小姐呀！”

“她到青岛来做什么？”

怎么青岛这样的好地方，就只能大太子一个人来吗？

“麻烦，麻烦！报纸已经登了天津大太子去德国柏林帝国大学读书的消息，办报的有几个好东西？一旦走漏风声，他们知道大太子去的柏林帝国大学原来就在青岛德租界，再得到上海爱美丽小姐也到青岛小住的消息，老太爷知道了，还不得活剥了我的皮呀！”

“哈哈哈哈……”

张三哥和李四弟一起放声大笑。“大太子多虑了，既然将大太子安置在柏林帝国大学校区，又接来电影明星爱美丽小姐，难道我等就等着消息泄露，败坏大太子和老太爷的名声吗？”

“放心吧，大太子您就安心在柏林帝国大学校园里享福吧。”

如此这般，这般如此，大太子就在山寨版的柏林帝国大学里攻读博士学位了。

当然，天津各家报纸很是关注大太子在德国留学的事情。果然，有记者就采访到了大太子在德国读书的消息，有鼻子有眼，在柏林一条什么大街上，正碰见大太子匆匆赶路，手里还捏着半块黑面包。大太子一边匆匆赶路，一边口中念念有词，记者赶过去细听，原来是德国话“早安”“再见”，大太子正在恶补德语呢。随后报上又登出了大太子访问记，什么地点，什么时间，正在柏林帝国大学读书的大太子，在柏林帝国大学足球场边接受记者采访。“大太子先生，天津父老非常关心您在德国读书的情况，请您向天津父老说几句话。”

“很好很好，祝大家圣诞节快乐！”

“对不起，大太子阁下，刚才那瓶威士忌，您全喝光了吧？现在是六月，穿棉袄的时候才圣诞节呢。”

“那……那……祝大家什么节快乐呢？”

“您就祝大家快乐好了。”

“好好好，大家快乐，快乐，幸福快乐呀！”

找几家报纸编几条大太子在柏林帝国大学读书的消息，用不了几个钱，喝光那一瓶威士忌，少往嘴里吞一只牡蛎，就全有了。

…………

一连两年，大太子在山寨版柏林帝国大学过得如此惬意，若不是一场大战，大太子不会匆匆返回天津。

德意志帝国从大清国皇帝手里拿下了中国山东的开发权，山东所有山川河域只由德意志帝国一家开发，从此，德意志帝国在山东建造了胶济铁路，开发了煤矿，挖掘了石油，占有了山东一切资源。德意志帝国一天天强大起来，如是挑起了一场世界大战。

只是，好处不能一家独吞呀，离中国山东最近的日本，看着眼红了，向大清国要开发山东的特权。此时，大清国已经没有了，便向北洋政府要，北洋政府说“你们自己便宜行事”。有了这句话，日本人明白了，下手吧，先下手的为强，后下手的遭殃，拉开阵势，真刀真枪，就和德意志帝国干起来了。

日、德两国在中国山东开战，烧的是山东百姓的房，死的是山东老实人，抢的是山东财富。按理说，山东一省的主权属于中国，彼时代表中国的北洋政府，总要出面来个强烈抗议吧？

只是北洋政府对日德战争高姿态，宣布保持中立。

哎呀，真是不要脸呀！人家二人在你炕头上打架，一扬手，打掉了你家饭碗；一踢脚，踢倒了你家的窗户；二人扭在一起,从炕头滚下来,把你老爹砸死了,你只站着看热闹,保持中立,绝不拉偏手,骂你什么好听也!

一颗炮弹,把山寨版的柏林帝国大学炸飞了,张三哥、李四弟护着大太子逃出来。大太子胆大,还要留下来看看热闹。张三哥大喊:“快跑,快跑!”一扬手,叫来几辆高轱辘日本东洋人力车。

“去哪儿?”

“天津。”

“爷,醒醒酒吧,东洋人力车拉您老去天津?累死,我们不值钱;您老出点闪失,我们赔不起。”

幸好,一辆兖州煤矿拉煤的大马车匆匆过来。“过来,过来,拉我们去天津。”

“天津太远,俺拉你们到兖州煤矿吧,矿上有往天津送煤的小火车。”

“好好好,到兖州煤矿多少钱?”

“唉,炮火连天的提什么钱呀。”

山东人厚道,好人,好人。

“不收钱不行,这不是车钱,这是救命的钱呀。”

“大太子仁义,从来不白使唤人。”

说着,张三哥画了两笔,撕下一张小纸条递给赶车的汉子。

“哈哈,你们天津人真会打哈哈,一张小纸条也当钱花哩,你拿它买张煎饼试试,瞧不揍你才怪。”

“这就是钱,是真钱。”

“你留着花去吧，到了你们天津啥都是钱，俺们这里只认袁大头。”

一路上，听着炮声、枪声，他们哆哆嗦嗦地到了兖州煤矿。

到了兖州煤矿，进入现代文明社会，兖州煤矿职员给三位爷打水洗脸，掸掸满身的灰尘，更有人送上茶。大太子端起大海碗，吮了一口热茶，咂咂舌头。“嗯，信阳雀舌。老了点。”大太子品出茶味来了，“不如龙井。”

兖州煤矿派人送三位爷到了兖州火车站，到了这里，张三哥撕下来的那张小纸条顶用了。兖州火车站站长，收下小纸条，端详端详三位爷白净的脸，不像土匪，立马调来一节车厢，敬送着三位爷上车落座。三位爷又用过茶，再接过来餐盘，煎饼、大葱、大酱。

“嘿！这玩意儿还真香，莫怪大街上有人卖呢。”大太子赞不绝口。

…………

逃出战火。惊魂未定，大太子一行回到天津。大太子没回承泽园，一头扎进英租界马大夫医院，马大夫医院将所有住院患者请出病房，为大太子开出医疗室、卧室、读书室、会客室、娱乐室、餐厅、下午茶室、消夜室，反正一家大大的马大夫医院，就给大太子一个人住下了。马大夫医术高明，先给大太子开了几天帮助消化的西药，再安心养神，用了几天极其贵重的名药。张三哥负责安排好每天的三餐，安排好每天送餐的饭店，其中，大福来负责早点，起士林餐厅负责午餐，登瀛楼负责晚饭，此处几家咖啡厅按时送来咖啡甜食，再有零食、小吃一应俱全。

如此静养一周，大太子精神恢复。一天，大太子向身边侍候的张三哥询问："爱美丽小姐逃出来了没有？"

"爱美丽小姐随德国军官登船去法兰西了。"

"那就好，那就好，多好的人呀，看过她跳的脚尖舞吗？转起圈来飞一样，莫怪芳名叫'飞飞飞'，裙子很短很短，唉，有伤风化也。"

大太子离开柏林帝国大学回到天津，隐居在丰泽园大酒店里，日子过得依然安逸。二十年的英格兰威士忌照样每天一瓶，至于法国马赛浓汤、澳洲斧头牛排、北海道螃蟹、长江鲥鱼，一日三餐轮番呈送。爱美丽小姐虽然跟着德国军官去了巴黎，一位比爱美丽更加迷人的也叫"飞飞飞"的小姐由上海来到天津。如是，丰泽园里日日美酒，夜夜欢歌，日子过得好不惬意。

一场战火连着一场战火，愣把中国烧得寸草不生、生灵涂炭。但这些全与丰泽园里的大太子、张三哥和李四弟无关。

唯一一桩与丰泽园大太子有关的变动，则是承泽园里的老太爷死了，十二位姨太太分遗产打了一场大官司。天津名扬天下的袁原圆大律师和名震世界的卜辩编大律师一场长达一年的大辩论，把中国从军阀混战的记忆中解脱出来，闹得好一番热闹也哉。

别管怎么闹，铁打的法律，全部遗产长子和原配正夫人得百分之五十，其他人等再分另外的百分之五十。官司了断，鸡飞狗跳，树倒猢狲散，一个时代终结了。

老太爷没有了，大太子的盛名依然风光。天津人远远看见大太子的汽车开过来，便说大太子过来了，警察立即吹哨静街，行人匆匆闪开让路，小狗躲进胡同，小猫跳上屋顶。汽车声远去，“煎饼馃子”“包子热的刚出锅的”，市面又活了过来。

大太子出行静街，天津一道风景，孩子们每天去学校，老妈先嘱咐：“遇到大太子汽车，立马上边道，记住，记住。”

一天，大太子出行汽车“嗖嗖”开过来，静静的马路上，突然一个人蹿出来，站到马路中间，平伸双臂拦住了大太子的圣驾。“嘀嘀嘀”，一片警哨声响起，几十名警察包围过来。事故传到警察局，大太子路遇刺客，“嗷嗷嗷”，警车、救火车全部出动。呼啦啦，路上行人围拢过来，警车、救火车、警察、行人、看热闹的闲杂人等，乱哄哄的，天津爆发了一场百年来从未见的大事故。

“狗胆包天，什么人胆敢拦截大太子的宝驾？”陪同大太子坐在汽车里的张三哥立即喊司机停车，怒发冲冠，一下拉开车门，一步跳下车来，伸手就要去抓这位不速之客的衣领。没想到，此人竟然拨开张三哥的胳膊，极其安详地向着车门走了过来，一手把着车门，躬身向车里张望。

坐在车里的大太子也觉得奇怪，抬眼看看拉着车门向里面张望的此人。只见他年龄和自己相近，穿着很是寒酸，一件旧西装，左肩膀比右肩膀高，里面衬衣更不堪入目，脸带菜色，一副没吃饱的样子。

来者何人？

大太子正要询问，不料汽车外面的人先抬手拭拭眼角，似是拭去眼泪，哆哆嗦嗦地向大太子说道：“大太子，不认识我啦？”

“你……你……你……”

大太子不好回绝。这一阵天下大乱，说不定哪位大军阀的公子落魄沽上，拒不相认，说不定来日狭路相逢，总有个关照。可是、可是，此公何许人也，实在想不起来。起士林餐厅？维格多利舞厅？赌场？实在没见过此公也。

“贵人多忘事呀！大太子，柏林帝国大学……”大太子心想，柏林帝国大学？青岛？没见过你呀。我……我……我……青岛柏林帝国大学，那是山寨版的柏林帝国大学呀，就在，就在青岛德租界……没你，没你，山寨版的柏林帝国大学没有你呀。

看着此人哆哆嗦嗦的样子，张三哥耐不住性子了，伸手就要把此人推开。

“大太子，大太子，柏林帝国大学，你我同窗两载，我的学号38，阁下的学号39，你我紧挨着，你、你、你、你怎么就把我忘记了呢？柏林帝国大学留学者众，学成者能有几人呀？你看，你看。”

说着，此人把西装领子翻了过来，里面真别着一个蓝色小牌牌，上面是38号，啧，真真切切。“两年前你学成归国，还是我送你到码头登船出发的呀。那天下着小雨，你我两人打着一把雨伞，你、你、你健步如飞，我在后面，雨越下越大，啊啊啊！”

天爷,真出来柏林帝国大学的学生了。

“你……你……你……”

大太子没辙了,说他胡说八道,万一真是柏林帝国大学的学生呢?老说自己没去过柏林帝国大学,路上围着这么多看热闹的人,岂不要身败名裂,博士的盛名完蛋了吗?

大太子来不及和这人说话,心中只想如何将这个场面对付过去,马路上看热闹的人越来越多啦。

这位柏林帝国大学学生越说话越多:“大太子,大太子,你离开帝国大学之后,阿尔德教授再三向我打听,对我说,你的同学回到中国,一定会有大作为;阿尔德教授说,他一定在德国为你鼓动竞选活动。”

“哦……哦……哦……”越说越离谱了,大太子万分着急地对张三哥吩咐说,“赶紧把他打发走吧,赶紧打发。”

张三哥何等人,一眼就看出此人是大骗子,只是,只是,世上唯大骗子最不好对付,此时维护大太子的面子最为重要。给钱,给钱,一张支票开出来,二话不说汽车开起来,将那个柏林帝国大学的学生扔在了马路上。

从此之后,大太子每天出行,路上总要有柏林帝国大学的学生站在马路中央拦汽车照章办事,扔下一张支票,“嗖”的一声汽车开走;又一位柏林帝国大学的学生,拿着支票去银行取钱,跑小饭馆吃爆三样去了。

哈哈哈哈……

题注:一则纪闻,荒诞不经,但其事凿凿。其中大太子乘坐汽车，路遇柏林帝国大学同窗绅士，乃先父大人生前至交牌友。一九四九年，此公思想改造追求进步，被分配到解放北路天津烟草公司食堂，他做的土豆烧牛肉颇得烟草公司职工称赞。彼时，先父大人供职于解放北路天津石油公司传达室，工余时间，常和老友会面，二人共叙学习进步，展望国家美好未来，颇是意气风发也哉！

张三哥一九四九年经过学习，洗心革面，面貌一新。经街道介绍，他被分配到电车公司随车售票，俗称“电车卖票”；李四弟身无一技之长，在天津烤鸭店外看自行车。春节元月初二，天津姑爷节，李四弟携妻儿乘电车去岳父家拜年，电车上遇到“电车卖票”张三哥，二人遥遥相望，苦涩一笑，往矣，到站下车，拜拜了！

太史公著《史记》，有本纪、世家、列传诸文体。其中，列述人臣事迹，可传于后世者，谓之列传。

唐敬山开车进山

天津娃娃唐镇山，为了拜师学艺，更名唐敬山，说起来还真是一桩奇闻了。

先从唐镇山说起。

镇山是个苦命孩子，自幼失去双亲，幸亏舅舅心好，把刚刚十岁的小镇山领到家里，当亲生儿子养着。

小镇山的舅舅，膝下无儿，小镇山的舅娘一连生了三个女儿，如此小镇山的舅舅得了个美名，吨半二爷。

吨半二爷是个手艺人，也没什么拿手的本事：修理匠，修车。修什么车？胶皮车、三轮车、自行车。每天拎着个木箱子，坐在车来车往的十字路口中，等候生意。胶皮车、三轮车有什么修理的大活呀，最常见的修理活，就是补带。胶皮车、三轮车内胎泄气了，找到吨半二爷，一会儿时间就修好了。

有时候也有大活，车轮“龙”了，也就是不圆了，跑起来颠了，找到吨半二爷拿拿龙，算是技术活。一般只会补带的修理匠，不会拿龙，车修过后，跑起来还是颠。

小镇山在舅舅家里，很是勤快，水缸没水了，柴火不够用了，小镇山不用舅娘支使，自己就把活做好了。

家里没有什么事情，小镇山就跟着舅舅出摊，帮着打气，递工具，擦擦车，干点零活。有时候活多，小镇山就跟着舅舅学着干。小镇山机灵，小活学得快；补带的活，干得比他舅舅快。就说扒车带吧，小镇山把车轱辘卸下来再用两把螺丝钳子一转，外带就扒下来了，修车的人看得直拍巴掌："好小子！"小镇山听得心里美滋滋的。

一转眼，小镇山十八岁了。舅舅老了，白天可以顶半天，晚上，再赶上天冷，小镇山就不让舅舅出去，一般小活，小镇山自己干了。太麻烦的活，"明天您老再辛苦跑一趟，这个活，我拿不准，怕弄坏了您的车"。

就算是小活，小镇山一晚上也能挣几元钱，为此舅舅、舅娘对小外甥特别好，每天深夜小镇山回来，总给他煮碗面条，还来个卧果儿。

这一天，下大雪，街上一个人没有，更没有一辆车，小镇山坐在十字路口，冻得直哆嗦。回家吧，一晚上没挣几个钱，谁敢保证明天准有活干？一连三天没有活，一家人就要挨饿。唉，再等等吧。

越等越没活，小镇山一阵迷糊，打起了瞌睡。迷迷糊糊中一个声音把小镇山唤醒，小镇山睁眼一看，面前站着一个人。

这人好怪，一件大棉袄裹着脑袋瓜子，哆哆嗦嗦冻得上牙磕下牙。

“大哥大哥，麻烦你了！我呀我呀，骑车买东西，把车锁在门外，出来一看，车锁匙丢了。”

顺着说话的声音抬头往上看，面前的来人，肩上扛着一辆自行车。

说着，对面来人将肩上的自行车放下。小镇山是何等精明的人呀，他一眼就看出来，是一辆凤头。

不对，玩凤头自行车的少爷不会穿大棉袄，更不会半夜大雪天自己出来买东西。这事蹊跷，虽然不敢说是偷车的吧，至少来路不正。

小镇山一面琢磨着，一面走过去，端详这辆自行车。这一看，扛车来的人有点毛了。小镇山问扛车的人：“你这车锁是原配，还是后装的？”

“原配原配，哦，后装后装的。”

“不对，不对，这锁头绝对不是后装的，凤凰原配锁，绿色的。”

“哦，哦。”扛车的人支吾着。

“再说，开锁的事，警察局有吩咐。”

一说出“警察”二字，来人慌了，他把车子放下，慌忙对小镇山说：“我再去找找钥匙。”说罢，他把自行车放下，回身就跑得没有影了。

看着这辆凤头自行车，小镇山正琢磨它的车钥匙是怎么丢的，忽然看见不远处摇摇晃晃走过来五六个人，穿着警察局的黑制服，一路走着一路骂骂咧咧地喧哗，小镇山猜出一定是警察们半夜三更出来办案，满肚子不高兴，可又不敢不服从，嘴上自然没有好听的。

“介你妈大雪天，上哪儿找去。”

“少你妈废话，天亮前找不回来，这个月的补贴就要泡汤了。”

小镇山是何等精明的人呀，只几句话，他就猜出来一定是什么东西丢了，警察局派出人来寻找，找不到还要挨处罚。

“喂，大哥。”

走在前面的一位警察冲着小镇山招呼了一声。

“我？”

小镇山疑惑地询问。

“问的就是你。”

“副爷，有吗事您老吩咐。”

小镇山不敢怠慢，一步迎上去，向警察问着。

“看见偷自行车的了吗？”

“没、没、没看见。”

小镇山正支吾地回话。

“啪！”

一个大脖溜从背后打了下来，小镇山捂着脖子还要争执，打人的警察一把抓住小镇山的衣服领子，大声呵斥道：“说，说，人哪儿去了？”

“谁、谁、谁……”

“你还和我们装傻，早看出你们的二仙传道，前面有人下货，你在这儿接货。”

说着，警察把小镇山身旁放着的那辆自行车抓了过来。

“说，说，介是吗？”

“介、介、介……”

小镇山还要解释，五六个警察早你一拳我一脚把小镇山按在了地上。

“我、我、我……”

不容小镇山解释，又一阵拳打脚踢，把小镇山打得在地上直打滚。

重重地又是一脚，小镇山被踢出好几步远。一个警察跑过去，抓着衣领把小镇山提起来，大声地训斥：“哪条道上的？告诉你师傅，下货长点眼。知道这辆车是谁家的吗？老英租界德士古陈家二少爷的。半夜三更打来电话，说天亮之前若不把车子送回去，封了警察局的门。王八蛋，你们胆子也太大了，谁家的食都敢吃。”

一通黑话，小镇山一句也没听懂，他只是猜出刚才扛自行车的那个人是小偷，结果偷错了人。警察在他这里发现了自行车，把他当成偷车的同伙了。冤死人呀。

“副官，副官，我、我、我……”

“叫唤吗？算你今天运气好，警官没在家，我们放你一马，告诉你师傅，别忘了我们的好处，走，走，把车子扛到警察局去。”

“我、我、我……”

“你去不去？”说着，警察又抡起了巴掌。

“我去我去。”

“走！”

半夜三更,路上没有一个人影。几个警察在前,小镇山扛着自行车在后,晃晃悠悠地走着。路上几个警察骂骂咧咧地说着什么,说的都是局子里的事。“倒霉的差事都是咱几个的,好几档肥差都派到别的支队去了,妈的,以后遇见什么事,咱也躲,这年头打架不要命,没有一点好处,溅一身血……”

几个警察优哉游哉地走在前面,小镇山扛着自行车深一脚浅一脚跟在后面。忽然一声大喊:“砍死人啦!”小镇山猛然抬起头来一看,就在不远的地方,一盏微弱的灯光照着一家小饭铺。一群人从里面跑出来,又一群人从里面追出来,明晃晃几把大菜刀,猛烈地挥舞着,被砍伤的人惨烈地喊叫着:“砍死人啦!砍死人啦!”

明明是两拨人打起来了,小镇山不敢看,只想着早早把自行车扛到警察局,然后求他们放自己回家。已经快到后半夜了,舅舅、舅娘多不放心呀。

小镇山看见人挥刀打架,心想,警察们一定要过去查看。没想到这几位爷就像什么事也没看见似的,还是慢慢地走着。

“哎呀,查夜的警察来了,砍死人了,砍死人了!”

打架的人发现警察走了过来,向着警察大声喊叫。小镇山心想,这下麻烦了,天知道这场架打到什么时候,回家的事更没指望了。

只是小镇山万万没有想到,就在对面打架的人向警察跑过来，要拉警察去拉开打架的人的时候，呼啦啦，一阵风，前面走着的警察，一下子都跑得没影了，就像是一股热气蒸发了一样。

“咦，人呢？”

“警察，警察！”小镇山被迎面跑过来的人抓住，一个劲地喊叫。

“我、我、我……不是警察。”

“哎哟，明明你们一队警察出来查夜嘛，怎么你不是警察呢。”

“我、我、我真的不是警察。”

小镇山几乎是央求对面跑过来的人，别把他当警察。

“我是给副官们扛自行车的，你们闻闻，我身上一股子机油味。”

对面跑过来的人真在小镇山身上闻了闻。

“不对，这孩子不是警察，警察身上有酒味、烟味，警察身上没有机油味。”众人这才放了小镇山。

小镇山扛着自行车回到家的时候，天已经快亮了。他舅舅和舅娘站在门外，正向远处张望，看见小镇山的身影，他舅娘大喊一声：“镇山，你可回来了。”说着，双手合十念了一声佛语。

舅舅倒不太激动，拉过小镇山就问：“你跑哪儿去了？”在舅舅、舅娘的簇拥下，小镇山走进房里，喝了口水，开始一五一十地向舅舅、舅娘叙说晚上的遭遇。

说到最后，有惊无险，舅娘又感叹着谢过了苍天，照顾小镇山吃饭去了。

“可是，那辆自行车怎么办呢？”

“先让孩子睡觉，有吗事明天再说。”

“路上听警察说，这辆车是旧英租界德士古陈家二少爷的。”

“哎哟，德士古陈家，那可是惹不起的祖宗！快快，先给人家把车送回去，等到天明陈二爷闹到警察局，全天津卫搜查，查到咱们家，找到这辆车子，拉到警察局，咱跳进黄河也洗不清呀！”

别睡了，赶紧奔旧英租界。还是小镇山扛着自行车，怕小镇山不会说话，舅舅跟在后面，一溜烟就跑到老英租界了。

“站住！”

还没找到德士古陈宅，呼啦啦，十几个警察就围了上来。

“干什么的？”

“给德士古陈爷家送车。”

这么着那么着，舅舅向警察禀告明白这辆自行车的来龙去脉，警察的包围圈这才散开。一个警察指着不远处的一幢小洋楼：“看见了没有，那幢小洋楼，就是德士古陈家。”

“谢谢副爷。”

一个警察在前面引路，舅舅压在后面。小镇山扛着自行车，才走了几步，警察就大声地喊了起来：“陈爷！自行车给您老送回来了。”

应声，陈家小洋楼里走出一个人来，二十来岁，想来一定是陈家的二少爷了。

小陈二爷架子好大，走出门来，抬眼望望天空，晴空万里，今天天气不错，又垂目看看面前的警察，说了一句话："放下吧。"说着，好像还递给警察一个小信封。

警察连连鞠躬致谢。

这个警察倒是厚道，自己领了赏钱，还想给小镇山和他舅舅争一份。

"这车子是人家二位送回来的。"

"哦哦。"

小陈二爷"嗯"了一声，也没看小镇山和舅舅，随手掏出一张小名片，交到小镇山手里："下午，上公司找我去。"

小镇山转手将名片递给舅舅，舅舅看了一眼，似是吓得惊叫了一声："啊！"

从旧英租界出来，小镇山问舅舅："你刚才看名片的时候，怎么喊了一声？"

"你知道这位爷是谁吗？"

"谁？"

"光复汽车行经理。"

哎哟，光复汽车行，谁不知道呀！天南海北的老客跑到天津，托人情，走关系，找到光复汽车行买光复牌大汽车，没点门路的还真排不上号。

"去，咱给他把车子送回来了，他好歹也得有点表示。"

下午，估摸着小陈二爷可能有点时间了，小镇山和舅舅来到光复汽车行，拿出名片，说是要见陈经理。楼下的老头儿端详了他二人一眼："你们是早上送自行车的人吧？"

"是是，您老怎么知道的？"

"经理吩咐过的，你们到后河沿儿，大库房，经理说有一辆光复牌大汽车让你们开走。快点，别误了时辰，晚了让别人开走，再找经理他可就没时间了。"

"怎么着？"

小镇山和舅舅还没闹明白发生了什么事，电话铃响，门房老头儿接完电话，连声地"是是是"，放下电话，跑着上楼去了。

"走，看看去，就算他放屁，咱也不赔本。"

果然，光复汽车行大院里真停着一辆新装成的大汽车。

光复汽车行，有来头，更是一桩不为人知的天下奇谈。

一九四五年日本投降，普天同庆。

突然一条消息传到天津，说是抗日期间，从缅甸到大后方，有一条战时运输线——滇缅公路，为支援中国抗日战争运输物资。日本军队每天多少架飞机对滇缅公路狂轰滥炸。许多英雄司机英勇牺牲，也有许多载重汽车被日本飞机炸毁。

战争结束，中美两国政府将牺牲在滇缅公路上的英烈们的遗骸送回家乡，更对家属们做了种种安抚，至于那些被炸毁的汽车，一直趴在滇缅公路的山沟里，没有人清理。

对此，天津商人动了心思：将趴在滇缅公路山沟里被炸毁的汽车搜罗回来，不也是一笔财富吗？那些被炸毁的汽车，仍然有回收的价值。于是，昨天夜里丢自行车的小陈二爷他老爸就干起了这宗生意。他们设立公司，派人先去滇缅公路勘查，勘查回来的人说，滇缅公路山沟里被炸毁的汽车太多了，有的就是坏了一个部件，还有的就是坏了一只轱辘，发动机一点没坏，只要把这批废东西拉回来，找几个把式整理整理，一定能攒出好车来。

就这样，老陈二爷出资，小陈二爷出面，在天津成立了一家光复汽车行，没多少日子，光复牌载重大汽车问世。哟嗬，可了不得了呀，抗日胜利，百业待兴，未及一年时间，天津率先制造出了载重大汽车，眼看着中国的时运来了，一连两三年，天津国民经济世界领先。

小镇山和舅舅拿出小陈二爷的名片，大库房的先生接过名片看了看，对舅舅说："好大的面子呀，这辆车今天早晨才攒好，好几个老客等了半个月，经理吩咐留着，说是一会儿有人拿名片提货。说是他们给小陈二爷把自行车找回来了。嗬，那可是我们经理的命根子呀，从小就爱玩凤头自行车。听说后半夜车子不见了，惊动了老爷子，打电话到警察局，吩咐天亮前把自行车送回来，人家少爷有一场早场电影。"

哦，又有学问了。

早场电影是怎么一回事？早场不是学生半价场吗？不是那个早场，人家小陈二爷看的早场，在光明电影院二楼小放映厅，只有二十几位观众，放映从美国军舰上调过来的片子，有分交，十八禁。为什么要早晨演？下午人家美国军舰要放映，片子放出来，中午十二点之前必须送回去。

自行车找不到了，你说小陈二爷着急不着急。

小镇山和舅舅两个人看了看停在大院里的大汽车，眼睛亮了。真有天上掉馅饼的好事呀，发财了发财了！从此吨半二爷再不必摆小摊干修理零活，小镇山也不必晚上接替舅舅挣些零钱补偿日用了。

“开走呀。”看管汽车的伙计有点不耐烦了，催促他们赶快把车子开走。

只是，只是，这么大的汽车，两个人推不走，也拉不动，吨半二爷莫说是开车，他连汽车都没坐过，怎么办？爷儿俩干瞪眼了。

“我给你们找个人吧，八爷，老车把式了，人厚道，又是小陈二爷的交情，不要钱。”

就这么着，一辆全新的光复牌大汽车，八爷开着车，里面坐着吨半二爷，车斗上站着小镇山，风风光光地开到了吨半二爷家门口，呼啦啦方圆几条街的邻居全跑出来看热闹。

“哪儿捡的？”

“吨半二爷居然有钱买大汽车，天下奇谈了！一定是哪位把式开着车，突然心脏病发作死在路上，吨半二爷把死人埋了，汽车就自己开回来了。”

“少打听闲事，这年头知道的事情多了，没好处。”

大家觉着此事蹊跷，谁也不再追问了。

门外停着一辆大汽车，惹来许多麻烦，头一宗，警察局查夜，说是妨碍交通。其实吨半二爷家门前没有人走路，不行，那也妨碍交通，而且危险，一个不小心汽车被风刮倒了，正好有一个人从旁边走过，砸死了怎么办？交管理费，警察局替你照应着。

而且，而且，大汽车是赚钱的家伙呀，放在门外，还得按月交钱。赔了，赔了。咱也开汽车挣钱去吧？

可是，那要先学开车呀，五十不学艺，吨半二爷快六十岁了，学不成了，就让小镇山学去吧。

八方打听，车把式们说天津光复汽车行攒车的八爷是老把式，跑了十几年大西北，前几年出了一次车祸，伤了一条腿，不再跑车了。八爷人品好，脾气更好，保举小镇山跟八爷学徒去吧。

说起八爷，有印象，前几天提车，就是八爷给开回来的。带上一份登门礼，自然就是钱了，行里的规矩，六百六十元，图的是个吉利——六六大顺。定了一桌酒席，到时候，众人来到饭店，请来一位大了主持仪式。八爷自然入了正座，小镇山坐在下座。酒过三巡，举行拜师大典。小镇山跪地磕了三个头，大了递过一杯酒。小镇山把酒杯举过头顶敬送到师傅座前，师傅正要接过，主持人大声宣读拜师文书："师道大矣哉，入门授业投一技所能，乃系温饱养家之策，历代相传，礼节隆重。今有民家小子唐镇山情愿拜于八爷门下，受业学徒开车技术……"

只是，就在主持人大声读文书的时候，师傅八爷突然站起身来，二话没说，大步走出了大厅。

咦，八爷翻车了。

众人大吃一惊，纷纷追出去。“八爷，八爷，您老这是怎么了？”

人们猜想，八爷撒酒疯，是忽然想起了什么事情，悔了拜师约定，或者是拜师礼金给少了？

不对不对。一来，八爷的酒量二斤不吃菜，今天只一杯酒，不至于醉呀。二来，今天的拜师礼金不少呀。打听过了，马连良收徒，拜师礼金，十六两黄金；拜到八爷门下，吨半二爷奉上的拜师礼金六百六十元关金券，折合十八块袁大头，白银十六两，行啦。

“八爷，八爷，您老慢走，哪个地方不够板（讲规矩），得罪您老了？您尽管说话。”

拦住八爷的是请来的大了，操办一堂事，不容易，办砸了，传出去，市面上伤了名声，饭碗丢了。

看在大了的面上，八爷收住脚步，回头对大了问道：“徒弟姓吗？”

“姓唐。”

“叫吗？”

“镇山……哎哟！”“啪啪”两声，大了一连扇了自己两个耳光，“我浑蛋，我浑蛋！”

大了一步跑回来，一把将小镇山拉起来，拉到吨半二爷面前，大声喝道：“改名字。”

“怎么了，这名字是一出生就起的，怎么一时之间就要改呢？”

“开大汽车，跑山路，进山之前，要跪地磕头拜山，口中叨念，学徒某某进山打扰，求山神一路保佑。你他妈一说名字叫镇山，你能镇山还他妈拜山干吗？”

“改改改，立时就改。”到底吨半二爷有点文化，立即就给外甥把名字改了。

小镇山改名小敬山，正式开始学习开车了。

八爷尊姓大名，无关紧要，天津汽车行里提起老把式八爷，人人交口称赞。八爷开车几十年，西北老客买了什么重要的物资，宁肯等半年，也一定要请到八爷开车。当年八爷自己有一辆大汽车，生意一桩连着一桩，很是赚下了家当。

八爷混得这样好，怎么到光复汽车行干活去了？

唉，别提了，提起来，八爷气得蹦脚骂那个王八蛋。

这桩倒霉事到时候再说。

八爷年轻时丧妻，膝下无儿无女，因为那件倒霉事，至今没有再娶，就是孤身一人过着。收了徒弟小敬山，生活上有人照料，日子过得很是滋润。

汽车行学徒，虽说是学徒三年，其实三年过去，遇见好师傅，也许能让你知道油箱怎么打开，怎么往油箱里加油，那个神圣的驾驶室，根本不让你进；至于那个方向盘，行里说是“大轮”，你根本摸不着。

让你学会开车，师傅吃谁去？

八爷厚道，小敬山被领进门，学习擦车的时候，八爷就把汽车结构给小敬山讲明白了。小敬山这孩子也机灵，什么事说一遍就能记住，不必师傅再唠叨。半年之后，八爷开着车子到郊外转，到了人少的时候，八爷就让小敬山开车。

小敬山倒也挨过大脖溜，开着开着走神了，“啪”一巴掌打在脖梗子上。八爷问：“想吗了？”

小敬山连连改正错误，再不犯了。

最重要的是，八爷带徒弟，有言在先，学艺先学做人，行里的规矩，一定牢牢记住。不许东瞧西看，开车走在路上，马路那边一位大摩登，随便瞟一眼，不算居心不良，万一这时候有人过马路，你一走神，出事了，这行饭别吃了。不许顺手牵羊，开车过农村，看见乡下人家门外挂着棒子、辣椒，顺手揪一把，不算偷窃，以后你再走这条路，乡亲们在地上挖沟，不放你过去。不许见困不助，跑车路上有人挥手搭车，你猛踩油门闯过去了，明天外边冻死一个人，说不定就是你爸爸。明白吗？学艺先学做人，就是这个道理。

此外，个人品德，不戗火，不斗气，等等，连路上屙屎撒尿，都有规矩。八爷一一告诫，小敬山记在心间。八爷说：“我不迷信，不拜佛，不进教堂，可是中国人这些老规矩，条条都是鲜血换来的。”

说着，八爷拉开裤管，“啊”的一声，小敬山吓得喊了出来。

八爷腿上，好大一个疤。

多少年前，跑车过太行山，车到山前，八爷下车磕头，拜山。押车的一个浑蛋，就是不下车，看见八爷跪在地上磕头，他还在车上喊叫:“狗头不受,狗头不爱。”八爷不和他一般见识。进山之后,看见树杈上一个鸟窝,两只小鸟喳喳叫得好听。那个跟货押车的喊着停车,跳下车就把鸟窝取下来了。看两只小鸟,也是喜爱。不多时,这家伙玩腻了,一扬手,把刚刚出生的小鸟扔了出去。那家伙正哈哈大笑,一个拐弯,八爷说,只觉得一阵天昏地暗,等醒过来,自己已经躺在一户农家的土炕上了。

救人的乡亲说,车里那个人没救活,八爷命大,捡了一条命。养了半个月,八爷回到天津,天津正骨科苏大夫,没锯腿,把摔得粉碎的骨头接上了,只是,不能再跑车了。

八爷开车这些年积攒下的钱财,也花光了。

“明白吗?世上一草一木、一石一泉,都有灵性,可以不信,不可以不敬,人活在世上,要规规矩矩。”

对了,这就是八爷传授给小敬山的传世绝技。

市面上传言,说八爷收了个好徒弟,只一年就可以跑河北了,最远跑到山海关。跑保定,一马平川,没有大山大水,小敬山开车,八爷照看着。一路上平平安安,他们揽了几桩生意,主家都非常满意。渐渐地,八爷揽活的消息不胫而走,最后,西北老客来了。

八爷说:“西北方向,多年不跑了,徒弟还没出师,不敢放手,误了你们的生意事小,出了事,对不起人家孩子。”

“不行,八爷,这次无论如何您也得辛苦一趟。西北军派下来的官差,运输军用机械,误了军机,马爷说,要脑袋瓜子的。”

“罢了，多年的老客，再辛苦也要跑一趟。”

老客说：“不能让您一个人辛苦，掌柜亲自跟车。”

八爷不答应：“信得过我，你坐火车在嘉峪关等我。你跟车，孩子害怕。”

“谢谢八爷，我给孩子加一份辛苦钱。”

“孩子不收辛苦钱。心里惦着钱，开车时盘算这笔额外的钱如何打点，走神。孩子还没出师，吃在我家住在我家，一年两季单衣棉衣，用不着你单独给赏钱。货到了，看着孩子辛苦，给他加一顿你们那里的牛肉面，多放辣椒，回来时给他包二斤牛肉。我可不是这个对待，牛肉面，得给我预备兰州老烧锅。”

条件不高，一切照办。八爷算好路程，头一天投宿哪里，第二天哪里歇脚，连一路上哪里吃手抓羊肉，哪里吃牛肉面，哪里的烧锅酒好，哪里的瓜甜，都算计好了。

头一遭跟师傅进山，小敬山激动得一夜没睡好觉。第二天天未明，小敬山就看过油箱，擦好汽车，给师傅打好洗脸水，侍候着八爷起床。八爷知道孩子的心情，不说话，冲着小敬山笑了笑，说：“走。”带着徒弟出去，一人半张大饼、两根油条、一碗锅巴菜，呼噜呼噜小敬山吃出一身汗。

开车，小敬山在汽车方向盘一侧拉着车门等待。八爷慢慢地走过来，看看小敬山，一努嘴：“上呀。”

小敬山没敢上车，只觉得心脏一阵乱跳，冲着师傅脑袋瓜子直摇晃。

“上呀！”八爷又冲着小敬山说了一次。

“您、您、您坐好，我就关车门。”

“我让你上。”

“我、我、我……”小敬山嘟嘟囔囔也不知道要说什么话，还拉着车门呆呆地立着。

“上去吧你！”

猛一使劲，八爷把小敬山推上了驾驶室，更用力地将小敬山按在驾驶座位上。

从天津出发，一天路程，顺风顺水。入夜到古北口，小敬山头一次看见长城，弯弯曲曲盘在山坡上，看着很是凄凉。想起师傅定的规矩，不许东瞧西看，他把目光收起来，老老实实开车，长城凄凉不凄凉和他没有一毛钱关系。

古北口投店，条件极差，住房是没有了，只能在长长的通道上铺一条被子，和衣躺在地面上。小敬山头一天跑长途，一闭上眼，就是开车路上的村庄、树丛，还有慢腾腾的大马车和无精打采的赶车人。小敬山渐渐迷迷糊糊地睡着了。突然一个急刹车，小敬山突然醒过来，披衣服撒一泡尿，回来再躺下，还是开车。

第二天行车也平顺，就是村子少了，树少了，人更少了，偶尔几座稀稀拉拉的房子。过了一个大镇，八爷拉着小敬山下车吃了一碗面。八爷喝了几口自己带在身边的直沽高粱酒。小敬山直了一会儿腰，继续开车。

天色渐晚，没有歇脚的地方，小敬山不能问，八爷靠在椅背上打哈欠。月亮已经升起来了,倒是很好看。在天津没看见过这样明澈的月亮。小敬山什么感觉也没有,反正师傅不说话,你就只管开车。

到了。荒郊野外一间好大好大的土坯房,一排十几个窗子,里面没有灯光,外墙露着黄土,墙上画着一个一个的白粉圆圈,早就听说是吓唬狼的。

八爷使了一个眼色,停车。八爷在前,小敬山随后,向着那间大房子走去。离着大房子还有十几步, 一股恶臭扑过来,小敬山打了一个冷战。

走近几步,一片牲口的喧叫声,大车店到了。

小敬山见了世面,说是投店的地方,却没有人接待,钻进房子,黑洞洞的,长长的一个大炕,不知道躺下了多少人,每个人身上都披着一件老羊皮袄, 有的毛朝里, 有的毛朝外,活似大炕上卧着一排大白羊。

进屋,靠门睡。

八爷在躺着的老羊皮袄间拨开一点地方, 对小敬山说:“睡吧,明天头遍鸡叫,进山。”

小敬山心想着明天天亮之前鸡叫头遍出发,唯恐睡过了头,最后还是八爷把他从大炕上拉了起来。

太累了,吗话也别说,揉揉眼睛,开车。

远远看见群山,走了一大会儿,山还在很远很远的地方。前面一片小冈子,没有路了。小冈子前面已经停下了三辆汽车。

远远地传来了第二遍鸡叫声,八爷走下车来,向前面几个兄弟看看。前面停下的三辆车，把式们早就立在山脚下，看看八爷，一起拱了拱手，八爷也拱手还礼。这一敬一还，八爷就成了这一行四辆车的头，或者用把式们的行话说，八爷成了这次进山的老把式。

老把式，就是这四辆车的领袖，身上有领袖的权威和责任。原来汽车进山，都要结伴而行。鸡叫二遍焚香燃烛，磕头敬酒；鸡叫三遍，开车进山。过了时辰，太阳升起，天黑前不能出山，困在山里，许多故事太可怕了。

义不容辞，八爷走上前去，带领后面三辆车的把式，焚香叩拜，恭恭敬敬，大家一起磕了三个头。

没有人再说话，八爷和小敬山上车，绕到早来的三辆车前面，向前开去。

最先的山路，也还平坦，不过是一个大大的山坡，慢慢地也就开到山后去了。第二道山梁，出现了弯道，陡陡的山坡，“之”字形的车道，爬上去，折回来，往下看，还在原来的老地方。绕了几道弯，再看看，车到半山腰，山下面一片郁郁葱葱，视线都模糊了。

第三道山梁就险峻了，抬头，一片白云，山路像刻在山上的曲线。八爷招呼后面的车停下来，大家下车，擦擦汗，抽支烟，喝口水，方便方便，又直直腰，然后一起上车，进山。

绕过几条“之”字形的山路，八爷的车在前面开得很慢，后面的车也拉开了距离，规规矩矩，大家一起相互关照着行车。

好像是看见了什么东西，八爷按住小敬山的手，吩咐停车。

小敬山踩下刹车，汽车停了下来。后面三辆车也停了下来。小敬山正要向八爷询问出现了什么情况，紧跟在后面的师傅抢先跳下车来，拉着小敬山的车门大声问："怎么了？"

八爷没说话，眼睛只是向前方看着。

顺着八爷的视线，后面跟过来的师傅看过去，一块大石头躺在了山路正中。

看得出来，大石头是昨天夜里从山上滚下来的，冲劲不小，把山路中间砸出了一个坑。

二话没说，后面跟过来的把式跑过去，弯下身子，好像要搬开这块挡路的大石头。

"你要干吗？"

坐在车里的八爷大声地向前面的把式喊了一声。

八爷的喊声未落，跑到前面的把式搬起山路上的大石头，用力一扔，轱辘轱辘，腾起一阵尘烟，大石头被扔下山去了。

小敬山看见，八爷脸上的肌肉紧紧地抽在一起，咬着嘴唇，好一阵没有出声。

那个把石头扔下去的把式得意扬扬地回来，冲着八爷拍拍手上的尘土，向八爷看看，走到后面坐回汽车上去了。

山路上的石头被清除了，小敬山双手放到方向盘上，踩下油门，准备开车。

突然，八爷重重地打了小敬山一巴掌，小敬山莫名其妙地愣住，看看八爷。八爷没有表情，只是呆呆地坐着，小敬山心里打鼓，不明白八爷为什么重重地打了自己一巴掌，是责备刚才为什么不是自己下车搬开那块石头，或者还有什么其他原因。

小敬山呆呆地扶着方向盘，低头寻思自己做错了什么事。

“师、师、师傅……”

小敬山想询问八爷是不是应该开车了，但他没敢说出口。就在小敬山不知道应该怎么办的时候，八爷从侧面狠狠地踹了小敬山一脚，小敬山没有提防，险些被八爷从车里踹出去。

小敬山，好一个聪明的孩子，被师傅踢得晃了晃身子，没有说话，索性推开车门，从汽车里跳了下来。

小敬山没说话，更没有询问师傅为什么把自己从车里踹下来，他急急地走到刚才挡路大石头的那个地方，看看山路，一步一步地向山下走去。

八爷在车里喊着：“小心。”

小敬山终于明白八爷把他踹出车来的原因了。

顺着弯弯曲曲的山路，小敬山一步一步地向山下走着。天津孩子没走过山路，小敬山双手不停地找抓手，抓住一根树枝，抓住一根蒿草，扶住一块石头，慢慢地向下走着。八爷的车子停在前面，后面的几辆汽车也不能动。后面几个人走过来询问停车的原因，几个人看着八爷向山下注视的目光，一起也随着向下望去，这才发现小敬山正在向山下走。

“咋啦？”

八爷不吭声。

“掉下啥啦？”

八爷还是不吭声。

“哎哟”，突然，后面一个人喊了一声，随之，刚才把山路上的石头扔下山的把式纵身向山下跳去，到底是山里的汉子，只几步就跳到小敬山的身边。

后面追过来的把式，不和小敬山说话，一步就找到了刚才他扔下来的大石头，用力地抱起来，反身向山上走。

石头很重，把石头扔下山来的汉子抱在怀里也费劲，山路又斜，一步步向上走，莫看是山里人，也是呼哧呼哧喘大气。小敬山心善，快追一步，想帮助那个把式一起搬石头，突然山腰上的八爷大声喊：“闪开，让他自己搬！”

…………

二十天之后，八爷和小敬山回到天津。八爷跳出车子，直奔华清池去泡澡。小敬山洗洗脸，急着回家向舅舅、舅娘报平安。

小敬山对舅舅、舅娘说：“哦呀，那兰州的牛肉面真是香呀，我吃了一洗脸盆。”

舅娘一听笑了：“怎么拿洗脸盆吃面呢，让人家笑话咱天津娃娃没规矩。”

哈哈哈哈。

新亚大药房喜迎新时代

新亚大药房坐落在黄家花园十字路口最繁华的地界，最红火的时候，一连三幢小洋楼的店面，砖头砸不碎的大玻璃窗，药房里整天亮着几十只两百瓦的大灯泡，入夜照得黄家花园成了日不落大街。

新亚大药房，历史悠久，开埠之始，西药入津，余老先生率先做起了西药生意，创办了这家新亚大药房。余老先生年事渐高，药店里的事情就由他儿子余铭森接管过来了。

新亚大药房声誉第一，买卖公平，绝对不卖假药。那年月还没有制作假药的本领，做个祛风膏呀什么的还对付，造假阿司匹林，没那么大能耐。

余老先生和余铭森父子二人经营新亚大药房，市间流传着一桩有惊无险的故事。老朽林希无事于小区公园负暄闲坐，听得其中奥秘，确也颇为神奇，如今借《沽上纪闻》总题，听我娓娓道来。

一九四五年，日本投降，余铭森正值从南开大学毕业。偏偏一位从重庆飞来的教育部部长，将抗战时期在沦陷区读书的学生，定为伪学生，学历无效。学历无效怎么办？那就要重新参加大学入学考试，经录取才能再从一年级读起。

这一下学生们闹起来了，要和这位二百五教育部部长理论，问这位教育部部长，沦陷时期出生的孩子，是不是也要重新出生，无论今年几岁，一律定为一岁。

教育部部长自然振振有词，问学生们："沦陷时期你当过大学校长，算得是德高望重吗？"

而且教育部此举也不为难学生们，重新录取，大学实行学分制，第一天入学，第二天就可以申请考试，达到学分，立即发你毕业文凭。摇身一变，你不就成了国家栋梁了吗？

此等潇洒，何乐而不为哉！

偏偏学生们不通情达理，天天坐在教育部门外，等部长出来揍他，看能不能把他揍得明白一点人事。这下部长慌了，部长虽然有学问，但是也知道挨揍是件很不舒服的事。几天没见，部长回南京升任乡村自治发展总署署长去了。如此，余铭森一干人的学历才得到民国政府的承认。

余铭森大学毕业，离开南开大学之时，家里出了一点小事，他家的新亚大药房，被定为"敌产"，全部没收，由国民政府接管。"大东亚共荣圈"六个字，新亚大药房占了两个字，三分之一属于附逆。而且，最重要的是，日本军方买过新亚大药房的药，顺理成章，新亚大药房支援"大东亚共荣圈"，被判定敌产，没戏了。

这一下破产了，不追究余老爷子附逆的罪名，就已经便宜你了。

渐渐地，局面缓解，说是只要向华北接收总署交一笔“二读费”，支持“大东亚共荣圈”可以改为“曲线救国”。华北接收总署的“二读费”数额不高，只一万元，但是不收关金、法币，只收美元。事情虽然好办，可是美元去哪里弄呀？

何谓“二读”？这是个法律专用词，指一个案例第一次读过，败家不服，提出二读，第二读可以推翻第一读的结论。杀人可以改为“误伤”，偷盗可以改为“拾遗”。《六法全书》就是这样一读二读折腾过来的，无论什么事情都好商量。

天无绝人之路，就在余铭森老爹一筹莫展的时候，天津大光明码头停下了美国军舰。美国军舰来天津干吗呀？接受日本投降。日本向中国投降，有美国军舰什么事呀？中国不是忙不过来嘛，那就请美国军舰代劳了。

余铭森老爹正在为一万美元犯愁，好消息传来，美国军舰招收雇员。招收什么人？什么人都要，洗地工、勤杂工、厨师、理发师，等等，最高的职位——翻译，实行年薪制，和美国同行一样待遇，年薪八万美元。

余铭森一算，年薪八万美元，一个月将近七千美金。天助我也，老爹的“二读费”有了。

于是，余铭森跑到大光明码头，找到美国汤姆号军舰，交上简历，第二天收到录用通知，余铭森先生被聘任为美国汤姆号军舰首席翻译了。

年薪八万美元，好家伙，余铭森先生两个月的薪金就够交“二读费”的了，看来将支援“大东亚共荣圈”改为“曲线救国”，也不是什么麻烦事。

余铭森老爹的新亚大药房如何从支援“大东亚共荣圈”变成“曲线救国”，这里就不描述了。只说美国汤姆号军舰首席翻译官余铭森先生在汤姆号军舰上的离奇故事吧。

汤姆号军舰舰长对余铭森先生的工作非常满意，印象很好，和中国政府打交道，每次都带着密斯特(英文 mister 的音译)余。密斯特余做事更是认真负责，不仅翻译准确，而且待人忠诚，更以渊博的学养向舰长先生介绍了许多关于中国的知识。舰长将密斯特余看作是老师，更请密斯特余到自己家里去吃饭。

请人到家里吃饭，在美国人看来，实在是了不起的大事了，美国军舰，舰长带家属就任，美国军舰上出现女人一定是舰长的老婆和女儿，此外绝对没有女性船员。

在舰长家里吃饭，舰长夫人和女儿出席作陪，吃的什么不必细说，倒是要说说舰长大人的那位倒霉闺女。

舰长大人的女儿叫麦瑞，长得非常漂亮，绝对是洋美人，羞得余铭森不敢抬眼。吃饭时不知道为什么，这位小姐犯小性了，嘀里嘟噜地和她老爹争辩。余铭森自然能明白这父女二人为什么争执。原来女儿不想去一所大学读书，她说她的外语不行，外语不行怎么能去读海洋法呢?

老爹说：“你外语不行，我给你请一位老师，这位老师会六种外语，就说你从哪门外语先学起吧。”

麦瑞小姐似是无意地向密斯特余瞟了一眼，当即就说：

“我从中文开始学。”

老爹说：“密斯特余就是你最好的老师。”当即和余铭森谈好，教授中文，每小时三十八美元。余铭森说：“我在舰上做翻译，业余时间教麦瑞小姐学中文，不收费。”

舰长说：“不行不行，那样联邦政府会给我下数额巨大的罚单，弄不好，我还要坐监狱。”

哎呀，余铭森小哥业余时间每小时又有了三十八美元的收入。

余铭森先生在汤姆号军舰上工作了整整一年，挣了不少钱，将他老爹因为支援“大东亚共荣圈”而被没收的新亚大药房，通过“曲线救国”赎了回来。余铭森完成任务本来可以在汤姆号军舰再干几年，存够娶媳妇的钱，再开始自己的事业，只是，因为舰长的女儿麦瑞小姐的一番潇洒行为，弄得余铭森在汤姆号军舰上实在待不下去了。

一天，余铭森向汤姆号军舰舰长交上了一份辞职报告。

本来，军舰上一名职员辞职，不会惊动舰长大人，但是当余铭森的辞职书放到舰长办公桌上的时候，舰长先生有点坐不住了。

立即，舰长将余铭森请到办公室，询问余铭森辞职的原因。

舰长先生劝告余铭森：“你在舰上的出色工作，全舰的人有目共睹，最重要的是，这一年的时间，你对我个人的帮助很大。全舰人员对你的印象都非常好，大家已经离不开你了。”

舰长再三挽留余铭森先生，希望他撤回离职申请，但是余铭森坚持一定要离开汤姆号军舰，而且一天也待不下去了。

总要有个原因吧？

余铭森实在没有办法，只能实话实说告诉舰长先生：“令爱麦瑞小姐的种种行为，让我实在待不下去了。”

“她怎么了？”

“她咬我。”

“啊！”

舰长先生大惊失色，几乎从椅子上跳起来，若不是办公室墙壁拦着，他可能从军舰蹦到海河里去了。

“怎么，我的女儿麦瑞会咬人？”

“您看。”

余铭森指着自己的嘴巴给舰长看。

舰长凑到余铭森嘴巴旁边仔细看了半天，然后颇是怀疑地向余铭森问：“她真的咬了你吗？”

“真咬。”

“哦，”舰长先生微微地笑了笑，对余铭森说，“根据我的观察，密斯特余的嘴巴上没有被咬伤的痕迹，在法律上咬人罪是不能成立的，我的律师也不会接受密斯特余的投诉。”

“您再看，您再看。”

舰长更加仔细地看了半天，最后拿起看航海图的五十倍放大镜,又看了半天,终于看出问题来了。

“密斯特余,这不构成咬人致伤的犯罪,这是一层浅浅的唇膏印迹。”

“这就是麦瑞小姐咬我的证据。”

“密斯特余,这是唇膏印迹,在法律上被认定是表白友谊,哈哈哈哈!”

“您还笑!一个十七岁的大姑娘冷不防在我脸上咬了一口,您不管教你们家的疯丫头,还笑!这若是让我老妈知道,还不得把我锁在小房里半年不放我出来呀!我不干了,给多少钱我也不干了,人生在世,名声第一,天津伯伯叔叔们知道我在汤姆号军舰上被一位小姐在嘴巴上咬了一口,等你们走了,我的脸往哪儿搁呀!”

“只是,只是,密斯特余,如果麦瑞小姐真心爱你,怎么办呢?”

“她爱我?那个倒霉孩子爱我,打死我也不敢娶她呀!我真娶了她,领到家里,我们家亲戚多,她见了谁就咬谁,还不得给天津卫闹出一桩大笑话来呀!”

“唉,麦瑞麦瑞,这个倒霉孩子呀。”

麦瑞小姐,绝对大美女,身材高挑,眉清目秀,身体强壮,声音优美动听。十七岁高中生,看第一眼,大美女;待长了,疯丫头。

怎么个疯丫头?天津人讲话,没正形。

晚上,余铭森给她讲中文。余铭森规规矩矩地坐在大桌子一边,你猜人家麦瑞小姐坐在哪儿?人家大小姐一屁股就坐在了桌子上，坐在桌子上就坐在桌子上吧，她还把两只脚蹬在桌子上，冲着余铭森叉着两条腿，你说余铭森怎么给她讲课？

余铭森坐怀不乱真君子，非礼勿视，你爱怎么坐就怎么坐，我给你讲中文。只是人家麦瑞小姐有自己的听课习惯，听着听着，觉得没劲了，冲着余铭森做鬼脸，故意逗余铭森笑。余铭森绷着劲不笑，她宣布军舰起锚，拉着余铭森练习启航的基本动作。

每天晚上讲课结束，麦瑞小姐拉上余铭森，今天游泳，明天滑冰。第三天，拉着余铭森玩美式足球，指定余铭森做四分卫；她往余铭森身上冲，一下把余铭森压在了身子下边。

好重。

“我不行，我不行。”

“你们中国人就知道念书，要知道每天至少运动两个小时，心脏跳动必须达到一分钟一百一十次。”说着麦瑞小姐拉开余铭森的衬衣，伸手就摸向余铭森的心脏处。

更可气的是，麦瑞小姐养宠物。她不养猫，不养狗，她养了一只袖珍蜥蜴，一根手指那么长，全身碧绿，前边的两条腿长，后边的两条腿短，爬得很慢，时时昂起头来东瞧西看，看着倒也可爱。据说这样的蜥蜴生长在澳大利亚原始森林里。一只这样的宠物蜥蜴，值一辆德国小汽车。

你养你的宠物，人家余铭森先生讲人家的中文，和睦相处，不就天下太平了嘛。

偏偏这个倒霉孩子每到听课的时候，就把她的宝贝宠物从玻璃小盒里取出来,还放到脸上,任其自由爬行。偏偏我们的余铭森先生看见蜥蜴全身就起鸡皮疙瘩,而那个倒霉孩子越是看余铭森全身打哆嗦, 越拿她的宠物往余铭森身边凑。有一次,那个倒霉孩子抽冷子把她的宠物放到余铭森脸上,余铭森吓得大叫一声,活像是杀猪一般,跳起来就往外跑。没想到,那个倒霉孩子突然把余铭森抱住,狠狠地就在余铭森脸上咬了一口。

走!

走人!

说出天来,这鬼地方不待了。

你们美国人行呀,小时候无论多疯,只要不杀人放火,长大了全一笔勾销。我们中国可较真,从不尿床开始,一举一动都给你记着:小升初,小学向中学介绍谁是模范学生;初升高,模范学生加分;到了考大学,已经就有档案了。

拜拜吧,您哪!

听说密斯特余辞职下舰,半个汤姆号军舰的人都乱了。

一个翻译员离职,何以惊动得汤姆号军舰这么多人手忙脚乱呢?

汤姆号军舰全员上千人,其中至少有二百人欠余铭森先生钱。

什么人会欠余铭森先生钱?说不清,除了舰长、大副、二副之外,从通讯组、观察组、应急维修组、后勤组,到轮机长、领航员、炮手、装填手、水手,等等,许多人都欠着余铭森先生钱。

余铭森先生何以有这么多的钱？

和船上所有的人一样，余铭森就是那份固定的年薪。美国军舰，每星期发一次薪金，余铭森一分钱不花，全放在身上。那些向余铭森借钱的人怎么就如此穷？他们有人比余铭森的薪金还高。

他们造。

美国军舰实行五天值班制，每到星期五下午三点，全体船员于甲板集合，列队由舰长检阅。口令喊过，立正，随后舰长走上甲板。舰长身穿白色将军服，手里拿着一根象征指挥权的指挥杖，先向船员们行礼，然后手里摇着指挥杖，一个水兵一个水兵地查看，给这个系好衣扣，给那个整整领带，再给第三个戴正水兵帽，看神态就像老爸送儿子上火车似的。检阅完毕，解散，呼啦啦一帮身强力壮的美国人就蹦下了军舰，没一会儿工夫，千百人就散得不见影了。

一帮水兵都跑哪儿去了？

鬼知道。

每到星期五，下午三时不到，大光明码头就聚集着一群花界女子。有朋友的，昂头向在军舰上接受检阅的朋友抛媚眼；一会儿工夫，好朋友跑下来，张开双臂抱住如花女子，哇哇叫着，又亲又咬，蹬上三轮，跑向温柔乡去了。没有固定朋友的，女子身边站着一个小孩儿，看见美国水兵跑下来，立即跑过去，用天津口音的英语对水兵说："万达拉儿，万标替！"听明白了吗？翻译成英语就是"One dollar,one beauty!"

再翻译回来，就是："一美金一位美女！"

美国水兵一听，呀，天底下还有这等便宜事，一美元就可以有一位美女，走，玩玩去呀。

于是这位傻帽水兵就跟着小孩儿走了，走到对面马路，果然一群美女过来，喊一声"哈罗"，拉着美国大傻帽就找地方私会去了。

下船的时候，每个水兵身上都揣着厚厚的一沓美元，在岸上住了两夜，星期日下午五时回舰报到，个个都成了穷光蛋，身上一分钱都没有了。

回到军舰，虽说没有其他花钱的地方，但你要吃饭呀，美国海军水兵吃饭自己买，连吃饭的钱都花光了，一星期的日子如何过呀？借吧，向谁借？全汤姆号军舰只有一个中国人腰包里还有钱。

其实，这桩事，就怪舰长太糊涂，你舰上的水兵星期五傍晚下船，星期日下午才回来，这两天，他们住到哪里去了？开一次生活会，不就解决了，怎么就没人管呢？

若说起来，这帮少爷兵也真是活该，一个个跟着 beauty 走了，那 beauty 是好打发的吗？玩，买衣服、买首饰、买鞋……

本来水兵们身上的钱足够用的，只是 beauty 们还要买点有保存价值的物件呀。据说一位 beauty 居然给她老爹买了一口棺材。美国水兵难道不问问买那么个大家伙有什么用呀？不是买棺材成品，是买木料，交上订金，把木料留住，等她老爹驾鹤西去的时候，立即打棺材，天津人说是"刻"成棺材。

少爷兵们当然不懂得这些事，beauty 要买什么，只管付钱就是了，如此一番大造，待到星期日下午五时回到军舰，他们兜里一分钱也没有了。

没有钱是不行的，要等到下一个星期五才能发薪，这些天怎么活呀，就算舰上没有花销，你得吃饭呀，得喝啤酒、吸烟呀！没办法，借吧，向谁借？密斯特余有钱，密斯特余从来舰上至今没乱花一分钱。

不好意思了，借条拿来。和美国人办事，手续齐全，规规矩矩。某月某日某某向密斯特余借美元多少多少，定于某月某日归还，另加利息多少多少。

余铭森把钱借出去，放心，美国人不干借钱不还的恶事，美国人不赖账。只是如今余铭森先生走得太急，离星期五还有四天。以物抵债行不行？余铭森好说话，随便拿点什么东西，就算两清了。

余铭森离开汤姆号军舰，随身带下来四块手表、十二把瑞士军刀、两部照相机、一台家用电影放映机，还有电动理发工具、香水、口红、丝袜、衬衣以及中间圆两头尖的橄榄球一个、黑胶唱片二十八张、网球拍三对、全新网球鞋三双。厨师们还的东西，有奶油，有芝士，还有冰激凌粉一罐、奶粉一大铁罐、战时军人套餐(定食)一箱。我的天，余铭森开杂货铺去吧。

走下汤姆号军舰，余铭森没有直接回家，而是雇了三辆三轮车，拉着这些乱七八糟的东西直奔墙子河河沿儿小市场而去。一九四五年秋天，天津墙子河西端河沿儿上有一个大市场，这个大市场只卖美国货，天津人只叫它是“小市场”。这处市场真可谓无奇不有，而且价钱非常便宜，全是从美国军舰上鼓捣出来的东西。本人那时候在市立一中读书，每天中午必到小市场闲逛，曾经以买一套煎饼馃子的价钱买了一支派克笔，我的天，真是天下奇谈呀！

余铭森将三车乱七八糟的东西拉到小市场，一会儿工夫货物就全部出手了，算了算，比借出去的钱还多点，就算没有赔。

卖过货物，余铭森优哉游哉地往家走，手揣在裤兜里，摸着一样东西，一个长方盒，是汤姆号军舰医院一个管理员抵债还他的。当时他就看了，是一盒药针，盘尼西林。

当时余铭森就对这个管理员说：“你这东西很贵，你没有欠我那么多的钱。”那个管理员悄悄地对余铭森说：“密斯特余若是觉得这东西很贵，就再给我一些钱。”此时正赶上汤姆号军舰发了余铭森一笔退职金，余铭森信手又给了这个人一些钱，东西就算买下来了。

小河沿儿市场倒卖最火的东西，正是盘尼西林。倒卖盘尼西林的贩子不摆小摊，就是满市场逛来逛去，嘴里叨念着“老头儿票，老头儿票”。这种人公开的生意是倒卖美元，私密的生意是倒卖盘尼西林、麻醉剂、毒品。暗语“老头儿票”表示用美元交易。美元纸币，每一种面额印着一位美国名人的头像，天津人不认识这些美国名人，统一称之为“老头儿”。

嘴里叨念“老头儿票”的人，看余铭森像是吃军舰饭的，故意走到余铭森身边,小声地问:“有吗？看看,好说好说。”“好说”的意思是价钱好商量。

在小河沿儿市场,余铭森没有露这件货,他想把这盒盘尼西林带回家交给老爸,让老爸放在新亚大药房里卖。

回到家里,余铭森向老爸述说了在汤姆号军舰上的生活经历,更述说了执意离开汤姆号军舰的原因。老爸听了连连夸奖儿子做得对,“咱可不能按照他们那些蛮夷之邦的法子做人”“中国人有中国人的规矩”“只有中国人才是全地球做人的楷模”,云云。

最后余铭森把揣在怀里的一盒盘尼西林拿出来给老爸看,这一下将老爸惊得几乎跳了起来:“哎呀呀,好儿子,你怎么弄到这样好的东西呢？你知道吗？现在市场上一针盘尼西林就是一两黄金呀,而且一天一个价,用不了半年,就能涨到二两黄金,这一下咱家的新亚大药房发财了。”

说着,余老先生将那盒盘尼西林接过来,双手托着,像接过皇帝老子赏赐的金元宝一般,哆哆嗦嗦地看了半天。“真货,绝对真货。就凭这一盒盘尼西林,你老爸时来运转,发财了,发财了！”

父子两个说过话,一切收拾停当,余老先生和儿子喝酒。余铭森从出生至今没有沾过一滴酒,今天老爸要给儿子开戒,庆祝一番。

转眼到了一九四七年,市面不平静了,物价飞涨,百业凋敝。医药界的生意不好做了,老百姓饭都吃不饱,有点小病就扛着了。

医药界生意冷清，但依然门庭若市。一伙人还没走，第二拨人又进来了。头一茬儿，区公所收税，一笔一笔每天都有新项目，每天还都有税金调整，昨天治安税四百元，今天涨到六百元，税金随棒子面的价格随时调整。区公所之后，警备区来了，东北失守，大军撤到天津，天津民众表示慰问，再加一笔安置费。警备区走了，警察局来了，收战时物资管理费。如此，新亚大药房每天缴纳的税金，比营业收入多好几倍。不干了，关门！不行，关门歇业，要先呈交歇业申请，申请费就是你全部资金的两倍，没批准，不准歇业。提出二读申请，再交一笔钱。一笔一笔的钱，你掏吧，缴迟了，罚款，连你们家的房子都收了。

时局吃紧，一九四七年年末，天津警备区实行战时物资管制。什么是战时管制物资？除了自来水、手纸，都是战时管制物资。先说粮食，天津大街小巷，每条胡同都有米面铺，实行战时物资管制，一切买卖都要接受警备区检查，进货多少，售出多少，每天必须上报警备区，账目不对，向敌区走私粮食，发现了就是死罪。再到布铺，进了多少棉布、丝绸，卖出多少棉布、丝绸，也要向警备区报告，账目不对，也要治罪。直到杂货铺，进了几个煤球炉，卖出几个煤球炉，警备区也要按时检查。到了医药界，更严了，红药水、碘酒、止痛药、纱布、温度表，连女孩儿们治青春痘的美丽膏，都属于战时管制物资。

而且，战时物资管制的重点，是医药界俗称的“红货”——

红药水、纱布、消炎药、麻醉药，一旦发现账目不对，就是暗通敌方。

余老先生做事谨慎，事事小心，唯恐什么地方疏忽，被军管处老爷抓住把柄。罚款事小，弄不好丢性命。

“智者千虑，必有一失”，这天晚上新亚大药房被稽查队踢开了大门，一干人等恶狠狠地闯了进来。

正好，这一天余老先生和儿子余铭森都在药房，冷不丁看见一干人等闯进来，稍稍有点吃惊，好在新亚大药房没有任何怕检查的违法生意，而且任何检查最后也都是用钱打点，无论来多少人，也无论一个个多凶，到最后大有大份，小有小份，大大小小的红包全都放在药房抽屉里。请坐，吸烟，用茶，几句闲话，慢走慢走。余老先生送行，站在门口，送一个人拉一下那个人的衣服口袋，被拉口袋的人没有任何感觉，心里明白是小红包塞到口袋里了。一干人等走了，余家父子心里骂一句娘，再等下一拨不速之客。

今天余老先生在新亚大药房想和儿子再检查一下药房里的东西收拾得牢靠不牢靠，近来外面风声紧得很，警备区负责战时物资管制的到处搜查，说得好听叫战时物资管制，其实就是抢劫。警备区的人以搜查为名，闯进商店，翻箱倒柜，看见什么没收什么；先搜现金，再拿货物；他们说什么是战时管制物资，什么就是战时管制物资。搜查之后，现场征用。有的小商户多年苦苦经营所得，瞬间化为乌有，东护着西护着，一枪托子砸过来，真有人当场被砸死。

余老先生问儿子，那一盒盘尼西林放得妥帖不妥帖。余老先生说，囤积那一盒盘尼西林，绝对不是想趁时局发财，一支盘尼西林公开市价一两黄金，有这几支盘尼西林新亚大药房维持生意心里有底。一家药房，卖平安小药赔钱；没有平安小药，药房不能开张。没有百姓买平安小药，光等着做大生意，就成了古董行，维持不了几天，自己就把生意做黄了。卖小药赔钱，就得靠大生意补偿。熬到好年月，药房可以靠平安小药维持生意，也就国泰民安了。

余老先生问儿子，那盒盘尼西林放在什么地方了。儿子说："您就放心吧。药房有间小屋，我夜里睡觉的地方。小床后边有个小药柜，小药柜背面有几个小抽屉，最底下有一个最小的抽屉，抽屉有暗锁，您就是把小药柜砸碎了，那个小抽屉也碎不了。"

"好，保存好就放心了。最近市面传说，有人半夜三更到各家大药房筹集红货。虽然人家公平交易，可是一旦被警备司令部发现，就是通敌，几张大布告贴在马路上，就地正法。"

筹集红货的人为什么不来新亚大药房？因为他们知道新亚大药房的余老先生胆小怕事，不问政治，无论对方如何说要为新时代做贡献，余老先生也不为所动，绝不参与时代更迭的斗争。

儿子说："您就放心好了，筹集红货，也要您自愿，人家不翻箱倒柜，不拿枪吓唬人，夜里都是我在药房睡，真来了人，我知道应该怎么应对。"

"好儿子，心里有分寸，都说新时代就要到来了，咱们只能等待新时代。咱们可不是为新时代出生入死做奉献的先锋。”

战时管制物资征用,今天闯进来的人换了打扮,头戴钢盔,钢盔上两个英文字母“MP”——宪兵,有就地正法的权力,可以在马路上杀人。来者不善,今天一定要花大价钱了。

听明白了吗? 今天不是稽查,是征用:要东西,白拿不给钱。

征用就征用吧,反正就是这间药房了,你总不能把这间药房搬走吧。

红药水,不要;碘酒,不要;纱布,不要。

“吗啡! ”

“对不起,小店不经营麻醉药品。”

翻箱倒柜,果然没有。

“盘尼西林! ”

“对不起,小店资金微薄,没有能力买卖贵重药品。”

“妈的,合着你是什么也没有。什么也没有,你开药房做什么? 老小子,敢和宪兵作对,你今天是活到头了。查! ”

八个宪兵,支起大枪,把余老先生和余铭森逼到墙角。后面又拥进来一帮人,呼啦啦把药房砸了个底朝天。所有的药柜都被砸开了,天花板也被捅破了,四面墙壁被砸得墙皮都掉光了……

“长官,长官,小店不敢隐瞒药物,几位长官请稍事休息,稍事休息。”

说着，余老先生把一把一把的红包塞进长官们的口袋。

偏偏今天的长官不为金钱所动，红包塞到衣袋里，毫无感觉。稀里哗啦，宪兵们一拥而上，一阵恶风，新亚大药房已经一片狼藉。

哗啦哗啦，所有的药瓶都被砸碎了，房子里一股刺鼻的氨水味道。所有的药盒都被撕碎了，药片撒在地上。看着宪兵们凶神恶煞的野蛮样子，余老先生不动声色地坐在一旁，没有任何表情，一副胸有成竹的神态。

砸了半天，自然什么也没有找到，宪兵们还不甘心，举起刺刀捅天花板。天花板被捅得千疮百孔，呼啦呼啦往下掉泥沙。余老先生还是一声不出，也真是稳如泰山了。

整个药房都搜遍了，宪兵们冲着余老先生恶狠狠地喊叫："说，说，东西在哪里？"

"小店只此一处店铺，东西全在这儿了。长官休息休息，我让孩子去泡茶。"余老先生和颜悦色地向宪兵头头求情。

"少来这套，没有我们搜不出东西的时候。咱可把丑话说前面，等一会儿搜出东西来，可别怪我们不客气。"

说着，宪兵头头举起手枪，狠狠地在余老先生头上点着。

"报告，这里还有间小屋。"

一个宪兵得意地向宪兵头头报告。

"那、那、那、那是孩子睡觉的地方，一屋臭袜子味。"

"搜！"

宪兵头头一声令下，一群土匪早拥进屋里去了。

木床被拉出来，一脚踢翻，几十杆大枪，一阵乱砸，木床被砸成了碎木头；又哗啦一声，小木箱被拉了出来。

余老先生慌了，嘴巴嚅动着，好像要说什么；身子前倾，似是挣扎着要去护什么东西。被按在地上的余铭森挪到老爹身边，拉住老爹的衣角，安抚老爹说："您别动，咱什么也没有。"

就在余铭森安抚老爹的时候，哗啦哗啦小柜子早被砸碎了，每一个小抽屉都被拉了出来，一个抽屉一个抽屉地砸成碎木渣，连小木箱底部最隐蔽的小抽屉都被砸烂了。

余老先生咕咚一下从椅子上跌了下来。宪兵看看余老先生，吐了一口唾沫，狠狠地骂了一句："穷药房，卖你的咳嗽药水去吧。"

宪兵们一无所获，怏怏地走了。新亚大药房似是刚刚遭到飞机轰炸，玻璃窗全碎了，药品撒在地上，药柜成了一堆碎木头。余老先生半瘫在地上，余铭森吃力地扶余老先生坐起来。

余铭森似是要向老爹说明什么事情，余老先生虽然已经吓昏，到底姜是老的辣，用力半睁开眼睛，伸着一只手冲着儿子摇晃，表示宪兵们还没有走远，现在不是说话的时候。

余铭森叫来三轮车，扶着老爹，一步一步地上了车，他自己则走回家。到了家，他服侍老爹喝水，洗脸，睡到床上。余老先生招手把儿子唤到身边，哆哆嗦嗦地向儿子问道："东西呢？"

余铭森回答老爸："那天有人来筹集红货，说新时代就要到了,我把那盒东西奉献新时代了。”

“哎呀哎呀，我的好儿子，你怎么不早说呢，可吓死我了！若真是被他们找到,你老爹就陈尸街头了。唉,儿子,好儿子,盼着新时代快些到来吧。”

寻人启事不寻人

天津人总是要把全国通用的词汇做一番本土化处理，以适应天津人的语言习惯。这不，人们常说的一个词“诚实”，到了天津，就变成了“实诚”。改了半天，有什么用？还是两个音。说“诚实”，全国通用；你说“实诚”，外地人还以为你是说“十成”，百分之百的意思。

这里就说到一个叫石诚的孩子，姓石，名诚。

邻居们都说，石诚是个实诚孩子。

以前的事不说，那一年，一九四七年——为什么要说一九四七年的事？因为那时候还是旧社会。

一九四七年，石诚十六岁。他上了两年小学，从十岁开始，在他老爹的锅巴菜铺里学手艺。他老爹培养孩子有一套规划。头两年，摊煎饼。老爹说：“卖锅巴菜、摊煎饼是入门手艺，生意好不好，赚钱赔钱，全在摊煎饼这头一道门槛。”他老爹摊的煎饼，可着大铛一张大圆煎饼，纸一样薄，揭下来，冲着太阳照，能看见对面的人影；放在秤上一称，七两二。你瞧瞧,别人摊的煎饼,一张九两。那时候用的是十六两秤。

一碗锅巴菜,半张煎饼,他老爹的锅巴菜,一碗是三两六,别人的锅巴菜,一碗四两五,你算算,谁赚谁赔吧。

石诚老爹的锅巴菜,锅巴薄,难道吃主觉不出来吗?吃出来了,煎饼越薄吃着越香,锅巴菜盛到碗里,锅巴不倒,这才有个脆生劲。最重要的是,锅巴菜的第二道门槛——味。味,怎么调?商业秘密,人家不说,我也不知道,别在这里耍贫嘴了。

天津卫的小生意,五花八门,石诚他爹的锅巴菜铺是大生意,有门脸,有锅灶,有碗有筷子,有长案有板凳,家里还有一口摊煎饼的大铛、一台石磨、拌绿豆糊的大盆,加一起,就是经济学常说的专业名词——固定资产。

等而下之。许多小生意除了做生意的活人,没有一分钱的本钱。什么生意不用本钱?卖药糖。

卖药糖没有门面,有了门面就没人买了。卖药糖就是一个人胸前挂个玻璃糖盒,走街串巷吆喝。那吆喝是天津一绝,一套一套,有板有眼,有声有调。如今卖药糖的早已绝迹,但卖药糖的吆喝,我还记得几套。

老实人卖药糖,吆喝简单,只是大声地唱着:"卖药糖的又来了,卖药糖呀。"

石诚家胡同,每天晚上都会来一个卖药糖的大爷。他吆喝得最花哨,嗓门也亮,吆喝得一套一套的:"卖药糖,我是头一份,敬父母,哄宝贝,开心果,消消气,日子越过越来劲……"下面,他又唱出新词来了:"吐酸水,打饱嗝,人丹薄荷冒凉气……”这一句吸引人了。

石诚的奶奶消化不好，吐酸水、打饱嗝，肚子咕噜咕噜胀得难受，幸好有这份药糖，晚上含一粒，绝对见效，真乃灵丹妙药也。

一连几天下大雨，满胡同泥泞，莫说是卖药糖的，连早晨吃锅巴菜的，都没几个人。没人吃锅巴菜没关系，石诚老爹也不在乎这一两天的生意，天一放晴，生意立即火爆，一家的吃喝立即就赚出来了。

卖药糖的不上街，石诚奶奶可遭罪了，吐酸水、打饱嗝，一阵紧过一阵，已经被折磨得快不行了。一天晚上，大雨停住，终于听到卖药糖的吆喝声了。

石诚奶奶一听见卖药糖的吆喝声，立即打发石诚跑出去，喊住卖药糖的，今天买一毛钱的。“今天怎么买这么多药糖呀？”“谁知道明天是什么天呀！”药糖一分钱一小块，一毛钱十块，石诚奶奶十天之内好活了。

石诚从院里跑出来，天上轰隆隆打了一个大雷。卖药糖的接过钱来，一小块、两小块……数够了，一张纸包好，递到石诚手里。哗啦哗啦大雨点落下来了，石诚护着小纸包往家跑，卖药糖的抱着脑袋瓜子回头跑，一时间就没了人影。

本来石诚买过药糖应该交给奶奶，偏偏这时候奶奶方便去了，石诚一想，今天买了一毛钱的药糖，他若是少给一块怎么办呀，于是就在奶奶还没回来的当口，石诚打开纸包想数数糖块。一块、两块……数到最后，十一块。哎呀，占人家便宜了，大雨天出来卖药糖不容易，占穷苦人的便宜有罪，奶奶说的。

石诚拿起多出来的那块糖就往外跑，正和奶奶撞个满怀。奶奶问了声："下雨了，你往哪儿去？"石诚回答一声："有事。"嗖地一下，就没影了。

石诚跑出去许久，吃晚饭时还不见回来。奶奶有点不放心："这孩子上哪儿去了？"石诚妈妈说："别管他，一会儿就回来了，咱吃咱的。"

话虽是这么说，可是石诚妈妈也是揪着心，外面还下着雨呀，石诚会到哪里玩去呢？等呀等呀，直到快九点了，石诚还没回来。

别人着急是假的，石诚老爹着急是真的，明天锅巴菜的煎饼还没摊呢。出去找吧，他可能去哪儿了呢？二蛋家，石诚老爹去了，二蛋老爹说，石诚好几天没来了，二蛋还说等天晴了找石诚玩去。小牛子家也去了，小牛子说，前天下河洗澡，他从后背推了石诚一下，石诚灌了一口水，还以为把石诚得罪了呢！哎呀，石诚老爹一通好找，还是没找着石诚。

天黑了，石诚还是没有踪影，奶奶可是着急了。听着外面的雨声小了，奶奶搬一个板凳，披件衣服坐到门外，一双眼睛直愣愣地望着胡同口，等着石诚回来。一直等呀等呀，等到晚上十一点，还是不见石诚踪影，奶奶慌了："别让拍花的把孩子拍走了吧？"石诚老爹说："十几岁的大小子，拍花的谁敢拍他呀！一顿饭四个大窝头，谁养得起他？"

就在奶奶闹着要石诚老爹去找石诚的时候，奶奶看见远远地出现了两个人影，一位似是上年纪的老人，领着一个半大小子，匆匆地从对面走了过来。

“呀，孩子回来了。”

石诚老爹远远看见石诚回来了，三步并作两步跑过去，抡起巴掌就是一个大耳光：“小王八蛋，你还知道回家呀！”

石诚挨了老爹一耳光，没敢说话，倒是那个领着石诚的老人挡住了石诚老爹又要抡起的胳膊。

“大哥大哥，你消消火，你家有这么个好孩子，真是祖上的荫庇呀。”

奶奶看见石诚回来了，忙迎过去，一把拉住石诚，又向送孩子回来的老人说道：“谢谢这位爷爷了，把孩子送回来了。”

“哎哟，奶奶，您老可别说谢我，我倒要感谢奶奶教养出了这么一个好孩子。”

接着，老人向石诚奶奶叙说了事情的原委，老人说：“白天孩子出来买药糖，一毛钱应该十小块，别人买药糖最多买两块。一次买一毛钱的，量大，我就多赚了，我也没告诉孩子，就给他包了十一块。没想到，孩子回家一看，多了一块糖，抓起一块糖就跑了出来。这时候我可是走到下一条街上去了，孩子听着我的吆喝声，追到下一条街，孩子追到了，我又卖到后一条街了。孩子就这样追呀追呀，一直追到我卖完货回家，他追到我家拉着我喊：‘爷爷你多给了我一块糖。’‘哎哟宝贝，下雨天你怎么还追出来了呢！回家回家！’天不早了，我就送孩子回来了。”

石诚回来了，奶奶一个劲向卖药糖的老人致谢，卖药糖的老人又一个劲地夸奖孩子实诚。他两个人正说得热闹，石诚老爸又转回来，抬脚就往石诚屁股狠狠地踢了一脚："混账小子，还不快点摊煎饼，明天还开张不！"

石诚挨了他老爹一脚，二话不说，立即钻进他摊煎饼的小房，咕噜咕噜，小石磨就转起来了。

这就是石诚小时候的事。

如今石诚已经十六岁了，天津人说是半大小子，早不干那种傻事了。

这一天，锅巴菜铺生意好，早早收摊，回家洗洗，应该睡觉去了，偏偏这一天石诚想出去逛逛。石诚走到北门外，过了北门脸，到了北大关，过了东浮桥，到了三岔河口，看了一会儿打鱼船，转身要去华清池泡澡。走到华清池门口，电线杆上一张白纸小广告引起了石诚的注意。

电线杆，膝盖以上，视线以下，密密麻麻贴着小广告，五花八门，什么广告都有，从家传秘方专治疑难杂症，到"张娘娘，李娘娘，我家有个夜哭郎，仁人君子念三遍，夜夜入睡保安康"，活活一本天津生活百科全书，现在叫"天津生活攻略"。事情坏就坏在石诚念过两年小学，常用的汉字，认识好几千。今天洗澡华清池锅炉坏了，白跑一趟，去别处洗吧，时间不够了，家里的煎饼虽然摊完了，但还得回去洗香菜，回去晚了，又得挨老爸一脚丫子。一时闲在，石诚就在澡堂附近转。澡堂附近没有什么好看的东西，石诚就围着电线杆子看小广告。专治痔疮的广告，画着患痔疮的人捂着屁股疼痛难忍的样子，实在恶心；专治花柳梅毒的广告少儿不宜。看着看着，一条广告吸引住了石诚的眼球：寻人启事。

相声大师马三立先生，在相声段子《白事会》中，为寻人启事写了一则范文，其文写道“敬启者切闻：忠不顾身，孝不顾耻；忠则尽命，孝当竭力。乌鸦反哺，羊羔跪乳，禽兽尚知惦念父母，又何况三年给养，十月勤劳，为人岂能忘怀双亲。鄙人王凤山幼读诗书，粗知礼义，耿耿此心未尝忘怀。昨晚偶不留神，走失亲爹一个……”

哈哈，这是马三爷逗你玩的段子，一般家庭，亲人走失四处寻找，谁还有心思玩文字游戏。

今天这则寻人启事，就只有寥寥数语，这条小广告写道：家父日前由陕西来到天津，于繁华都会极不适应，昨天晚上出门，至今未归，举家四处寻找，未见踪影。各路君子如见到一陕西口音老人，望速告知家人，必有重谢。寻父人住址：河东郭庄子西头二条××号。

石诚看过寻人启事，心里甚是同情。一位从陕西到天津来和儿女团聚的老人，刚到天津肯定眼花缭乱，家里人一个没跟紧，拐几个胡同就找不着家门了。

心里惦着迷路老人的事，石诚每天下工出去遛小弯，都四面张望，遇有走路神色恍惚的老人，必定要走过去询问。有的老人和善，和石诚搭讪几句：“哦，好孩子，怕老人忘记回家的路，天底下都是这样的好人，不就是《镜花缘》了吗？”

也有老人脾气怪，没容石诚说清楚便没好气地冲着石诚喊叫：“你盼我被电车撞死呀？回家看看你爷爷走失了没有，滚！”你说这样的老人多不讲理！真有一天你走失，才没有人送你回家，在外边转吧！一晃一个多月，石诚也没有遇见迷路的老人。这么长时间过去了，石诚心想，那位老人也应该找到了。

过了一个多月，石诚又出去办事，又是在一根电线杆上看见了一则寻人启事。看看，这条小广告似是在哪里见过，还是“家父日前由陕西来到天津，于繁华都会极不适应，昨天晚上出门，至今未归”，而且，寻父人住址还是“河东郭庄子西头二条××号”。

最初，石诚还以为是一个月前看见的那则寻人启事，再一看，上面的日期变了，上次是某月某日，当月的日子，这次的日子就在前几天。

哎呀，那位迷路的老人还没有找到呀，一个多月没找到，凶多吉少呀！

这可不能事不关己了，石诚当即就想，先到寻人的人家去打听打听，如果老人一个多月没找到，再帮助他们想想办法，不能光贴寻人启事呀。按照寻人启事上的地址，石诚找到了河东郭庄子西头二条，十分偏远的地方，靠近铁道，时时有火车咣当咣当地开过。过了火车道，下坡就是郭庄子，绕来绕去，找到西头二条，再一看，一户人家门框上贴着一张寻人启事，一定就是这户人家了。

郭庄子，位于天津卫边沿地区，现在叫城乡接合部。郭庄子中心，只有百多户人家，没有一间正式房子，全是半头砖垒起来的破窝棚，春夏秋冬四季，人们都在屋外坐着，房里闷呀。

石诚找到这户人家，没好意思往院里迈，先从院外向里面张望。看看，院里倒安静，不像是老人走失多日家里一团糟的样子。石诚正看着，房里出来一个人，四十来岁，光膀子，一条大裤裆肥裤腿黑布裤，没系腰带，缅着裤腰。天津爷儿们的本事，裤腰缅起来，任你怎么用力也拉不开。

"看吗？"

"我过来打听一下，这院里是走丢了一位老人吗？"

"有你吗事？"

咦，这口气不对，人家好心问你家老人走失的事，怎么"有你吗事"呢？

石诚正寻思对方这句话是什么意思，不料对方又紧问了一句："多少主？"

这句话石诚听明白了，对方是问自己家的锅巴菜铺是多大的生意。

"一天至少五百人。"

"哦，哪儿？"

院里人吓了一跳，急着又问石诚家的锅巴菜铺在什么地方。

"北门外大街。"

"哦，好地方，往北就是三条石、落马湖，生意不小。"

三条石，是天津小工业作坊的集中地，聚集着上万名耍手艺的穷苦劳动人；落马湖是靠近三条石的一片妓院区，更是黑社会、暴力、毒品泛滥之地。

石诚点点头，以为对方说自己家的锅巴菜铺开在了好地界。

“你一次进货多少？”

“还是半年前进的货了，三大麻包。”

石诚说的是半年前他老爹进了三大麻包绿豆，从山东买的。

“啊！”对方大叫一声，险些没吓昏了头。

“我老爹说，趁着行市好，多进点。”

“嗯嗯。”突然对方抽了抽鼻子，向石诚端详了一会儿，疑惑地说道，“我怎么闻你身上一股绿豆味呢？”

“这一天的生意，煎饼都是我摊的。”

“你是卖煎饼馃子的？”

“不，开锅巴菜铺的。”

“呸！”冲着石诚，对方狠狠地啐了一口唾沫。

一口臭唾沫正吐在石诚脸上。石诚抹抹脸，站起身来，正要和对方争辩，不料对方抡起巴掌重重地就扇了石诚一个大耳光。

“闻你身上一股绿豆味，不像是警察局的暗探。小王八蛋，你想踩道向警察局举报呀？告诉你局子里有我们的人！你敢去举报，先把你揍一顿。你举报我有黑货，你怎么知道的？揍你一顿放你出来，你还没走出警察局大门，我们的人早在门外等着你了，看不废你一条腿才怪！”

“咦咦，大哥，你这是干吗？”

石诚站起来，想闹明白对方为什么跟自己翻脸，不料对方又狠狠地踢了石诚一脚："滚，滚！"

石诚被人家踢出门来，一直也没闹明白到底发生了什么事。刚刚挨了一记大耳光，半边脸火烧火燎疼痛难忍，石诚不服气，还要进去和对方争辩，正好门外一位老住户看见石诚的狼狈相，用力拉住石诚，在石诚耳边小声说道："还不快跑，找死呀！"

"我、我、我……"石诚向这位好心人解释。好心人一把将他推出好远，然后连连向石诚摆手："快跑快跑！"说完，好心人就跑开了。

倒霉孩子石诚一手捂着嘴巴子，一手捂着屁股，一脸疑惑地回到家来，远远地就看见他老爹站在门外等他。还没容石诚走过来，他老爹就冲着石诚喊叫："小王八羔子，你又跑哪儿玩去了？"石诚不敢对老爹说挨嘴巴的事，他老爹眼尖，一眼就看出来石诚捂着嘴巴、捂着屁股的倒霉德行，石诚才走过来，老爹一把拉下石诚的双手，冲着石诚紫红的嘴巴子，恶狠狠地问道："上哪儿打架去了？"

"我、我、我……没打架。"

"没打架怎么让人抽了大嘴巴，踢了屁股？"

石诚老爹是何等"温柔"的汉子，抬起腿来又踢了石诚两脚。

石诚只有坦白一条道可走了。

石诚将事情原委一五一十向老爹做了禀报，听着听着，石诚老爹抡起胳膊又狠狠地给了石诚一个大嘴巴，这次石诚哭了。

“我、我、我不是做好事嘛！奶奶教育我，路上遇见老人要搀扶……”

“呸！”

石诚老爹狠狠地吐了石诚一口唾沫。

“我、我、我看见寻人启事……”

“吗寻人启事，那是卖大烟的。”

卖大烟，现在叫贩毒。

“你没看明白那寻人启事上写的话吗？家父昨天从陕西来津，那是说昨天刚从口外运来的鸦片，纯正的新膏，底下的地址告诉你在什么地方交货。你小子愣头愣脑地找过去，弄不好连性命都丢了！

“滚！摊了一天的煎饼你还没累着呀！从明天起，摊煎饼、勾卤、生火、刷锅洗碗都是你的事，看你还出去管闲事不！”

哈哈，从此，石诚就把锅巴菜铺的全部活计都接过来了。

…………

江山易改，本性难移。

一九四九年，石诚的本性还是没有移。

天津解放，整顿社会秩序，查封妓院，禁毒禁赌，取缔黑社会，没有多少时间，天津卫一片新面貌。这时农村人开始来到天津，一时之间寻人启事又出现在电线杆上了。接受教训，石诚再也不管闲事了。可是看着寻人启事太多，而且到了新社会，不出来管管，怎么能说是新社会新主人呢？

这一天，石诚从电线杆上撕下来几则寻人启事，理直气壮地来到公安局举报贩毒罪行。公安局同志接待石诚，对于石诚的举报行为甚是表扬。

只是，公安局接待干部对石诚同志说：“检举贩毒犯罪，要有足够的证据。打击吸毒、贩毒，不能冤枉好人呀。”

“吗好人，这寻人启事就是证据。你们不知道天津卫的事，我可是上过当的。你们去查，查错了，我负责，我把我们家的地址给你留下。”

“石诚同志，你理解错了，无论检举对不对，解放军绝对不会冤枉好人，没有真凭实据，我们也不会让你负什么责。检举对了，我们要给你送红旗、送大红花表扬你哩。”

“我也不图你们表扬，为民除害是真。”

就这样，石诚回到家里，系上大围裙，开始摊煎饼了。

当天煎饼还没摊完，门外就传来人们说话的声音。

“石诚同志是在这里住吗？”

石诚的老妈闻声出来：“哦，你们找谁呀？”

“我们给石诚同志送锦旗、送大红花来了。”

“哦，要钱吗？要钱我们可不买。”

闻声，石诚放下摊煎饼的工具，从里面走了出来。

哦，好多人，前面的人认识，是公安局接待自己的同志，后面好几位，脸生。

石诚才走出屋门，跟随在解放军后面的几个人冲着石诚又是鞠躬又是举手敬礼。

在解放军同志背后走出来一个人。

“石诚同志，石诚同志，太感谢你了，太感谢你了！”

说着，这个人就往石诚衣襟上别大红花。

“干吗，干吗，你们干吗？想吃锅巴菜明天再来，介、介、介……买锅巴菜送大红花干吗？”

“石诚同志，石诚同志，太感谢你了！我们家老爹前天出门找不着家门了，有人送他到派出所，派出所同志问他家住哪里，他刚从山西来到天津，只知道东南西北，哪里知道什么大街、马路、胡同、门牌呀。幸亏你把寻人启事送到派出所，派出所这才对上号，立马就把我老爹送回来了。新社会了，我们也不能有什么表示，这面红旗你收下，这朵大红花你戴着，戴着，谢谢，谢谢！”

就这么着，石诚胸前戴着大红花，卖了一天锅巴菜。

哈哈哈哈。

老毛子面包房

开埠以来，列强在天津跑马圈地，信手一指，当地居民就被赶出家园，随之掘地三尺，大兴土木，八国租界毗邻而起。从此大批洋人拥进天津，天津成为列强掠夺瓜分的一块肥肉。没多少时间，天津表面上日渐繁荣，百姓们的日子却早陷入水深火热之中。大光明码头列强的轮船挤得渔民小船无法通行，失去土地的百姓挤到码头讨生活，颤巍巍的跳板上成排成队的中国苦力，一个个扛着大包大箱走上走下，干一天装卸能挣下二斤棒子面已属万幸。

就是各国在天津租界大兴土木的时候，列强在天津创立种种实业，抢占天津市场。法国人创办电报局，意大利人创办电车公司，多国合资建筑了万国大桥，英国人更将许多公司引进中国，抢占了烟草、石油、海运诸多领域。几年时间，中国穷了，列强富了，弱肉强食的悲剧开始了。

就在各国租界飞速扩张的同时，俄国租界却一片死气沉沉，一不见高楼群起，二不见俄国人投资实业。只见成千上万的俄国人拥进天津，带着马车，带着乐队，建筑公园、花园，每晚举办盛大舞会，时时举办酒会、餐会，于纸醉金迷中享受声色犬马的人生。

未及几时，俄租界日显败落，每晚的舞会不见了，盛大的酒会、餐会不见了，当日的王公富豪一个个走上街头，卖肥皂的卖肥皂，卖毛毯的卖毛毯，这倒给天津人留下句俏皮话："大老俄卖胰子，大鼻子卖毯子。"尽兴享乐的爷儿们，一夜之间沦为乞丐了。

这里就说到一处老毛子面包房。

老毛子面包房的创始人是俄国人。老毛子，或者说是大鼻子，本名伊万诺夫·伊凡诺维奇·沙里巴耶夫，天津人叫他"一碗豆腐·一碗茄子皮·傻里八爷夫"，称呼全名太麻烦，于是只叫"傻里八爷夫"，后来再简化，这位俄国人有了中国名字——傻八爷。

傻八爷原来是俄国皇帝尼古拉二世的面包师，专门侍候皇帝一家。有时候皇宫有盛大舞会、酒会，傻八爷也会烤些精致的面包，请皇族成员享用。傻八爷烤出的面包味道出众，在宫城里很有名气，皇族成员都以尝过傻八爷烤制的面包为荣。

傻八爷不是资产阶级，不是俄国革命的敌人，他何以也随着那些贵族老爷一起跑到中国来了呢？他参加了"匪帮"，也不知道是什么匪帮，糊里糊涂跟着"匪首"跑到中国来了，而且跑到天津俄租界来了。

住进俄租界，他没有资格进入俄租界的上层社会，谁家的舞会、酒会也不邀请他参加。他不会说法语,也不穿燕尾服,更不会背诵普希金的诗篇,他就是一粗人。俄国粗人和中国粗人不一样,中国粗人怕被人瞧不起,个个装得比“细人”还彬彬有礼,好歹识得几个字,再能舞文弄墨,摇身一变,就是大师。俄国粗人不想改变自己的命运,粗人就粗人,粗人不欠你、不求你,你敢瞧不起粗人,粗人敢和你玩胳膊根。

何况,傻八爷会烤面包,再“细”的“细”人,你也得吃我烤的面包。

傻八爷住进俄租界,一没有家底尽享荣华富贵,二没有本钱开办实业,为养家活命,傻八爷在俄租界和德租界交界的地方开了一家面包房。开张头一天,生意就火了。不光是俄租界的居民跑来买傻八爷的面包,德租界的老爷太太也跑来买傻八爷烤的面包。傻八爷烤的面包,品种多,味道正。他烤的大蒜口味黑面包,德租界的人最爱吃;他烤的酸列巴,俄国人早早就在门外排成长队。大列巴才出炉,立即被抢购一空,一人怀里抱一个冒热气的大列巴,活像抱个大枕头,跑着回家去了。

傻八爷先生有四大特点。

第一个特点,个头高,身高两米二。他在俄租界租房,房东特意把门楣筑高三尺,邻居家无论如何请他,他绝对不去,一不小心,脑袋瓜子准撞在门楣上。

第二个特点,劲大。傻八爷抡起胳膊,一巴掌能扇死一头牛。

第三个特点,胃口大。他吃烤猪排,一顿饭能吃两只猪后座。

第四个特点，酒量大。到底傻八爷能喝多少，他自己也不知道，就是大直沽、二锅头，他从天明喝到半夜，你问他喝到第几瓶了，你到门外数酒瓶子去吧，头几筐瓶子已经被捡破烂的收走了，这一筐可能是第四筐了。

傻八爷先生还有一个偶尔露峥嵘的特点——浑。不是浑不讲理，他没有资格，天津卫比他浑不讲理的爷儿们多着呢，他哪个也不敢惹。他跟自己浑，怎么跟自己浑，这里有一宗记载。

这一天晚上，傻八爷不知道在什么地方又喝高了，晃晃悠悠地往家走。走着走着，傻八爷先生想起了一件窝心事。他住在彼得公寓十五号院，十七号院的一个小白脸画家，时常请傻八爷太太娜沙去做模特。傻八爷太太比傻八爷小二十岁，典型的俄罗斯美女，而且出身高贵，原来是公爵小姐，后来倒霉了，就嫁给他们家的面包师了。

傻八爷太太娜沙女士，多才多艺，活泼风流。傻八爷烤面包的时候，她自己弹钢琴，自己唱，那歌声可迷人了。唱到高兴时，她就一个人转着圈跳舞，还踮着脚尖跳芭蕾。若非如此，十七号院的小白脸画家怎么就请娜沙女士去给他做模特呢。

小白脸画家和傻八爷老婆娜沙勾勾搭搭，傻八爷先生能不吃醋吗？这天，趁着酒劲，傻八爷要教训教训这个小王八蛋。对，就是这个主意，今天酒劲足，全身有劲，非把他十七号院砸个稀巴烂不可。于是，傻八爷想好了怎样动手，先踢开大门，再砸玻璃窗，把他家桌椅板凳全砸个粉碎；他小子敢出来，连他一起砸。

想着想着傻八爷就走到了俄租界，又看见了彼得公寓。走进彼得公寓，靠西一排院子，单号，一号、三号、五号……到了到了快到了，傻八爷狠狠地运足了气，拳头攥得咯咯响，小子，你爷爷来了！“当”地一下就把大门踹开了，院里没动静，这小子睡着了？好也，一个大步蹿过去，只一下，就把房门踢散了，哗啦啦一阵巨大的声音，傻八爷做好了小白脸画家迎出来接招的准备。没想到，屋里没有反应。好小子，你也有害怕的时候，你也有害怕的人。一不做，二不休，趁着酒劲，今天就让你认识傻八爷爷爷的厉害。

好利索，傻八爷爷在房里砸得好生痛快，小白脸画家一直没敢露面。玻璃窗全砸碎了，桌椅板凳全砸散了，吊灯碎在地上了，连餐具都没有一件完好的了。砸着砸着，傻八爷先生发现小白脸画家的窗帘和自己家的窗帘一个样，再一看，窗帘旁边挂着他老婆娜沙的艺术照片。好小子，当着我的面，你们两个眉来眼去，背地里你还把我老婆的相片挂在你家墙上，砸！傻八爷一把将老婆的照片扯下来，一脚就踹碎了，再看看，越看越觉着有点不对劲。咦！怎么我昨天喝过的酒瓶子，也在这儿了呢？这小子，勾搭我老婆，还顺手牵羊偷我家的东西，一个空酒瓶子，偷个什么劲呀。

不管他了，人若是坏，什么不是人的事都干得出来，反正我是砸完了，转着身子看看，没什么好砸的了。走！

傻八爷走出院来，回头一看，全身的酒劲顿时消了，背后的大门上写着十五号院。用力想想，小白脸画家住的是十七号院。十五号院，那不是咱傻八爷自己的家吗？

可是，就算我砸的是自己家，那我老婆怎么就不出来阻拦呢？

正琢磨自己老婆何以不出来阻拦，旁边的十七号院院门被拉开，娜沙从院里一扭一扭地走了出来，那个小白脸画家还搂着她的小细腰送她出来呢。

“你、你、你……”

咕咚一下，傻八爷先生倒在地上呼噜呼噜睡着了。

傻八爷太太娜沙和小白脸画家费了好大的劲，才把傻八爷先生抬回刚刚被他砸得稀巴烂的十五号院。进了门来，傻八爷太太吓得大声喊叫：“昨夜你回来，看我不在家，你一生气，就把家砸了？你招呼我一声呀，我和小白脸画家先生打牌呢，你个老东西！”

小白脸画家也过来劝说：“傻八爷先生，昨晚你太太为我背诵普希金的诗篇，还自己弹琴唱了一支柴可夫斯基的罗曼斯（英文 romance 的音译），阁下夫人真是有艺术天分呀。”

“我×。”

傻八爷先生信口说出了两个他发音最准确的中国字。

这两个中国字，傻八爷是跟他徒弟赫拉绍学的。

说起傻八爷收徒弟的事，也是一桩笑谈了。

老毛子面包房生意火了，傻八爷一个人忙不过来，自然就要收一个徒弟。消息传开，谁不想跟傻八爷学手艺呀，每天前来拜师的人络绎不绝。但傻八爷收徒弟，条件非常苛刻，一不看本事，二不看人品，进门先问姓名。

“你叫什么名字？”

“王全有。”

“汪汪汪，切切切，滚蛋，不要。”

第二个进来。“你叫什么名字？”

“刘玉成。”

“驴驴驴，呀呀呀，滚蛋，不要。”

光问一声名字，怎么就将人轰走呢？

傻八爷舌头根硬，打不过弯。而且，傻八爷记性不好，能够记住自己的名字，傻八爷就觉得很聪明了，别人的名字，又这么绕舌头：“回去吧，您哪，我这儿不用您。”

后来，吴伟才、张常有、孙树森、赵早立，全他妈滚蛋了。

一天，来了一个年轻人，进门先自报姓名：“我叫贺来绍。”

“贺来绍，赫拉绍，好好好，就是你了。”

贺来绍为什么就被傻八爷收为徒弟了呢？

贺来绍，赫拉绍，俄语里“好”的音译是赫拉绍。

从此，傻八爷收的徒弟，外面人叫来绍，或者是小贺，傻八爷叫他赫拉绍。

“赫拉绍！”

“来啦，八爷！”

赫拉绍答应得就是如此响亮。

他没敢叫傻八爷。

大徒弟赫拉绍，二十岁，能文能武，精明强干，傻八爷对他非常满意。

先说干粗活，自从收了大徒弟，老毛子面包房就不用煤厂送煤了，每天都由大徒弟赫拉绍去煤厂拉煤。煤厂送煤，多少掺点次煤，说是开滦煤，里面一半是煤矿石，炉火不旺，大列巴烤不透，时时有人找上门来换。顾客来换面包，本来是小事，但傻八爷心里不爽，觉得丢面子。现在大徒弟赫拉绍去煤厂拉煤，一锨一锨地捡，一块煤石没有，炉火特旺，大列巴烤得透，卖得特快。

大徒弟不光自己去煤厂拉煤，还会做木匠活。他重新打制的面包柜，大方漂亮，连前脸的玻璃都是自己量尺寸画线，自己切玻璃安装的。

烤面包的大木铲，坏得最快。一把大木铲，最多用一个月，换一个也要不少钱。大徒弟赫拉绍买了一批硬木，画线，自己锯，一连锯成几十个大木铲，傻八爷乐得请大徒弟赫拉绍喝酒。

赫拉绍自然不会当着师父的面喝酒，不光不喝酒，他还侍候师父喝酒。每天早晨给法租界、日租界送面包，回来时他总给师父带一瓶酒，不是一般的瓶子，是四斤容量的大玻璃罐子；还从俄国小市场买来一大盆酸黄瓜。傻八爷一手抱着大酒罐，一手抓着酸黄瓜，咕咚咕咚喝酒，咔嚓咔嚓嚼酸黄瓜。他太太娜沙叫他去洗澡，他装作听不见，还扯着破锣嗓子唱："我在闹市里没有喝酒，只是喝了一桶甜水，干亲家我的好亲家，哈哈哈哈，赫拉绍，赫拉绍……"徒弟赫拉绍以为师父叫自己，飞快跑过去。傻八爷看见徒弟跑过来，抱着徒弟赫拉绍的脑袋瓜子使劲地啃，啃得赫拉绍直叫喊“我×我×”。气得他太太跑到十七号院给小白脸画家做模特去了。

在老毛子面包房，赫拉绍用心学艺，没有多久，他基本上把烤面包的技术掌握了，就连傻八爷不外传的看家本领，都被赫拉绍偷过来了。

老毛子面包房的草莓慕司黑面包，英租界的工部局、法租界的公议局，以及租界地各大公司，按日子分包，今天下午德士古提货，明天下午美孚油行提货，至于花旗银行、汇丰银行，每个月都有，一天一出炉立即买走，外面人根本买不到。而且傻八爷制作草莓慕司黑面包，从来不喊赫拉绍。赫拉绍也规矩，知道师父正在密室配方，一定站在门外照应，别说有人往里闯，连娜沙太太喊傻八爷，赫拉绍也把她拦在门外。

偷艺偷艺，傻八爷不告诉你的秘密，你要自己去琢磨。

傻八爷烤制出来的草莓慕司黑面包，赫拉绍看了又看，还偷偷地捡起一点面包渣品尝，只是无论如何琢磨，赫拉绍也琢磨不透傻八爷是如何将慕司做成面包的。慕司类的甜点不可能有面包那样的硬度，傻八爷烤制的草莓慕司黑面包，明明就是黑列巴，有嚼头，赫拉绍偷着做了许多次试验，都不成功，烤出来黏黏糊糊，还没伸手去拿，就堆乎了。

有一天赫拉绍在门外侍候傻八爷在密室里干活，无意间把一瓶山西老汾酒摔在了地上，酒瓶子一下子摔碎了，一股清香的酒气飘了起来，立即，密室里的傻八爷推开房门走了出来，冲着赫拉绍问：“什么酒？什么酒？”

正好,那天赫拉绍买了两瓶老汾酒,摔碎了一瓶,旁边还有一瓶,立即打开瓶子盖给傻八爷送过去。傻八爷接过酒瓶,一仰脖,半瓶老汾酒下肚。赫拉绍抢过酒瓶告诉师父,里面炉子上火苗喷出来了,傻八爷抱着酒瓶不松手,把赫拉绍推进房里:“你去看看,你去看看。”

此妙计只用了两次,草莓慕司黑面包的配方就被赫拉绍记下来了。

嗐,糊弄人吧,什么秘方呀,就是把饼干碾碎了,掺在慕司里,就烤出列巴的效果来了。

至此,傻八爷烤面包的秘密,赫拉绍已经全部掌握了,可以自己开个面包房了,把傻八爷挤对死,租界地的面包生意,就全是赫拉绍小哥一个人的了。

自己开面包房,没那么容易。租门脸,多少钱?烤箱是意大利的,材料也要从法国、德国进,再有,打点各路地头蛇,这个捐、那个税,没有雄厚的资金,你打发得过来吗?

嘿嘿,没过两年,傻八爷的面包房真就落到赫拉绍手里了,而且改了名号,老毛子面包房改名叫赫拉绍面包房了。

莫非徒弟赫拉绍给师父傻八爷在面条里下了砒霜,傻八爷吞了毒药一命呜呼,愣把面包房留给了徒弟赫拉绍?

非也。

一件谁也想不到的小事,傻八爷就把面包房交给了徒弟赫拉绍,自己走得没有影了。

事出有因。

一天,傻八爷吩咐徒弟赫拉绍找一家大饭店去订一桌酒席，要有天上飞的、地上跑的、水里游的、土里藏的，这么说吧，凡是人间好吃的东西都要吃到。

傻八爷要宴请高朋贵友。

傻八爷要宴请的高朋贵友何许人也？说出来吓你一大跳，他太太娜沙的姑表姨姐的堂叔伯干表妹，俄国皇帝尼古拉二世的亲表姨侄女，伊里沙小姐。

听说师父家来了一位俄国皇帝家的公主，赫拉绍不敢怠慢，立即跑到天津第一大饭店登瀛楼订了一桌酒席。什么规格？满汉全席，天鹅肉，燕窝鱼翅、鸡鸭鱼肉，无所不包。多少钱？傻八爷一摆手，小意思。

到了这一天，贵宾驾到，傻八爷和他的太太娜沙女士在饭店恭候伊里沙小姐驾到。我的天，七十多岁的人，描着眼影，搽着口红，贴着假睫毛，怎么看怎么是个活妖精。

妖精不妖精，不关赫拉绍的事，他就是在餐厅里侍候着。他们嘀里嘟噜地说了些什么话，赫拉绍也没听懂，反正就是看见傻八爷太太娜沙女士一个劲地抹眼泪，好像很是委屈。那个七十多岁的伊里沙小姐还搂着娜沙女士一个劲地亲她。傻八爷倒是不说话，他只闷头喝酒。

第二天，伊里沙小姐要走了，傻八爷让他的徒弟陪他太太去大光明码头送伊里沙小姐登船。赫拉绍叫了一辆胶皮车，娜沙女士坐在车上，赫拉绍蹬着自行车追在胶皮车后面。到了大光明码头，老妖精伊里沙小姐早在码头上等着了，两位女士见面倒也没难过，傻八爷太太娜沙女士扶着伊里沙小姐缓缓地走上轮船。轮船好大，上船的人也多，有的哭，有的叫，有的抱着不撒手，不一会儿工夫，轮船响起长长的汽笛声，天津人说是拉大鼻，送行的人立即从船上走下来，又是哭的哭、叫的叫。赫拉绍在下边等娜沙女士下船。只是这位娜沙女士和那位伊里沙小姐太舍不得分手了，左等不见影，右等不见影，已经没有人从船上往下走了，还是不见娜沙的身影。赫拉绍有点着急了，在码头上大声喊着娜沙的名字，喊着喊着轮船又响了一声长笛，似是晃了晃，一点一点，轮船开始移动了。哎呀，我的娜沙女士，您怎么还不下船呀，船一启动，您就下不来了呀！这趟轮船头一站是印度德里，去了您就回不来了呀！

轮船舷梯缓缓收起来了，船锚也提起来了，一声声鸣笛，岸上送行的人开始散去，赫拉绍在码头上苦苦地张望，左看右看也不见娜沙太太的身影。

轮船已经离开码头很远很远了，码头上人影已经很少了，赫拉绍无奈地摇了摇头，唉，娜沙太太一定是跟着那位小姐走了。

赫拉绍无精打采地回到面包房，傻八爷先生迎出来，他没看见太太的身影，气得一跺脚，又骂了一句发音最准确的天津粗话。

“我早猜出那个到天津来的什么亲戚没安好心，我也早知道娜沙不想和我过了。滚你的蛋，跑到哪里我也要把你揪回来。咱们走着瞧，等我把你抓回来，我把你一条腿锁在墙角里，你休想再给小白脸画家当模特去。”

傻八爷倒也想得开，媳妇跑了，面包房还要继续经营，面包还是照卖,酒还是照喝,呼噜呼噜还是照常睡他的大觉。

没过多少日子,彼得公寓十七号院外面停下了好几辆大车,一大群苦力从车上搬下家具,往十七号院里运。咦,十七号院搬来新住户了。

赫拉绍发现十七号院搬进来新住户,回去告诉他师父。傻八爷闻讯跑出来,急着向人们问,小白脸画家搬到什么地方去了。来人说,小白脸画家早已不知去向,很早就将房子退了租,如此,房东才另招新住户。新住户搬来之前打扫房子,发现几封英国来信,信中一位叫娜沙的女子约画家去英国私会,云云。

哎呀,这小子去英国找傻八爷老婆去了。

“我×。”

又来了一句他发音最准确的粗话,一跺脚:“我饶不了你们,你们跑到哪儿我也要把你们追回来,到了英国,我一个一个地收拾,先抽小白脸画家一嘴巴,把他扇死,再拿根绳拴在娜沙脖子上,把她牵回来。”

走!

只是,去英国要用钱呀,莫看他经营面包房这么多年,赚的钱,都喝酒和给娜沙花了,手头最多也就是明天的酒钱。

“赫拉绍,帮帮忙。

“借点钱给我。”

赫拉绍再有本事,这种事,谁也不肯借钱给你呀!你到了英国,一巴掌把小白脸画家扇死,英国政府能不管吗?

抓进去，谁知道什么时候才能放出来呀？如果英国政府也执行和中国一样的政策，杀人偿命，借给你的钱不就泡汤了吗？

在外面跑了十多天，赫拉绍对师父说："八爷，我是没能耐了，十块八块的您老急着用，我可以拆兑；去英国的船票好几百，一路上的花销，最少上千块，可着天津卫，谁肯把这么多钱借给一个不知道能不能回来的外国人呀？"

"我要把面包房卖了，就一千块。"

"哦，八爷，您说的话可是真的？"

"真的，谁能拿出一千块钱，我立马把面包房卖给谁。"

立字据。

啪，一张纸就铺下了。傻八爷写下：本人出让老毛子面包房，包括一切动产不动产，出让金一千元。

赫拉绍看了看傻八爷立下的文书，说还得再写清楚些。

傻八爷问："还写什么？"

赫拉绍说："还得写上老毛子面包房的地址、店面面积、店内装置，再写上现存所有面粉、糖、奶油的数量和一切面包原料。"

"还有什么？"

赫拉绍说："自出让之日开始，原面包房主人傻八爷立即离开面包房，今后傻八爷在外一切行为，与新主人无关。"

"行，行，行，怎么写都行，我就要一千块钱。"

赫拉绍又看了看文书，觉得没什么漏洞了。

好，一切照办。

原老毛子面包房主人——傻八爷,签下名字。

在某年某月某日上,赫拉绍扳着傻八爷的大拇指,重重地按下了一个大拇指印。

赫拉绍领着傻八爷来到区公所,找到一处地方,交上一些钱,盖了一个大章,回到面包房,啪的一声,赫拉绍将一千块钱拍在了桌子上。

傻八爷被扫地出门。

第二天,傻八爷来到面包房,买了两个面包,向赫拉绍面包房老板赫拉绍先生说了一声再见,从此走得没有影了。

赫拉绍面包房的生意自然很好，每天不到开门时间,买面包的人就排成了队，而且赫拉绍还发明了许多新品种,什么法式面包、德式面包、豆沙面包、水果面包,等等,很受人们欢迎。不到两年时间，赫拉绍就在英租界买了一幢小洋楼,还娶了媳妇,雇了好几个伙计。赫拉绍面包房已经成了天津知名大企业了。

不过,赫拉绍面包房蒸蒸日上的日子没有多久,一位记者就写了一篇文章，弄得赫拉绍名声扫地，在天津混不下去,收拾收拾不知道跑到什么地方去了。

赫拉绍干了什么不光彩的事,让他名声扫地在天津混不下去了呢?

详细情况咱也说不清,大概,娜沙太太和小白脸画家私奔的事和赫拉绍先生有牵连。

谣言小报狗仔记者写道:

×月×日，大光明码头，一华人男子和一俄国美女为后者亲人送行。俄国美女陪其亲友登船后，于轮船鸣笛催促送行客人离船时，匆匆走出船舱，此时码头上送行华人男子向俄国美女大喊：“你还舍不得那个老酒鬼呀？”俄国美女悄声回答说：“我舍不得小白脸画家也。”此时华人男子突然将俄国美女推回船上，并大声喊叫：“你放心，我让他去找你！”彼时轮船收起舷梯，鸣笛启动，俄国美女只能随船而去了……

如此，赫拉绍毁了一桩老姻缘，成全了一对偷情的野鸳鸯，更得手了一家生意红火、日进斗金的面包房。

德欤？孽欤？

只得随人评说去了。

二壶居小酒馆

老天津卫,小酒馆和米面铺一样多。米面铺卖米卖面,平民百姓一天也离不开;小酒馆,顾名思义,只卖酒,更是家家户户当家人一天也离不开的地方。

一片地方,米面铺不开张,家家户户断炊,不揭锅,全天津卫的人日子不平安了。没饭吃的百姓,没有别的本事,就是看谁家烟筒冒烟,就往那家去抢,有饭大家吃嘛。

若是有一片地方的小酒馆几天不开张,比米面铺不开张还严重,不喝酒,汉子们干什么呢?聚众闹事,天津卫大难临头了。

这里写到的二壶居小酒馆,酒馆掌柜,是一位五十来岁的于大爷。于大爷年轻时是一条好汉,不知道谁跟于大爷过不去,废了于大爷一条腿,于大爷没走“君子报仇,十年不晚”的道路,一抹脸,罢了,冤有头,债有主,自己欠下的半条人命债,一条腿还清,两不该(欠)了。他重新本分做人,再不干那种“有你没我,有我没你”的傻事了。

于大爷中年黑道赎身，身无一技之长，就在家门口开了一家小酒馆。

打住，这里有一个关子，什么叫黑道赎身？

黑道赎身，就是金盆洗手，离开黑道，自食其力去了。

没那么容易。进黑道，带着投名状，一定有你贪图的。或报私仇，或吃人份，反正你有个贪图。私仇报了，人份拿了，回头就走，没那么便宜，得让你交一份赎金。多少钱？不是拿钱能了的事。就是那次赎身，于大爷欠下了半条人命债，舍了一条大腿，离开黑社会，净身出门，过太平日子去了。

糊口谋生，于大爷在家门口，开了一家小酒馆，没名没号，就是小酒馆。街坊邻里的男人们，只要今天买二斤棒子面之后还有点富余钱，一定来酒馆喝一壶。出门遇见熟人，哪儿去？上于大爷那儿坐坐。“于大爷”三个字，代替了小酒馆。于大爷就是小酒馆，喝酒事小，见于大爷事大，于大爷是这一片地方的核心人物。

于大爷小酒馆地处天津河东李公楼老地道外的四大庄子中间。

老地道外四大庄子，郭庄子、凹庄子、来庄子、何庄子，住的都是劳苦人。凹庄子居民百分之八十是脚行、起重工、拉小绊儿(几十人拉一辆“地牛”)。冬天冷，一趟活从大光明码头拉到东局子，七八个小时不歇脚，拉到地方，汗珠子湿透大棉袄，汗水把大棉袄结成硬邦邦的冰疙瘩，要让人拿大棒子把冰疙瘩敲碎了才能脱下来。夏天无论多热，出工不许光膀子，因为有碍观瞻，影响市容。

来庄子住户以黑旗队成员为主。黑旗队是干什么的？扒火车。天津南站发出来的货车，穿过来庄子。来庄子的小孩儿，生在铁道边，长在铁道边，火车经过，咕咚咕咚的声音哄着他们入睡，才会走路，爹妈就派孩子到铁道边上捡煤渣，捡煤核。最先学会的语言是吃火车。最先看见的风景是爸爸从房顶上纵身向行进的火车上蹿。他们学会的第一种活动，就是把爸爸从行进的火车上扒下来的煤捡起来，装在小车上拉回家。他们最先学会的交易，是把从铁道边捡来的煤渣送到一家小铺面，换来两个枣饽饽。长到十五六岁，成了大小伙子，开始学习扒火车。早早地在自己家房顶蹲着，听见火车开过来了，火车司机鸣笛，传给你暗号，车上装的什么货，煤或者木柴，能扒的不能扒的，准备好，火车头过去了，纵身一跳，跳到车上，立即往下扔东西，招呼下面的孩子，让他们麻利点。火车缓缓开出来庄子，汉子们再纵身从火车上跳下来，拍拍身上的灰，今天赚了！洗洗脸，上小酒馆喝酒去了。

郭庄子，干什么的都有，卖野药的、变戏法的、职业乞丐……职业乞丐最高管理机构——锅伙，就在郭庄子。

这里要偏离主题，做点小小的说明。

什么是锅伙？

锅伙就是乞丐团伙。许多人读过小说《巴黎圣母院》，那部小说里就有一个篇章专门描写法国乞丐。一般人认为，乞丐生活一定非常苦，其实，你看《巴黎圣母院》里的那些乞丐活得多么快乐呀！他们白天行乞，晚上喝酒作乐，几百个乞丐一起大吃大喝，大喊大叫，玩得爽极了。

中国乞丐比不得《巴黎圣母院》里的乞丐，中国乞丐大多是失地的农民、逃荒的灾民，“大爷大娘给点吃的吧”，这些乞丐才是真正的乞丐。

此外，更有一个专业乞丐群体，这些人以当乞丐为生，不事劳动，就是社会寄生虫；不只是寄生虫，还是社会祸害，骚扰百姓，聚众闹事，成了一座城市的毒瘤。

如是就出现了一个管理部门。政府自然不会设立乞丐管理局，真有了乞丐管理局，领导一定会派我去做局长，管他什么局，要的就是正局级待遇。

政府不设乞丐管理局，这些职业乞丐岂不就要大乱天下了吗？天津卫，凡事都有人管，于是就出现了丐帮组织——锅伙，职业乞丐必须在锅伙注册，先要有一个名号，至少有口头协定，每月交多少人头费。得到锅伙批准，你可以上街行乞了。行乞的方法，自己选择，有打竹板的，有唱莲花落的，有拍砖的，有耍花棍的，各有千秋。

锅伙按片管理职业乞丐。你吃前街，不得进入后街行乞。你早晨出来，过午再出来，别的乞丐就要管教你；不听管教，废你一条腿。

锅伙有锅伙的规矩。职业乞丐只能乞讨，不许偷，不许欺侮老幼，不许调戏妇女，违规者，严惩不贷。其他还有许多细节，再详细的，我就不知道了。

我对锅伙有点研究，已经写过博士论文，此处就省略过去了。

只说郭庄子的事。天津卫锅伙的头，住在郭庄子。锅伙的最高领导，叫团头，就是花子头。有一出戏叫《红鸾禧》，唱的就是团头的事。一个花子头，家里的女儿嫁不出去，只能嫁给一个职业乞丐，阴差阳错，后来这个职业乞丐居然考中了状元，或者被评为一级作家，妻以夫贵，天下扬名了。

周边环境说清楚了，就说于大爷的二壶居小酒馆。什么人敢在这四大庄子中间开一家小酒馆？

非于大爷莫属也。

四大庄子中间的二壶居小酒馆开了二十年，没有出现过一次打斗事件。四大庄子的汉子，进了二壶居小酒馆相互拱手施礼，不爆粗口，比当今作家们聚会还要斯文。什么原因？有于大爷坐镇。

于大爷酒馆起的名号，有讲究。

二壶居，什么意思？

居者，居室也；居室者，家也。进了家门有打架的吗？先给你一个温馨的提示。

而且，进了二壶居小酒馆，无论你酒量多大，也无论你有多少钱，于大爷只卖给你两壶小酒。你有钱，把钱拍在桌子上，类如景阳冈好汉："酒家，拿酒来！"于大爷不听那一套，再喊，你给我滚蛋，就是两壶小酒。没看见二壶居的名号吗？两壶酒喝足了，"居"和"足"近音，喝"居"了，就是喝足了。没有别的事，你坐在小酒馆里，于大爷陪你说话；有事，你忙你的去，想喝酒，明天早来；你想出门绕一圈回来再喝一壶，于大爷把你女人叫来，拉你回家。四大庄子的女人，有美丽的，很少有温柔的。温柔美丽的姑娘，在达坂城，清华北大毕业之后，自己去找。

来二壶居小酒馆喝酒的，都是四大庄子的老邻居，有的已经到了第三辈，他爷爷在二壶居喝酒，他老爸又在二壶居喝酒，喝到他这辈，第三代。喝酒的汉子，进门先喊爷爷。“爷爷，我想来一壶。”“好说，宝贝，自己带咸萝卜来了吗？”

二壶居的酒，分高低两个等级。一般酒，一毛三一壶；高级的，一毛七一壶。酒壶放在热水盆里，自己取。一毛三的酒，白酒壶；一毛七的酒，白酒壶上面画着两片兰花叶，就是两道蓝色。从热水盆里取出一个白酒壶的人，属于一毛三人群；拿出一个画着兰花叶的酒壶，属于一毛七阵营。二壶居小酒馆的酒客也拿自己开涮，提着一毛三白酒壶的靠东边坐，西边小桌子自然就坐着一毛七的酒客了。

两张桌子，几条板凳，中间一条小道。于大爷坐北朝南，眼睛两边扫。一毛三这边，不许说痒痒话；一毛七那边，画着蓝色兰花叶酒壶的那边，兰花叶不许朝外，更不许赞叹“哈，好酒好酒”。都是家门口子的人，多几分不算阔，少几分不算穷，有酒喝，就是好日月。也有的人大大咧咧，提起一壶酒，一仰脖，小酒下肚，信手把酒壶放下，没出声，画着兰花叶的一面，朝外了，正冲着一毛三群体。这时于大爷走过去，悄悄把酒壶转过去，大家心里明白，第二天，自己就小心了。

小酒馆是晚上的生意，整整一个大白天，小酒馆冷冷清清。家里没有于大爷的事，没风没雨的日子，一过晌午，于大爷就来到小酒馆。小酒馆里没什么事情做，于大爷搬个板凳，坐在小酒馆外面。二壶居小酒馆坐北朝南，整天的好阳光。于大爷点着小烟袋，偶尔抽一口，无心地四周观望。

二壶居小酒馆位于四大庄子中心，四大庄子的老少爷儿们每天都要从于大爷面前过。四大庄子的老少爷儿们不会说“早晨好”“晚上好”，只一句通用问候语：“吃了吗？”于大爷向问候的人点点头，表示感激。如此这般，于大爷就成了四大庄子人无所不知、无所不晓的“地方”。

“地方”者，旧时代没有居民区管理系统，居民区里信息灵通而又德高望重的老人，就成了一片居民区的精神领袖，邻里间有什么纠纷，都找到“地方”来评理。“地方”自然主持公道，无论如何评判，双方都必须服从，就像后来服从法院裁决一样。

这一天，张二梆子走进了小酒馆。二梆子二十来岁，人精明，心眼花哨，是四大庄子出色的人才。

这里还要介绍介绍四大庄子两位梆子的事情。

大梆子姓郭，祖祖辈辈郭庄子人，人称郭大梆子，他不到三十岁，泥瓦匠，一把好手艺，为人公正，在四大庄子人缘好，谁家修房垒鸡窝呀什么的，都找郭大梆子帮忙。他也不要工钱，完活之后，请到二壶居来，两壶一毛七，够意思。

刚才说到的张二梆子，此人住在凹庄子，单身。张二梆子来历不明，他自己说原来住在城里，那可是有钱有地位的天津人住的地方。在天津，一说自己是城里人，立马高人一等。只是，你张二梆子一个城里人怎么落到四大庄子来了呢？还是他自己说的，“落北”了，换成规范语言，就是落魄了，没混好，或者碰上了什么麻烦缠身的事，在城里混不下去了，自己蔫溜地躲藏起来。在天津，想藏身，太容易了，进租界呀！在城里犯了事，一进租界连官府都找不着你了。只是他张二梆子进不了租界，就只能藏身到四大庄子来了。

郭大梆子和张二梆子都是二壶居一毛三的酒友。平时两个人不过话，不是一条道上的人，郭大梆子正经手艺人，张二梆子"打八岔"，没有正经事由。住在凹庄子，邻居们免不了有什么事情找张二梆子帮忙，他是干吗不是吗。修房，他和的泥，疙疙瘩瘩，推不上墙；搬砖，跟不上趟，急得垒墙的师傅骂街。"干脆，你一旁站着吧，看师傅累了，你递碗茶。"递茶，他也递不上去，惹得师傅拿茶底往他脸上泼。

张二梆子没有正经事由，不做生意，不卖苦力，他靠什么活着呀？好在四大庄子人不打听别人的事，你闷在房里一天不揭窗帘，邻居们看出你今天扛刀了，没揭锅，挨饿了，到了饭口，邻居们就在你窗沿上放两个窝头；你趁着院里没人，伸手把两个窝头拿进屋，悄悄吃了，明天早早出去找饭辙。第二天你还不揭窗帘，没人理你了。

张二梆子天天揭窗帘，偶尔出去逛逛，回来就有饭吃。天上掉馅饼啦？没人问，反正有饭吃。

于大爷也不问张二梆子靠什么能耐吃饭，但是，看了几次，于大爷心里明白，张二梆子吃小货。汗珠子掉地面摔八瓣挣的东西，是"大货"。来历不明的东西，自然就是"小货"。世上什么东西来历不明？自己知道。

这天，张二梆子在小酒馆闲坐，无意地和于大爷搭讪，什么羊上树呀、蛤蟆长毛呀，说着说着，小酒馆外面来了一个人。这个人看看小酒馆，一屁股坐在了小酒馆对面的马路牙子上。明白，等人。等谁？他往小酒馆里面望。不必细看，张二梆子出去了。张二梆子没和坐在马路牙子上的人打招呼，而是转身走进了凹庄子。不多时，张二梆子从凹庄子出来，坐在马路牙子上的人迎过去，两个人也没说话，只看见张二梆子往对面的人口袋里塞了两张票，对面的人也没说话，转身走了。

然后，张二梆子就回家了。

张二梆子倒腾小货。

凹庄子有一个汉子，吃鬼市。鬼市，半夜两点开始，天亮前收场。顾名思义，鬼市专卖见不得阳光的东西，一切偷来的、拾来的、顺手牵羊捋来的，都算是见不得阳光的东西。手里有小货，不能自己摆摊。在鬼市摆摊的人，绝对不是下手窃小货的恶人。于是鬼市就形成了一种奇怪的交易方式。有小货要出手的人，来到鬼市，在一旁躲着，看见有人摆出摊来，无声地走过去，将小货放在摊位上，告诉摊主，多少钱出手，摊主扫一眼，觉得可赚点，不说话，那个放下小货的人立即躲开。一会儿工夫，逛鬼市的人来了，捡点便宜东西，有看上中意的，放几个钱，摆摊的人看着差不多，什么话也不说，交易完成。

摆摊的人卖了东西，如何交给那个送小货的人？这里面又是规矩。鬼市摆摊，是正经生意，摊主不和恶人打交道，天亮之前收摊，谁想讨钱，一般找到摊主家，不许进门，人家正经人不和小偷打交道，你得远远地躲在门外。这时候有牵线人过来问你，放的什么东西，想讨多少钱，牵线人到摆摊人家里，跟摊主说“刚才交给你什么什么东西的人讨钱来了”，刚从鬼市回来的人，想了想，信手拿出几个钱，交给牵线人。牵线人拿了钱出去，交给那个讨钱的人，给几个是几个，没有争执。讨钱的人拿了钱，起身就走，交易完成。

这个就是规矩。

还有个规矩，无论值钱不值钱的东西，下货之后，三天不许出手；三天之内没人追问，东西就是你的了。

为什么要等三天，这里面又有规矩了。

一般人认为丢了东西，到警察局报案，警察局登记在案，有了下落，通知你来认领。这是骗傻蛋的，莫说丢了东西，就是你丢了脑袋瓜子，警察局也没人管。也有的时候，有权势的人丢了东西，电话打到警察局：“明天给我把东西送回来。”“是是是。”一会儿工夫东西就给你送回来了。

此中道理非常简单。丢东西了，什么地方丢的？火车站？好办，火车站二狗子的片，把二狗子叫来。对二狗子说：“瞎了你的眼，什么什么爷的东西让你的人下了，活腻了，立马把东西送回去。”“是是是，副爷放心，都是新手干的，没长眼，回去教训教训。”

立马，东西送回来了。

警察局有人吃黑钱，有人吃白钱。

警察局局长的小舅子差事最肥，他吃红案。红案就是人命官司。

这几天，张二梆子生意好，常常有人坐在小酒馆对面边道牙子上等张二梆子。张二梆子出来和那个人打个照面，走进凹庄子，再从凹庄子出来，塞给那个人几张票，回身走进小酒馆，从热水盆里提出一壶一毛七，得意扬扬地喝起酒来。

“二梆子！”小酒馆里只有张二梆子和于大爷，于大爷像是自言自语地说起了话，“年纪轻轻的，还得做正经营生，邪门歪道来钱快，不太平。想当年，你于大爷好汉一条，吗事都不含糊，糊里糊涂跟着闹，最后惹了地头蛇。你于大爷丢了一条腿之后才明白，人家有冤有仇的，自己不动手，怕冤冤相报，辈辈结仇，就是让你跟着闹事的出去顶好汉。人家你死我活，是明着打架，合伙分钱，到了结账的时候，拿咱傻小子大腿抵债。”

说着说着，于大爷一抬头，屋里没有人影了。

张二梆子摔门走了，不爱听。

拉倒，我又没说你不走正道。听了，你未必念我的好处；不听，将来吃了亏，你也不能怪你于大爷没早劝你。

不听老人言，吃亏在眼前。

就是在张二梆子日子过得滋润的时候，种种迹象让于大爷觉得事情有点不对了。

出现什么情况了？

每天过午三点多钟，张二梆子准时到小酒馆来闲坐，等着一个个灰头土脸的人在小酒馆外面等他。每天如此。看见外面有人来了，张二梆子走出小酒馆，转身走进凹庄子，不多时，从凹庄子出来。坐在边道牙子上的人迎过去，接过张二梆子递给他的几张小票，什么话也不说，转身走了。张二梆子再回到小酒馆等着下一个灰头土脸的人。

这一天，张二梆子打点完一个个灰头土脸的不速之客，离开小酒馆。偏偏刚才和张二梆子打过交道的几个人，走进了小酒馆，一人要了一壶一毛三，一起坐下，小声地说着什么闲话。

于大爷无心知道这些人说什么，只是看见这些人有的似是怒气冲冲，也有人劝解："算了吧，能给你几个钱，就算了。"

"定个日子，给他拿拿龙。"

这句话，于大爷听懂了。

这是江湖黑话。拿龙，是说自行车轱辘不圆了，骑着颠，拿工具把车轱辘整圆了；一个人不规矩，大家下手给他立规矩，也叫拿龙。

这些人要给谁拿龙呢？

第二天，于大爷看见张二梆子和灰头土脸的不速之客们打交道的时候，有人似乎和张二梆子发生了争执。为什么发生争执？钱呗！一定是张二梆子从凹庄子拿出来的钱里抽了油水。

黑道上最忌讳的就是抽油水。要多少钱，明说。我们把小货交到鬼市，再从摊主那里拿回钱。摊主给多给少，有他自己的小算盘，觉着这家不合适，你可以换个摊主，最忌讳牵线人从中抽油水。

开了大半辈子小酒馆，于大爷见多识广，什么人都见过，什么事情也经历过。只要你一走进小酒馆，于大爷一眼就能看清你是哪路人，是正儿八经的买卖人，还是奸商、偷鸡摸狗、下九流。等你坐下，从热水盆里提出一个酒壶，于大爷就看明白了你是喝酒还是等人。几个人凑一桌，叽叽咕咕，合计事情，设局琢磨人；喝完酒，一起站起来，明天再见时立马动手。什么人，什么事，也休想瞒过于大爷的眼。于大爷不管闲事，只要你不杀人放火，于大爷绝对不报官。

今天这桩事于大爷不能不给张二棚子报个信，他大祸临头，不报个信，对不起这孩子。张二棚子虽说在四大庄子名声不好，可真看着孩子被黑手毁了，自己心里也不会轻松。

今天张二棚子没到小酒馆来闲坐，显然他自己有了预感。晚上十二点，小酒馆关门，于大爷悄悄走进凹庄子，走到张二棚子房外。凹庄子民宅，窗子临街，于大爷在张二棚子窗外轻轻敲了两下，里面张二棚子传出了声音："谁？吗事？"

于大爷俯在窗户上，小声向里面说道："趁着半夜三更，麻利点，三十六计，找个僻静地方躲几个月。别忘了，你欠我两壶一毛七的酒钱。"

没等张二棚子再说话，于大爷从凹庄子拐出来，回家去了。

张二棚子从凹庄子不辞而别，再没了消息。

张二棚子消失后的第三天，来了一伙人，有的扛着铁镐，有的拿着大木棒，一阵风拥进凹庄子，二话没说，七手八脚就把张二梆子的房子给扒了。到底江湖爷儿们，扒了房，还将砖头瓦块拢成堆，再把凹庄子打扫干净，然后来到二壶居小酒馆，一人一壶一毛七，说着笑着，喊着叫着，尽兴而去了。

完了，吗事也没有了。关于张二梆子，一直没有消息。凹庄子吃鬼市的人家，照常半夜三更往鬼市去摆摊，照旧有人往小摊上放东西，照常有人把东西买走，一切如常，天下太平了。

一晃，一年时间过去了。第二年隆冬，一天晚上下着大雪。小酒馆酒客散去，于大爷抽了一袋烟，正打算关门回家，就听见身后吱呀一声，有人推门；回头一看，一个人灰头土脸，双目无神，一副活不起的神色，走了进来。

“于大爷！”来人怪声叫了一声。于大爷一看，认出来了，是张二梆子。

张二梆子回来了。

于大爷随手提了一壶一毛三，放在酒桌上，拉条板凳，示意张二梆子坐下。

于大爷看看张二梆子，张二梆子没抬头。

没混好。

“先在小酒馆躺一宿，明天把郭大梆子请来，好在那堆砖头瓦块还在那儿堆着。四大庄子人厚道，火车开过来，汉子们蹿上去，七手八脚扒下半火车煤块。可无论谁家的东西，堆在庄子里，一根柴火棍也丢不了。”

“那、那、那……”张二梆子嘴巴嘟囔一会儿，好像有话说不出。

“这时候还提什么钱呀！郭大梆子现在拉着一伙泥瓦匠，一哈腰，一间房就起来了。一人两壶一毛七，记你的账上。”

“我、我、我……”

“你怎么着？凹庄子吃鬼市的那户人家早搬走了，你走正道吧。在我小酒馆窗户外边摆个小摊，别的生意你做不了，卖个香烟、火柴，一天挣二斤棒子面，不难吧？”

于大爷话音未落，咕咚一声，张二梆子冲着于大爷跪下了，又咕咚咕咚一连磕了几个头，一条好汉，呜呜地哭出了声音。

“于大爷，于大爷，我、我、我……”

张二梆子捂着脸，哭得几乎断了呼吸。

“行了行了，早知道尿炕，不睡觉了？起来起来，灶台上还有半个枣饽饽，炉子还有点火，烤烤吃了吧。我回家了。明天早早进凹庄子，跟伯伯叔叔们打个招呼。天一亮，我就去招呼郭大梆子。跟大娘大婶们先借床被子。”

说着，于大爷就往外走，走出门口，于大爷又转回身来，对张二梆子说：“若是还有别的道，你自己尽管去闯；你若是没有别的道走了，日后可得给我规规矩矩过日子。”

说完，于大爷回家去了。

孝子亭鲤鱼

老天津人都知道,在金钢桥和东浮桥之间的海河边上有一座孝子亭。说是亭,其实很不起眼,比起附近的望海楼来,就是一个小亭子;有石头台,不高,一抬腿就迈上去了。台上站不下几个人,几根柱子,支着顶子,算是一座亭子。

孝子亭是什么来历?

听说过二十四孝的故事吗?二十四孝中最为感人的故事,当数卧冰求鲤的故事了。

晋朝时期,有一个叫王祥的孝子,母亲早丧,一直和继母一起生活。传统故事里,继母都是很恶毒的,王祥的继母更是恶毒过人,时不时想出个邪点子刁难王祥。王祥是个孝子,无论继母如何刁难,他一定想办法满足继母的需要。

只是这位继母也没有多高的智商,最高的刁难,就是吃鱼,春夏秋冬都要吃鱼。可是,进了冬季,湖河结冰,鱼市上鱼的品种就没有那么多了呀。偏偏这位继母遮理(天津方言,也有说"褶列""褶累"的,意为不通情达理、麻烦、难伺候),什么鱼少,她要吃什么鱼。一年隆冬,这位继母一定要吃鲤鱼,还要吃活鲤鱼,明明就是刁难王祥。

孝子嘛,顺者为孝,既然是孝子,老子无论多么遮理,你也要顺从;老子无论有什么要求,你也得满足老子的要求;老子要吃天鹅肉,你也得给他弄来吃。其实这很好办,老子吃过天鹅肉吗?没吃过,那就好办,你弄块狗肉来,上面沾些鸡毛,告诉他这就是天鹅肉;只要他说不是,你就让他弄一块天鹅肉来验一验。

王祥继母要吃鲤鱼,你可糊弄不了她。鲤鱼谁没吃过呀?大嘴巴,两根须子,一看就认出来了。

鱼市没有鲤鱼,看你王祥怎么办吧。弄不来鲤鱼,不孝。那年头时兴送"忤逆",谁家的儿子不孝,父母可以把不孝的逆子送到官家,先打四十大板,弄不好可能杀头。

王祥不去想继母有没有加害自己的想法,他责无旁贷,一定要给继母把鲤鱼弄来。王祥想鱼市里没有鲤鱼,大河里不能没有鲤鱼吧?那就下河。

可是大河结冰了呀!没关系,把冰凿开,跳进河里,不可能逮不着鲤鱼。

三九天河水多凉呀!没关系,人家不是还冬泳吗?大不了得一场感冒,捂上棉被睡一觉就好了。

下定决心,王祥来到河边。哎呀,忘记把凿冰的家伙带来了。没有凿冰工具没关系,冰一遇到温度高的物体就能融化。立即,王祥脱下衣服,光着膀子卧在了冰面上。冷呀,真冷呀,冷得王祥上牙磕下牙。也是苍天不负孝子心,就在王祥冻得打哆嗦的时候，突然河面上化开一个大窟窿，王祥觉着身子下边有点湿，再一看，一条大鲤鱼欢蹦乱跳地跳到自己身子底下来了，好像是说："孝子孝子快抱我回家孝敬你继母去吧。"

感人不感人？反正我是掉眼泪了。

这只是故事，真有这事吗？三九寒冬，光着膀子卧在冰面上，要知道三九天冰层至少也有三尺厚，冰冻三尺非一日之寒嘛，凭你一个三十六七摄氏度体温的肉身，能把冰层融化吗？

故事就是故事，没有人跟故事抬杠，你不相信卧冰求鲤的故事？眼睁一睁，就在我们天津卫，年年都有卧冰得鱼的事迹。

天津卫若是没有卧冰得鱼的孝子，怎么会有孝子亭？

可是，你们天津卫的孝子姓甚名谁？

王祥卧冰求鲤，为什么名扬天下？因为他们那地方就出了一个孝子。我们天津孝子太多，天津娃娃人人是孝子，卧冰得鱼的事年年有，还有必要说出他们的名字吗？

海河东岸的孝子亭，就是为了表彰一个卧冰得鱼的孝子才建起来的，明白了吧？

天津海河东岸的孝子亭不仅有来头，还有举世无双的迹象呢。

孝子亭下边河面是个什么景象？

孝子亭下边的河面从来不结冰。

老天津卫爷儿们都知道，从前，天津冬天很冷，一进九，海河就开始结冰，先是一层薄薄的冰面，站在河堤上往下看，可以看见冰层下面丛生的水草和水草间游动的鱼；再过几天，冰层厚了，挑担的人，过河不走大桥了，哧溜几下，就滑向对岸去了；再到了三九，冰层达到三尺厚，冰冻三尺非一日之寒，就是由海河印证的。

为什么孝子亭下边的河面不结冰？

说起来玄了，市井传言，说是老年间，天津一位孝子在这段河面卧冰得鱼，所以天津人才在这里建了一座孝子亭。从此，孝子亭下边的河面永远不结冰。

谁看见过？

我，敝人。

我家住在城里，一家亲戚住在河东，隔三岔五，我就去亲戚家一趟，每次都过东浮桥，三九寒冬，海河河面冰冻三尺，只有东浮桥下面一段河面流水荡漾。有一年冬天特冷，海河的冰层厚度达到五尺。据说连渤海的水面都冻死了，天津海河孝子亭下面却只结了一层薄薄的冰。有人在冰面上滑冰，一个冲劲没刹住，“扑通”一声掉下去了，幸亏那时王大龙正在孝子亭练功，也是那位爷命大，这才没出大事。

孝子卧冰得鱼的事迹感天动地，河水有知，到了冬天就是不肯结冰。为什么？等候下一位孝子呀！天知道什么时候再出来一位孝子，来到孝子亭下卧冰得鱼，你河面上结着厚厚的冰层，你让孝子如何得鱼呀？

其实不是那么一回事，孝子亭下面的河水冬天不结冰，没有什么秘密。

老天津人都知道，旧时意大利人开办了一家小型发电厂,那发电厂的排水口,就在孝子亭底下。有一年,天津奇冷,连鼓楼的楼顶都被冻裂了,孝子亭下面的河水,还是照样哗哗地流。有水性好的孩子光屁溜往下跳,跳到河里,直喊“烫死我啦,烫死我啦”,你就说孝子亭下边的河水有多热吧。

河水热,自然就会有孝子来表演卧冰得鱼。老娘、老爹得了什么病，大夫开出药方，要用冰下的鲤鱼煮汤做药引,于是孝子就来到孝子亭下边表演卧冰得鱼。

如是,天津河东孝子亭,就成了天津卫孝子们表演卧冰得鱼的大舞台。天津娃娃人人都要做孝子,为什么？混上了孝子美名,街面上就受人敬重;如果再登上小报,名扬天下,就成了社会明星。当上了社会明星,起码,好找事由,太高的职位也挨不上你，花旗银行、汇丰银行不会雇你当大拿,你狗屁不会,卧冰得鱼算什么本事呀？一笔账算错了,就是千儿八百,你还是卧冰得鱼去吧。花旗银行不雇你,锅巴菜铺、小饭馆都愿意雇用你呀,什么地方卖锅巴菜的是天津有名的大孝子,谁不去看看热闹呀,这一下生意就兴隆了。

于是,隔三岔五,总有人到孝子亭来表演卧冰得鱼的壮举,那表演也是颇为壮观的,必在海河边上引起围观。

呼啦啦一干人等就向河边拥过来了。人群当中,还有一位身着白衣的孝子,后面跟着和尚、道士。走到孝子亭,先要做道场,和尚、道士们吹的吹、唱的唱,孝子则跪在香案下焚香燃烛一连磕四十个头。礼节完毕,有人在孝子亭中央点起一堆柴火,请孝子过来暖暖身子,再来二两七十八度的老白干。二两小酒下肚，孝子亭四周已经围过来许多人，人们鼓掌喝彩，向孝子致敬。

孝子发现孝子亭四周有许多人向自己致敬，自然很是得意，于是向众人还礼致谢，准备开始表演卧冰得鱼。

卧冰得鱼的表演，内容各不相同，孝子心诚志坚，最全套的表演，就是脱下上衣，光着膀子走下河岸，找一处最结实的冰面，正儿八经地卧在冰面上，卧足一个小时，冰层未化，只在冰层上卧出一个坑。这时候，水性好的孝子就从孝子亭下面未结冰的河面上跳下去，一会儿工夫一定能抱一条大鲤鱼上来。这时，众小报记者围上来，咔嚓咔嚓一照相，随后有人送过来一件正红色的大棉袍，给孝子披在身上，和尚、道士礼乐大作。众人拥着孝子向他家走去。到了家门前，还有一番表演，有时候市政当局的官员也到场致意，为天津卫又出了一位孝子表示骄傲。

当然，不是每位孝子都有潜水的能耐，不会潜水怎么办？河岸边早为孝子准备好了大鲤鱼。孝子在冰面上卧了一会儿，有人将孝子扶进孝子亭来，也是一件正红颜色的大棉袍披在身上，随后，自然有人将大鲤鱼送过来。这时，孝子接过鲤鱼，随行人按卖鱼人说的价付了钱，帮助孝子穿上衣服，热热闹闹地护送孝子抱着鲤鱼回家，也给第二天天津大报小报贡献一条充满正能量的社会新闻。

唉，作假了！卧冰得鱼嘛，只在河面上卧了一会儿，再花钱买条鱼抱回家去，怎么算得上是卧冰得鱼呢？

嗐，天津卫的事嘛，凡事都有个本土化，别人怎样卧冰得鱼和我们没有什么关系，到了我们天津，自有本地卧冰得鱼的规矩。

这里要说明一个细节，寒冬时节，天津鱼市卖的鲤鱼有两种：一种是从白洋淀运过来的鲤鱼；另一种就是天津海河孝子亭下面现捞上来的鲤鱼，天津人说是“大拐子”。白洋淀鲤鱼，到了冬天肉紧，还有股土腥味；天津大拐子，肉嫩，甜口。二者有天壤之别。

这里孝子买了抱回家的，都是白洋淀大鲤鱼。海河鲤鱼汆汤，鱼汤雪白，没有一星半点浮油，没有一点腥味；白洋淀鲤鱼汆汤，鱼汤颜色微微发暗，鱼汤上漂着一层浮油，为什么？白洋淀的鲤鱼肥呀。

孝子们用白洋淀鲤鱼骗老娘，难道老娘发现不了吗？被白洋淀鲤鱼骗了的老娘，都不是天津卫老娘。

嘴刁的天津卫老娘，有了什么症候，一定用孝子亭下面的鲤鱼做药引。也有办法——孝子先下河去卧冰，卧冰之后，孝子亭里有一位能人代你潜水得鱼。

此人何方神圣？

就是天津卫有名的卧冰得鱼名家——王大龙。

我看见王大龙的时候，王大龙大约二十五岁。他身体壮，除了冬天，常年光膀子，一身的黑肉，胸前两块大疙瘩肉，后来叫作胸肌。他力气大，没事就在河边上耍大刀。他那把大刀两百来斤重，我看见过，五六个小伙子愣抬不起来，到了王大龙手里，一哈腰，拾起来了，还举过头顶，再耍起来，兜起的风声，嗖嗖的，吓得人们都远远地躲着。

王大龙没爹没娘，没有尽孝的机会，但天津卫的孝子人人都知道有个王大龙。王大龙帮助天津卫的孝子完成卧冰得鱼的任务。

说到这里，有人不明白了，王大龙怎么代替别的孝子卧冰得鱼呢？

天津卫就是出这些让人闹不懂的蹊跷事，诸位看官，且听我慢慢道来。

天津卫孝子多，要儿子卧冰得鱼尽孝的老娘也多。老娘嘛，大多体弱多病，还都是治不好的老病，专治疑难杂症的名医，各有各的秘方，这些秘方大多要用药引服用。

药引，也是各有不同。一般的药引，常常是童便，不是一般儿童的尿，是三岁以下小男孩儿的尿。老朽童时，就经常被各位亲戚求到头上，请本人尿一泡尿，当然也有报酬，少说也是一套煎饼馃子。

男孩儿长到五六岁，尿就臊了，再没有人用他们的童便做药引子了。

有些常年难医的老病，药引也难找。我见过最金贵的药引，是原配老鹰烧成灰。老鹰是在天上飞的，谁知道哪两只鹰是原配夫妻呀？疑难杂症嘛，总要有点难寻之药才能医治。您猜怎么着，原配老鹰夫妻真找到了，而且服下之后，药到病除，多年昏睡不醒的老太太，居然醒过来了，还向儿媳妇要水喝。

"水、水、水……"

那声音像唱歌一样，抒情花腔女中音，吓得全家人四处逃散。老娘床头只剩下孝子一人，待孝子将水送过来的时候，老娘已经没有了呼吸。孝子放声大哭，那对原配老鹰要了一套大宅院呀。

“娘，你可坑死我了！”

不过天津人最信的还是用卧冰得鱼的鲤鱼做药引。

在天津卫，卧冰得鱼还成了一种生意，专门有人在河边，等着卖孝子亭鲤鱼，自然比鱼市卖的鲤鱼要贵。鱼市一条鲤鱼，二斤最多不过两元钱；孝子鲤鱼，欢蹦乱跳的，又是王大龙刚刚从孝子亭下面抱上来的，也是二斤，多少钱？至少五元，外加两瓶汾酒。在鱼市卖一天鱼，未必能挣到五元钱；遇见一个孝子，一会儿工夫，五元钱就挣到手了，回家交给老妈，不也是孝子吗？

由此，卧冰得鱼引出的生意越做越大，渐渐就形成了一个产业链，从送鱼，到敬香，最后到卧冰，都有了正规从业精英。此中生意最好、赚钱最多，最后竟然成为卧冰得鱼产业链龙头老大的，就是前面说到的那位大哥——王大龙。

王大龙会游泳，水性好。他一猛子扎下去，可以在水下憋八分钟。一般人能憋八十秒就可以考体育学院了。王大龙若是活在如今，奥运会冠军，稳拿。

王大龙水性好和卧冰得鱼有什么关系呀？

太有关系了！王大龙父母双亡，没有资格做孝子，可是天津还有许多孝子要王大龙代替他们做孝子呀。

一天，河边上来了一位白面书生，身边还有几个人侍候，有的抱着毛毯，有的提着大围巾，还有人扶着这位书生。一看就知道这是位少爷,还是一位体弱多病的公子哥。

这位公子哥来到河边,看了看冰封的河面,嘴里嘟囔了句什么话,一起来的仆人就立即过来安抚。

这时正赶上王大龙在河边练功。一时好奇,他凑过去看热闹,正好听见随行的人劝说这位少爷。

“少爷,您就好歹做个姿势吧!老太太病重,大夫开出药方一定要用冰下的鲤鱼煮汤做引,您是当家长子,您不卧冰得鱼让谁去呀?再说那几房的儿子巴不得得到这份差事呢,他们无论哪个出来,给老太太弄到冰下的鲤鱼,等到老太太归天,头份遗产那就是人家的了。”

“我明白,我明白,可是我身体不行呀!莫说是卧冰得鱼,就是要我脱去皮袍子,在河边站一会儿,我就得感冒。回去说不定老娘没走,我先走了。”

说着说着,这位少爷打了一个喷嚏,立即鼻涕眼泪就流出来了。

随行的人接着又说:“大少爷、大少爷,您老好歹下去摸摸冰面,就算您老卧冰了。鲤鱼的事好办,咱们买几条,回去禀告老祖宗,说是少爷卧冰感动上苍,一下子蹦上来四五条大鲤鱼。老祖宗听着孝子卧冰感动天地,一高兴,病好了。不不不,病好了分不到财产了……就是老祖宗的病好了,日后也得对您格外疼爱。”

“阿嚏”,这位少爷又打了个喷嚏,眼看着可是真感冒了。

王大龙也是多管闲事,看着这位少爷可怜兮兮的样子,走过去向人们询问:“鲤鱼准备好了吗?”

"早买好了,您看,欢蹦乱跳,二斤多重,多肥呀!"

"不行,买好了鲤鱼也没用,这位老娘是天津卫老娘,吃鱼行家里手,你别想抱一条白洋淀鲤鱼回家骗她,她一眼就认出来了,呸,一口唾沫吐在你脸上,什么孝子,忤逆!到我百年之后,一分钱也没有你的份。"

"完了,完了,没戏了。"

"让我到孝子亭下卧冰得鱼,明明就是害死我呀!明明我不会水,你们拿绳子系着我,把我放到孝子亭下,一口河水呛过来,我就没命了!我不干,我媳妇才二十五岁,哪个王八蛋打她的主意呀!"

听明白了。

这户人家,老娘有病,请来医生,儿子看着老娘没有几天活头了,买通医生开药方,写明一定要用孝子亭鲤鱼煮汤做药引。正中下怀,这位老娘是继母,长子自然是她丈夫前妻留下的,后面几个则是她亲生的。长子心想,让我尽孝,由我去卧冰得鱼,拖上几天,没等我去孝子亭卧冰得鱼,您老人家就驾鹤西去了。凭着我敢答应为老娘卧冰得鱼,这份家当就得归我继承。至于我再分给你们多少,那就得看我的心善不善了。

没想到,这位老娘真能熬,昏迷之中居然熬了二十天,就是睁着眼,还问儿子们孝子亭鲤鱼抱回来了没有。可恨后面的几个儿子也跟着起哄:"大哥,这几天你要是太忙,我们就先去了。真把孝子亭鲤鱼抱回来,那可就没有你的事了。"

来人向王大龙述说了来龙去脉。

王大龙明白了，说："好办，包在我身上了。

"不过，有个程序，你们得听我的安排。

"第一，孝子要先光膀子在冰面上卧一会儿，自然会感冒，回家喝一服桑菊感冒灵，捂上厚棉被，发出汗来，第二天保证准好。第二，孝子亭鲤鱼，我下去给你们摸，摸上来抱回家，千万不能说出是我代摸的，还得先把孝子亭周围的市民请走，有一个人走漏风声，这出戏就白唱了。"

当然，要想把孝子亭四周看热闹的人请走，没那么容易，孝子抬头看看，至少五十口人，怎么把他们请走？到底有高人，不多时，拉来一帮鼓乐的，吹吹打打，某某饭庄隆重开张，八人一桌，恭请品尝，分文不收。呼啦啦，孝子亭周围等着看热闹的市民，自动组合，八个人一组，风一般，一组一组全离开了孝子亭。

那些人去了哪里，与孝子亭无关。王大龙一看，孝子亭周围没有人了，立即动手。三下五除二，孝子脱下上衣，走下河堤，由仆人扶着，弯腰在冰面上沾了一下冰。就在孝子穿上衣服，披上红袍子的时候，王大龙已经从冰窟窿里冒出头来，一条欢蹦乱跳的大鲤鱼抱上来了。

大孝子卧冰得鱼啦，大孝子卧冰得鱼啦，这事一下子在天津卫传开了，各家大小报纸的记者闻声赶来。戏法灵不灵，全靠毯子蒙，连历史都可以重现，重现孝子卧冰得鱼，小把戏了。

咔嚓咔嚓，现场照片就拍出来了，新闻稿也写好了，立即送到报社，晚上走街串巷卖报的老人小孩儿，吆喝卖报的新词就唱出来了:“快看报,快看报,卧冰得鱼为尽孝。孝子体弱不畏冷,跳进冰窟鲤鱼抱。孝子故事二十四,天津给你添一条!快看报,快看报,孝子回家得遗产,好人必定有好报。”

哎呀哎呀,为了这一条新闻,天津卫大街小巷热闹了三四天。孝子家附近大街,三四天水泄不通,孝子的照片一连三天登在报纸头版,上百位目击者以个人名誉证明亲眼看见了孝子卧冰得鱼。更有儿子不孝的人家,举家来到孝子亭跪拜敬香,对儿女进行教育。

本来需要以忠诚的孝心、无畏的勇敢和忘我的奉献精神为动力的卧冰得鱼壮举,到了天津竟然变得如此简易可行,充分表现了天津娃娃的聪明智慧。如此,天津卫卧冰得鱼的事迹就多得不可胜数了。王大龙在孝子亭的神秘生意,也就越来越火了,

这一阵,王大龙得了多少好处?特级机密。没过多长时间,王大龙买了一套房,虽然不是小洋楼,也是城里小四合院,够气派了。王大龙日子过得很是不错。

一天早晨,王大龙出门买锅巴菜,才走出家门,突然后背被人狠狠地拍了一巴掌。

找死呀,有人敢在咱爷儿们头上动土!

王大龙转过身来,正要跟敢和自己奓翅的混账小子算账,却看见背后一个男子冲着自己抱拳致意:“爷,小的给您请安。”

“什么人?”

王大龙的火气消了点,放下架势,吊儿郎当地问了一句。

“没事，跟哥哥拜个把子。”

“闹事啊！平白无故和我拜盟兄弟，结拜金兰，我认识你是谁呀？”

王大龙毫不客气，迈步就要走开。

“大哥留步，小弟既然求到大哥头上，好歹大哥得给兄弟一点面子。”说着，后面的人先脱下上衣，光膀子露出了健壮的胸肌。胸肌上刺着一条青龙，七道弯的身子，六根爪，昂头瞪眼。

嗬，有来头。

青龙、白虎，老天津卫武林行的两大门派。

王大龙本事再大，单枪匹马，他也不敢惹青龙、白虎。立马，王大龙脸上绽出了笑容。

“大哥有话？”

“三九寒冬总跳冰窟窿，伤身子。”

“谢谢大哥关照。”

王大龙客客气气地说着。若在平时，依王大龙的脾气，早骂上“管得着吗？”

谁让你是青龙呢。

“下边水暖和。”青龙大哥笑了笑。

“大哥知道？”王大龙憋着一口气说道。

“底下有发电厂排水口。”

自己人了。

王大龙再没有一点气了。

孝子亭下面为什么河面不结冰？满天津卫只有几个人

知道。

孝子亭下边水暖和，一到冬天，还是海河鲤鱼在这里扎堆取暖。从孝子亭那儿跳下去，抱上来一条大鲤鱼，并非什么难事。当年卧冰求鱼的王祥若是找到这么个好地方，他就能孝敬全天下的父母了。

“既然知道了底细，那就是自家人了，有什么想法明说了吧。”

“我看你每天卧冰得鱼实在太累，兄弟我和你分担分担吧？”

抢口来了。

天津脚行，各自占口，要想抢口，真刀真枪比画；不提几颗人头来，休想把口抢去。

“好说好说，大哥看怎么个分担法？”

“为人做事，凭良心。兄弟手足，一根线上的蚂蚱，凡事有个商量。”

“好说好说，兄弟怎么说，咱就怎么办。”

“我也忙，逢二逢七，我来。”

“兄弟够板。”

就这样，王大龙每十天让出两天的生意。

王大龙和青龙兄弟谈过交易，两个人便结拜金兰，成了盟兄弟，相互约定，从今之后，这孝子亭就是他兄弟俩的天下了，天南海北想做孝子的人，来孝子亭卧冰得鱼，都得由他们小哥儿俩操办。就算你有再好的水性，也不允许从孝子亭下河得鱼。

发财了,发财了,靠卧冰得鱼的生意,这辈子有吃有喝了。王大龙的生意分给了青龙兄弟五分之一,不吃亏,有青龙兄弟做靠山,再没有人敢在王大龙身上打主意了。有青龙兄弟保着王大龙的生意,下一步,王大龙就可以娶媳妇成家,可着天津卫挑美女了。

第一天,吃过午饭,王大龙和青龙兄弟来到孝子亭交接生意。就看见呼啦啦五六十人向孝子亭走了过来,走到孝子亭,二话不说,七手八脚就用布幔把孝子亭围上了。

"干吗?干吗?"青龙兄弟亮出胳膊根就要动手,一个管事的过来,张开双臂拦住了青龙兄弟的拳头。

"你们还不知道呀?孝子亭这片地段,卖出去了。"

"谁卖的?"

当然是有本事卖地的人卖的,你能卖吗?你说我王大龙把东浮桥卖给王二爷了,有人信吗?王二爷敢买吗?

说着,管事的打开一卷文书。王大龙和青龙兄弟看不懂,只看见文书上盖着大红印章,实在吓人。有圆的,大大小小十几个;有小的,四四方方,也是十几个。无论大红印章还是小印章,反正告诉你,孝子亭卖出去了。

"走吧,腾地方吧。"

"以后来孝子亭练功行吗?"

"有胸牌就行,建筑公司发的出入证,就是紫禁城的腰牌。"

没过多久,天津卫大小报纸登出了渔业公司的广告:

渔业公司最新奉献！风靡大江南北的天津卫孝子亭大鲤鱼，经××渔业公司多年研究开发，已经培育成功，近日即可大量上市，欢迎各界美食家、广大市民品尝。

王大龙和青龙兄弟听说市场上出现了孝子亭鲤鱼，自然感慨万千。怎么自己就没想到这笔生意呢？早想到把孝子亭鲤鱼抱到鱼市去卖，生意再不好，一天卖个百八十条也够赚的了。哎呀，到嘴的鸭子被人抢走了，只怪自己不懂生意经呀！

没过多久，孝子亭鲤鱼上市了。孝子亭鲤鱼有专卖店，天津人说是门脸。开张的第一天，张灯结彩，燃放鞭炮，更有高跷队、小车会助兴表演，成千上万的天津人赶来看热闹。

王大龙和青龙兄弟丢了饭碗，心中自然怏怏不快。“走，瞜瞜去。”二人约定，一起去瞻仰孝子亭鲤鱼专卖店。

孝子亭鲤鱼专卖店就设在原来的孝子亭旧地上，原来的孝子亭早就拆了，在原地盖起了一座八层高楼，比天津第一高楼中原公司还高三丈三。景致也好，楼前一片花圃，种着各种叫不出名来的奇花异草，一排的彩色电灯，照得大楼像是一座宫殿。

王大龙和青龙兄弟，你瞧瞧我，我瞧瞧你。

“进吗？”

“介有吗，进去就进去，还有掉脑袋瓜子的罪吗？”

二人抬头看看正门，提起一口丹田气，狠狠地咳了一声，蹭蹭鞋底，甩开膀子，三级台阶迈一步，向孝子亭鲤鱼专卖店冲去。才闯进门来，一阵娇滴滴女子的声音“欢迎欢迎，热烈欢迎！”吓得两条好汉打了个激灵，险些没从高台阶上滚下来，哪里来的一阵妖精声？他们抬头一看，只见大门左右两排美女正向两条好汉微笑鞠躬表示“欢迎欢迎，热烈欢迎”呢。

呸！

两条好汉在心中啐了一口，晦气！“遇见妖精，倒霉不轻。”天津人的生活格言，不可不信也。

王大龙和青龙兄弟不知道应该如何还礼，一个说不必欢迎，一个说不必热烈，就闯过来了。

闯进门来，举目望去，好高的大厅，亮晶晶的水晶吊灯从屋顶垂下来，柔和的灯光把大厅照得格外亮堂。一位穿花裙子的美女飘然而至，用那种令人心醉的声音向他二人介绍：“洽谈合作，请到第一会客厅；预订产品，请到第二会客厅……”后面第三、第四会客厅没听清楚是谈什么的。

王大龙和青龙兄弟低头只管往里面走：“我们就是瞅瞅。”

“展品厅？请随我来，follow me。”

“我×，上洋屁了。”

跟着美女，王大龙和青龙兄弟走进了一个大厅。大厅中央一个展台，展台上一个玻璃长盒。两个人凑过去一看，我的天，玻璃盒里一条鲤鱼，卧在红缎子底衬上，底衬的红缎子有点潮气，鲤鱼不时地张张嘴，似向它的老朋友说：“把我搁在这里面，介不是找乐嘛。”

再看这条鲤鱼，似乎不认识了，全身通体正黄。鲤鱼嘛，鱼鳞都有些黄色。只是这条鲤鱼全身是正黄，似皇帝龙袍。这鱼嘴巴微微发红，两根鱼须黑得发亮。王大龙和青龙兄弟看着玻璃盒里的鲤鱼被捯饬得这般模样，只是咧着嘴笑了笑，心里不是滋味。

咯噔咯噔，礼仪小姐清脆动听的高跟鞋声似是音响，引着二位贵宾继续往大厅深处走。没走多远，看到一间大房子门前面立着一块牌子，标着孝子亭鲤鱼的价钱，而且注明商业使用更有优惠。三百尾，八四折，每尾二百四十八元；五百尾多少多少折。二位贵宾算不清如此复杂的账，二话没说，拉倒吧，一转身跑出来了。

两个人一溜烟从高台阶跳下来，四只脚落地，扑通扑通，两个人同时爆出一句粗口。那话难听，我就不转述了。

没多少时间，孝子亭鲤鱼专卖店关门大吉，孝子亭鲤鱼不见了踪影。王大龙和青龙兄弟兴高采烈地回到海河边，就在原来孝子亭的地方，一个猛子扎下去，几分钟后，河面上露出两个脑袋瓜子，一人抓上来一只泥鳅。

孝子亭下边鲤鱼没有了，就在原来的鱼窝子里乱钻着一群泥鳅，个个肥。

泥鳅烩豆腐，美味无比。后来河南路一家苍蝇馆，座无虚席，卖的就是这道菜。

月纬球社

月纬球社，开设在天祥商场顶层六楼，是一个球类运动爱好者练习打球、提高球技的商业性休闲会所。

当然，这是老年间的事情了，现在球类运动爱好者有许多玩球的地方。练习乒乓球，工厂、机关办公室外面摆个案子，就可以打球；玩台球，中小城市都有台球厅，别管台球案子是什么材质的吧，好歹支上四条腿，上面有个案子，铺上毛毯，至于毛毯上有小窟窿，你就别挑剔了，一二十颗木头球，咕噜咕噜在台面上滚，下工后，几个人搭伙，十元钱，一晚上玩个痛快。

来月纬球社捅台球，和马路边上捅台球不是一个档次，在马路边上捅台球的，不敢进月纬球社。进月纬球社，你得先洗掉身上的臭汗，好好漱几天口，漱掉呛鼻子的大蒜味，还得先理理发，吹几层弯，抹上发胶，还得是法国香味的发胶，再穿上法国路威酩轩大皮鞋。算了，别受那份罪了，回家洗洗睡吧。

月纬球社，会员制，成为贵宾级会员，没什么其他条件，就是钱。不是发工资的钱，什么一级作家呀、首席会计师呀，全属于洗洗睡吧之类的人物。月纬球社贵宾级会员，有约翰·李先生、比尔·赵先生、麦克·许先生，听听这名字，能是草根一类吗？

对了，那不是咱哥儿俩去的地方。找个苍蝇馆，来瓶二锅头、一盘花生米、一盘水爆肚，水爆肚多放点芝麻酱，咱就享天伦之乐了。

月纬球社的球没什么好看的，球嘛，全是圆的。大球、小球，不圆不是球，个个圆。月纬球社里好看的，是陪你打球的陪练小姐。

哦，先说说几位陪练小姐的芳名。伊娜小姐、苏菲小姐、凯文小姐，有和咱哥儿们一起在马路边上坐小板凳喝啤酒、吃烤串、进录像厅的姐姐吗？

唉，那个时代呀，反正我是恨透那倒霉年头了。

月纬球社，除了贵宾级会员，也接待一般人等，像普通大学生，家庭富裕，口袋里有富余钱，见见世面，进月纬球社摆摆谱，装大尾巴鹰，捅一杆，月纬球社照样欢迎。当然，只凭一级作家工资，是不敢到月纬球社玩球的，凑合着在马路边上捅几杆，在别人面前吹嘘刚刚玩台球去了，赚足了面子也就是了。来月纬球社玩球的小爷，花的都是老爹的钱，一晚上千百块，小菜一碟。

月纬球社玩球收费何以如此高？你听呀。

就是最一般的乒乓球，玩球得租一张案子，一小时八十元。拿起球拍，打了没多会儿，一小时过去了。走吗？丢这份面子，干吗上这儿来呀？最少两个小时，一百六十元。还有陪练小姐，你说我自己带女朋友来打球，对不起，陪练小姐也要过来指点，教你如何打旋转球、如何削球，更有许许多多其他球技，也是按时计费，一小时八十元。月纬球社分成，陪练小姐得七，月纬球社得三，绝对公平。你球技好，请高级陪练，一小时一百二十元，再不行找特级陪练，掏钱吧，哥儿们。

月纬球社高级陪练凯文小姐，每小时一百二十元，你拍出二百四十元，约凯文小姐陪咱哥儿们打一局，对不起，凯文小姐今天陪练时间早就排满了。明天也没时间。后天？一个月以前就排满了。什么时候能请到凯文小姐？凯文小姐陪练时间全被球友预约了。你可以包案，凯文小姐的案子，你包下来，你几时来，凯文小姐一定笑脸相迎。打一局，你走了，凯文小姐可以出去逛街。你一连三天不来，凯文小姐的案子空着，别人也不能租。

租案子八十元，陪练小姐陪练最少八十元，咱爷儿们掏得起。玩吧。咖啡免费，冰激凌每位客人四十元。能只要一份自己用吗？陪练小姐看着你一个人吃冰激凌？还有呢，一局球打到不可开交，不必吩咐，各式各样的点心端上来，你说不要？没吃两件，撤下去，陪练小姐围过来，一人捏一块；不够，再上一份，谢谢，嘻嘻一笑，你就当冤大头吧。

打的是球，玩的是派，摆的是谱，烧的是钱。

这就是月纬球社。

月纬球社高级陪练凯文小姐，人缘好，球艺高，容貌好，身材好。反正这么说吧，维格多利舞厅顶级舞女，在凯文小姐面前，一般般。

能不能找一天时间，请凯文小姐陪咱爷儿们玩玩？看凯文小姐高兴不！什么时候、什么东西能让凯文小姐高兴？钱！钱多了就高兴，钱越多越高兴！

有几个倒霉蛋，合伙凑了一笔足以让凯文小姐高兴的钱，约定时间，几个人一起来到月纬球社，包一张案子，和凯文小姐打球。

唉，和凯文小姐打乒乓球，怎么那么美呢？倒霉蛋有倒霉蛋的打算。

凯文小姐球技高，无论什么球，快球、旋转球、长球、短球……反正这么说吧，凯文小姐没丢过一个球。

他们就是要看凯文小姐丢球。好看呀！接不着球，球飞了，要自己去捡球，捡球好看呀！陪练小姐身穿运动短裙，弯腰捡球，不是很好看的吗？偏偏几个倒霉蛋没本事，你上，我上，打了两三局，凯文小姐没丢一个球，反让几个倒霉蛋满地捡球，累得气喘吁吁。

三局结束，凯文小姐总计得了七十五分，三个人加一起才十二分。

凯文小姐问："再玩一局？"

几个倒霉蛋抱着脑袋逃之夭夭了。

凯文小姐，混血儿，父亲是英国人，母亲是中国人。凯文小姐遗传了父母的优秀基因，黄头发、黑眼睛、高鼻梁、深眼窝、白皮肤、高个头、胸部丰满……凯文小姐是位怎样的美人，任你想象。

来月纬球社做陪练之前，凯文小姐是木斋女子中学的才女，说着一口流利的英语和汉语，声音甜美，各门功课优秀。天津英租界工部局发现了这位才貌出众的混血美女，曾向唐宁街10号首相官邸报告。据说英国皇室对此还有过指令，要天津英租界工部局全力保护好凯文小姐，他们准备在重要时刻将她当作形象大使。

可悲的是，凯文小姐的老爸意外死亡，葬送了她的无限前程。不是因为车祸，也不是因为急病，更不是因为心脑突发的意外状况，反正就是死了。怎么死的？一天早晨，凯文小姐的母亲推开丈夫书房的门，发现丈夫睡得极其安详，轻轻地唤一声，没有反应，过去拍拍，没有动静，用咖啡的时间到了，怎么还是一动不动？伸手摸摸脑门，凉了。

赶紧叫救护车，送到英国医院，人没有生命迹象了。

什么急病？什么病也没有，煤气中毒。

英国医学专家判断，已经死亡五六个小时了。

住在英租界别墅小洋楼里，点着洋炉子，何以会煤气中毒呢？

事出蹊跷。

英租界洋房，用洋炉子，烧煤块。天津洋房居民大多不使用开滦煤，偏偏要用大同煤。开滦煤六十元一吨，大同无烟煤九十元一吨。凯文先生是英茂洋行一名小职员，每月工资二百元，同德里小别墅，每月房租五十元，女儿在木斋女子中学读书每月二十元，吃饭穿衣，各种开销，虽说不至于囊中羞涩，终究也不宽裕。凯文先生生活节俭，精打细算，凯文太太更是过日子的一把好手，两个人同心协力，这才把三口人的日子过得舒适体面。

老凯文先生看到中国邻居不烧大同煤，更有人连开滦煤也不用。中国邻居烧“大杂儿”。大杂儿就是各种煤的混杂，有开滦煤，有大同煤，更有品级低下的石煤。大杂儿不禁烧，一炉开滦煤可以烧四个小时，一炉大同煤烧六个小时，一炉大杂儿烧两个小时。老凯文先生勤劳，多续几次煤没关系，何况白天在英茂洋行上班，晚上才点炉子取暖，点上炉火，睡前再添一炉煤，后半夜，炉火灭了，被窝也暖和，感觉很好。

偏偏中国邻居有理家能手。

老凯文先生发现，邻居家的理家能手，晚上只添一炉煤，待到入睡时煤已烧成炭，此时不必再续煤，用煤炭掺土，和成煤泥，封在炉子里，煤泥中间留一个孔，一夜炉子不灭。第二天早晨把早已烤干的煤泥捅开，炉火立即就燃烧起来了。而且用过早餐，离家上班之前再把火炉封好，晚上回来就不必再点炉子了。

哎呀，中国人真聪明，几辈人实践、研究出如此方便的办法，又暖和，又省事。英国人祖祖辈辈每天早晨点炉子，家家户户冒黑烟，脑袋瓜子里水太大了。

经过几次试验，成功了！老凯文先生很是得意，每天早晨不必点炉子，可以睡到自然醒，起床也不冷，太舒服了！公司里英国同事见他每天早晨面色红润，举止潇洒，毫无局踏缩缩之态，便向他请教，老凯文先生每每向英国同事分享经验，偏偏他们愚笨，学不好这手技术。

偏偏那一夜西南风，炉火封好后，“犯烟”。犯烟是中国人的说法，犯烟时要采取措施，在窗外烟筒口上加一个弯头，就什么风向也不怕了。老凯文先生不懂得犯烟，他的书房在南面，那天晚上他读一本什么书，读着读着犯困，迷迷糊糊睡着了。第二天早晨，妻子发现丈夫没回睡房，推开书房门，感觉不对劲，跑过去一看，老凯文先生趴在桌子上，大声唤他，人已经没有反应了。

要不说半拉格致(天津俗语，指探索事物的道理不够深入，浅尝辄止)的手艺害人呢！老凯文先生一命呜呼，死在自己半拉格致的生活技巧里，就因为窗子外面烟筒上没加弯头。

老凯文先生突然去世，母女二人没有了收入，就算老凯文先生生前有点积蓄，没多少时间也用完了。

天下总有好心人。看着凯文小姐母女生活无着，同德里老邻居——天祥商场六楼月纬球社老板，来到凯文小姐家里，和凯文小姐的母亲商量：老凯文先生去世，英茂洋行虽然给了一笔抚恤金，可抚恤金用不了许多日子，以后的日子如何过呢？

凯文小姐的母亲，是一个旧式妇女，也是木斋女子中学毕业，家里订着报纸，毛笔字写得也还行。到外面做事去吧，进洋行，年龄过了；去中学教书，中学教师每年一聘，寒暑假前，任何学校都不可能中途聘请教师；找别的事情，没有一技之长，做粗活又放不下身段。女儿才十八岁，虽说中学快毕业了，去小学教书，也赚不到几个钱。光同德里这幢别墅式洋房，每月租金就是一笔不少的钱。还有什么别的高收入职业呢？

“让凯文小姐到月纬球社来吧。”

“让孩子做陪练，我不放心，小报上有许多关于你们月纬球社的新闻，什么陪练小姐风流大方呀，通宵不归呀……再难听的话，就不说了。去月纬球社做陪练，吃‘陪’字饭，和在舞厅做舞女差不多。不行，我不放。”

不去月纬球社做陪练，凯文小姐还能去做什么呢？

若说呢，天津木斋女子中学是一座极负盛名的学校，木斋女子中学的高中毕业生，有三个标志，第一个是写一手好毛笔字，后来天津许多以书法闻名的女士，都出自木斋女子中学。从木斋女子中学毕业的学生，都能去知名洋行做书记员。那时候没有打印机、复印机，重要文件都是一份一份地用毛笔抄写，内部文件要蝇头小楷，政府张贴布告要核桃楷，工整、干净，真有人把刚刚张贴出来的告示揭下来带回家，给孩子当字帖练习书法的。第二个标志是说一口好英语，能做同声翻译。第三个标志是精通古汉语，不光能读古书，还能用古文写作。在校读书时，她们有一门功课——古汉语，研读唐宋文章，每读一篇要写两篇文章，一篇正论，一篇反论。韩愈的《师说》，正论好写，不过就是“为师之道大矣”；反论太难写了，你能写“谬哉，为师之道大矣”吗？真写了你就别想毕业了。

凯文小姐除了这三个条件之外,还有一个名震津门的大头衔:中学运动会乒乓球冠军。

凯文小姐的母亲迫于生活窘迫,又架不住月纬球社老板的劝说,终于松了口。聘请美女凯文小姐来到月纬球社的第二天,天祥商场六楼的楼梯险些被人踩塌了。天祥商场六楼人挤人,一下子把天祥商场老板吓坏了,连忙跑出来维持秩序:“各位爷,各位爷,看热闹,分着看行不行?我这是六楼,月纬球社门外最多可以站两百人,前面两百人下去,后面两百人再上来,行不行?”

哎呀,天津卫怎么会有这么多乒乓球爱好者呢?连不知道乒乓球是什么玩意儿的老爷子都跑到月纬球社门外扒着窗子往里瞧。看吗?看天仙美女。中国原有四大美女,能沉鱼,能落雁,能闭月,能羞花,如今出了第五大美女,能让人舔唇。怎么舔唇呢?看见凯文小姐,他的嘴唇立即发干,舔嘴唇呀!

月纬球社老板给凯文小姐标出价码:高级陪练,每小时一百二十元。后来又水涨船高,每局一百四十元。别的陪练,出场费以小时计,到高级陪练凯文小姐这里以局计,什么原因?一般陪练,你肯花八十元,陪你玩一个小时。你有本事敢请高级陪练,四十分钟拿下二十五分,收费百分之五十。太刺激了!

你球技更高,三十分钟拿下二十五分,陪练小姐认输,月纬球社老板向你颁发荣誉奖状，分文不取。再来一局，你又在三十分钟之内拿下二十五分，冰激凌、点心侍候，老板叫来小汽车送你回府。

只是，自从月纬球社开业以来，还没有人能在四十分钟之内击败陪练小姐，大多打一局就败下阵来；不服，再打一局，两局下来溃不成军，乖乖掏出二百八十元，滚蛋。

月纬球社老板会做生意，发行会员卡，高级会员，每张卡五千元，每星期三天，每天由一位高级陪练小姐陪你打一局。用够五千元，续费，下一期四千五百元。真有人一连三年一期一期地续费。其中资格最老的球友九十三岁高龄，信不信由你。他准时到月纬球社报到，坐一会儿，喝一杯咖啡，和陪练小姐说说话。“不打两拍吗？”“不了不了，今天有点喘，明天玩吧。”几个坏丫头嘻嘻哈哈地搀着老爷子下楼走了。

玩的是派。

在老天津卫，玩派、摆谱，是一种身份的体现。中国大戏院二楼包厢，开场一小时空空如也，要到压轴大戏开锣，角儿快登台的时候，才看见中国大戏院老板护着一位老奶奶走进二楼包厢落座。

在月纬球社里摆谱，更是一种酷，更是一个爽。高级陪练小姐，一个一个过来问安，咖啡点心一份一份地侍候。老板站在身后听候吩咐，唯恐一个侍候不周，打烊之后，一群人进来，砸了他的球社。在天津卫，吃江湖饭，不容易呀。

月纬球社的经营手段，与凯文小姐的母亲无关，她一想到女儿到月纬球社做陪练，心里就打鼓。

怎么办?拒绝如此丰厚的收入,母女俩的日子指望谁?凯文小姐的母亲是一位传统的大家闺秀,虽然不至于封建到男女授受不亲吧,反正就总觉着女孩儿当老师、做职员比较安全,“陪”,总不是什么好差事。

唉!

没有别的办法,凯文小姐的母亲向月纬球社老板提了一个条件:“我每天和女儿一起到月纬球社来，我不打扰球友们打球，更不要一分钱报酬，就是找个不碍事的角落坐着。女儿和谁打球,我不干涉;怎么打,更不干涉。我就是坐在边上。你们也别给我沏茶送水，我也不用你们的咖啡蛋糕,行不行？”

“行！”月纬球社老板一口答应,并嘱咐下边,给凯文小姐的母亲准备一个大沙发,旁边一个小茶儿,茶水、咖啡、点心随时侍候。

说起凯文小姐的母亲,非凡人也,木斋女子中学老一辈学生,名门闺秀,大家小姐,绝对是一位有文化、有品位、有修养的女子。

凯文小姐的母亲姓于,叫于蓝,从读书到现在,老师、同学、朋友、邻居都称她“玉兰”。凯文小姐叫她“我的玉兰妈妈”。月纬球社上下人等一律称她“玉兰阿姨”。

玉兰阿姨五十来岁,青春不再,但风韵犹存,每天无声无息地坐在月纬球社，也给月纬球社添了一道风景。瞧瞧,月纬球社里有如此庄重、高雅的女士闲坐,镇住气场子,不良少年不敢放肆。

每天下午三时，玉兰阿姨和凯文小姐分别乘坐两辆胶皮车来到月纬球社，一起走上天祥商场六楼。有人早早拉开月纬球社的玻璃门，鞠躬施礼，恭迎二位女士进来。凯文小姐更衣完毕，不容她稍微休息一会儿，第一位球友走了过来。凯文小姐活动活动四肢，立即开始打球。与此同时，玉兰阿姨坐到属于她的沙发上，礼貌地和大家打过招呼，一天的生活就如此开始了。

晚上十一时，凯文小姐更完衣洗过脸，和妈妈走出天祥商场。门外，早停下两辆胶皮车，不必说话，胶皮车车夫拉着她们回到家中。母女二人说说闲话，整理整理房间，沐浴更衣，互道晚安，分头睡了。

母女俩相依为命，日子过得平平淡淡。

报上时时有月纬球社的花边消息，每天凯文小姐的妈妈也看见有的陪练小姐坐着汽车来，收工后，天祥商场门外，更是停着叫不出名的小汽车接那几位陪练小姐回家。凯文小姐的妈妈自然明白接陪练小姐回家的是些什么人。她也听到一些风言风语，说哪位名人和哪位陪练小姐关系不正常。

这一切和我们没有丝毫关系，我们规规矩矩来，规规矩矩回家。

玉兰阿姨无声无息地坐在月纬球社里，她把女儿的一举一动都看在眼里。女儿去洗手间，时间长了，妈妈问今天是不是不方便；女儿扔垃圾桶里什么东西，妈妈就跑过去看却发现是一张糖纸。女儿不愧是木斋女子中学的好学生，行为端庄,心地纯净,打球就是打球,一脸职业微笑,没有情感成分,送往迎来,没有丝毫暗示,日久天长,母亲放心了。

放心是放心,妈妈每天还是和女儿一起来月纬球社。看见玉兰阿姨坐在球社里,轻薄的球友不敢放肆。

坐在月纬球社里,妈妈看着女儿陪球友打球,越看越心疼女儿:陪练打乒乓球,不能以“辛苦”两个字形容,是累,太累,太累太累了。

月纬球社的球友中,有几位高手,你能够回敬他的球,他也可以回敬你的球。遇到削球高手,一局可能打一两个小时。更有居心不良的少爷,就算他今天不打坏主意,一局球下来也要把女儿累得气喘吁吁,大汗淋漓。一天下来,女儿倒在沙发上,连端起杯子喝水的力气都没有了。

球社规矩,不许外人给球友和陪练小姐送毛巾擦汗,球社里有人侍候陪练小姐。毛巾很厚很柔软,妈妈看见,女儿打一局球,连着用了两条毛巾才擦去了脸上的汗水。许多时候,不容你休息,第二位球友又来了,女儿只好双手支撑着腰,咬紧牙关走到球案前。

妈妈劝女儿休息两天,女儿不肯,说明天已经有两位球友预定了,下午四点一局,晚八点一局,当中不知道谁还会来。球友走进球社,一看凯文小姐休息,立即走到凯文小姐的案前,取出自己带来的球拍。凯文小姐只能笑脸相迎,拾起刚刚放下的球拍。

这天,天津汇文大学几位大学生串通一气,一定要把凯文小姐“撂”倒。

他们轮番上阵。头一名，亚洲桌球大赛亚军，一个半小时，28 比 26，败下阵来。第二位好汉挥拍上阵，半个多小时，打到 23 比 4，把球拍往案上一拍，说这辈子再玩球就是王八蛋。第三位摩拳擦掌上阵，24 比 1。

月纬球社老板怕得罪球友，走过来向几位少爷抱拳施礼：“列位才俊，玩球不怄气，关云长走麦城，不寒碜。今天至此结束，登瀛楼摆好酒席，各位才俊，民族栋梁，前程万里，读书为重，来日救国救民。”连哄带劝，把几位少爷拉到登瀛楼去了。

月纬球社老板认倒霉，今天出血了。

可是几位少爷，吃饭付款结账，常常争得不可开交。

“看不起我？腰里不揣个千儿八百的，敢赴你这鸿门宴？”

“不能，不能，天天你掏钱结账，我吃白食？闪开闪开，再不闪开，我推你了。”

说着，胳膊抡起来了。

最后，一个个跌跌撞撞走出饭店，胶皮车坐上去，回家！

“去哪儿？”车夫回头问，没应声——睡着了。

拉吧，拉到十字路口，向警察鞠躬：“副爷，车上这位爷住哪儿呀？”

警察过来一看：“嗐，这不是吴家花园四狗子嘛，哦哦，打嘴打嘴，我浑蛋，我浑蛋，介是、介是吴家花园四少爷，混江龙。他没听见吧？”

“早睡着了，把他扔大河里都不知道了。”

“可吓死我了，这若是被他听见，还不得把我一张人皮扒下来，填上草，挂鼓楼顶上去呀。”

“好咧，您哪！四狗子，河北三马路，吴家花园。”

车夫感谢警察指路，双手奉上一支香烟——大前门。哎哟，天津连拉车的都吸大前门？幸福指数不低呀。

大前门，拉车必备，孝敬警察的。

一天，玉兰阿姨坐在沙发上，一双眼睛正盯着远处陪球友打乒乓球的女儿，背后传来一声轻轻的呼唤：“玉兰。”

月纬球社球友称凯文小姐的母亲为玉兰阿姨，谁会如此直呼自己的名字？而且声音颇为熟悉，浑厚、轻柔，富有强大的穿透力，明明就是受过专业训练的男中音。

什么人？玉兰阿姨好奇地抬起头来张望，面前站着一位男子，和自己年龄相仿，衣冠楚楚，面色红润，看得出来是一位有教养、有身份、有产业的人士。

谁？她想了想，但想不起来了。

“玉兰同学。”

哦，一定是校友了，可是木斋女子中学没有男生呀，自己怎么会有男同学呢？

“玉兰同学，”男子又唤了一声，更提醒她说，“天空合唱团。”

哦，想起来了。

天空合唱团，天津中等学校学生联合会组织的一个合唱团，玉兰曾是这个合唱团的核心成员，第一女高音。好像有一个人和自己唱过一曲《桑塔·露琪亚》,女高音和男中音的配合,获中学歌唱比赛第一名。

“你是……”

“我姓陈。”

“哦,有印象,有点印象,一个怪怪的名字,约翰·陈?”

“谢谢你还记得我。”约翰·陈先生极有礼貌地将右手放到胸前,向玉兰表示感谢。

很早很早以前的事了。

玉兰同学读书的时候,被学生会推荐参加天空合唱团。音乐老师选定演唱《桑塔·露琪亚》,玉兰同学是女高音的第一人选;和女高音配合的男中音,就是这位约翰·陈同学。

一曲《桑塔·露琪亚》,玉兰同学和约翰·陈同学成了学生们的青春偶像,木斋女子中学的同学们都羡慕玉兰同学,认为她来日必是中国第一女高音。

玉兰同学在木斋女子中学读书,约翰·陈同学是耀华中学学生,两所学校都是私立中学。比起耀华中学来,木斋女子中学接近平民学校。木斋女子中学每学期学费只合两袋面粉钱,耀华中学每学期的学费合二十袋面粉钱。木斋女子中学除了教室,只有几间小小的实验室。耀华中学夏天有游泳池,冬天有滑冰场,有可以演出歌剧的大礼堂,有全国第一的化学试验室、物理实验室,并且音乐教室的墙壁隔音效果特别好。最让人羡慕的是,耀华中学高中学生每年都有机会到英国学习六个月,暑假期间还可以周游欧洲。木斋女子中学比得了吗？

到电台演唱《桑塔·露琪亚》，玉兰同学是乘坐电车来的。人家约翰·陈小哥，是自己家的汽车送来的，同车来的还有一位保姆。汽车停到广播电台门外，开车的师傅先下来拉开车门，保姆在车里给约翰·陈小哥围好围巾，又帮他提着书包。正好遇到玉兰同学往电台走，玉兰同学斜看了一眼约翰·陈小哥，鼻孔里“哼”了一声，一步就抢着走过去了。

演唱结束，约翰·陈小哥和玉兰同学一起走出电台，开车师傅拉开车门，约翰·陈好心地向玉兰同学说：“我送你回家。”玉兰同学看也没看约翰·陈一眼，书包往后一甩，大步走了。

除了合唱过一曲《桑塔·露琪亚》，玉兰同学和约翰·陈少爷没有任何接触。天空合唱团关于约翰·陈少爷有许多闲言碎语。天空合唱团学生说，今天约翰·陈少爷给某某女同学递小条了。那个女同学说，昨天从合唱团回家，她妈妈检查书包，发现一张小纸条，取出来一看，是约自己去小山公园，有汽车来接，小纸条落款是约翰·陈。

约翰·陈，先听这名字，人们一定认为这位小哥出身洋派家庭。非也，小哥约翰·陈，就是土生土长、喝海河水长大的天津娃娃。

天津娃娃怎么起了一个洋名字？

约翰·陈的老爹不信洋教，也不开洋行，就是天津土生土长的土老帽，有点钱，土财主，在天津开了一家华丰货栈。货栈，本来是存放货物的地方，一片库房。对了，约翰·陈的老爹有一片库房，给各大商号存放货物。华丰货栈生意做大了，赚了几个钱，他就不甘心只为人家存放货物了。替商家存放货物，收那几个小钱，糟蹋了这一大片库房。约翰·陈的老爹脑洞大开，干起了囤积居奇的生意。那年月，只有囤积居奇的生意发财。中华大地，军阀混战，这里打仗，那里闹灾，战乱、灾荒一来，物价疯涨。平安日子，也可以买通大报、小报制造谣言，什么奉军进山海关了，黄河改道了，一夜之间，财神爷就敲门来了。就是如此，约翰·陈的老爹发了大财。

中国人有个传统，上辈人有了钱，第一件事，整修祖坟；第二件事，改变家风，供孩子上学读书。约翰·陈是独生子，原来也不叫约翰·陈，约翰·陈是他进入耀华中学后自己起的洋名字，他原来叫陈大龙。

耀华中学重视英语教育。每天早晨校长站在校门口，学生走过来，校长检查校服、领带，查看仪表。校长拿一把小梳子，给学生梳梳头发，然后嘱咐学生，司皮克英格力师（英文speak English 的音译）——说英语。

进了耀华中学校门，不许说中国话，校长监督，老师检查，同学举报，说一句中国话，惩罚做俯卧撑二十次。每天早晨一年级学生都在操场做俯卧撑，一趴一大片，个个撅着小屁股蛋，累得龇牙咧嘴叫。

陈大龙聪明，半年时间说得满口流利英语，为此受到校长表扬。为争做模范学生，陈大龙改名约翰·陈。由此，耀华中学学生每人起了一个洋名字。老师上课，点名，念学生名字，可好听了，约翰·陈、彼得·张、麦克·刘……女学生的洋名字更好听，伊丽娜、玛丽亚、索菲亚……再问他们老爹是谁,赵有财、张富贵、于得水、李二秃……一个比一个亲切。

天生我材，耀华中学三年，约翰·陈出息成一个洋派才子,能游泳,能滑冰,能跳舞,能唱歌,而且是美声唱法,男中音。无论是耀华中学校庆演出,还是中学生联合会演,约翰·陈都是台柱子,由此才参加了天空合唱团,也才认识了天空合唱团第一女高音玉兰同学。

听到许多关于约翰·陈小哥的传闻,玉兰同学开始警惕,每次离开天空合唱团都要摸摸衣袋,翻翻书包,仔细检查确实没有小纸条才敢回家。

幸好，玉兰同学从参加天空合唱团到离开天空合唱团,从来没发现过约翰·陈的小纸条，也没有发现其他任何人的小纸条。怎么就没有人给玉兰同学写小纸条呢?玉兰同学是背着书包,坐电车,再走路,来到合唱团的,那些由小汽车送到合唱团来的小姐,每天都会收到三四张小纸条。

万万没有想到,一天晚上,约翰·陈的母亲,也就是陈大龙的老妈,突然来到玉兰同学家里,带着给玉兰同学买的一件花裙子,找玉兰同学的母亲说话。

和陈太太说了一阵话,玉兰同学的母亲将玉兰同学唤到房里，先向女儿笑笑，随后拉过女儿的手:“娘和你说一件事。你知道英租界有一家华丰货栈吗?”

“和我有什么关系,我又不买粮食。”

“嗐,女儿,娘可不是旧派女人,现在不是讲究自由吗?只要你自己觉得不错,娘绝对不干涉。”

“妈,您扯什么呀!”

“这可不是咱高攀门第,是人家母亲找上门来的。”

“妈,我睡觉去了。”

“看你,这有什么不好意思的,你就要中学毕业,十九岁了,谁最后也有这一步。”

一气之下,玉兰同学回到自己房间,狠狠把门关上,灯也不开,睡觉了。

三天之后,玉兰同学母亲的三妹,玉兰同学的小三姨,把玉兰同学接到家里,烧了几样玉兰同学爱吃的小菜,饭后小三姨对玉兰同学说起知心话。

“玉兰呀,小三姨早就看出你是个有福之人,这么好的人家,找上门来……”

“姨,您要说什么呀!不就是那个倒霉小子吗?不可能!”

玉兰斩钉截铁地回答小三姨的话。

“你知道我要说什么吗?”

“我知道,小三姨,无论他们家有多少钱,不行,就是不行!”

“你知道我要说谁家吗?”

“小三姨,有钱没钱无关紧要,我也不想找个薛平贵去住十八年寒窑。可恨的是,有钱人自认为有钱,天天想着自己有钱。”

“你怎么就认为他天天想着自己有钱呢?”

“那天晚上,从合唱团出来,他看见我背着书包回家,故意拉开小汽车车门,似笑非笑地对我说:‘我送你回家吧。’那张笑脸,太丑恶了。明明是对我说,你看,还是自己开车回家好吧,你们家有小汽车吗?我看也没看他一眼,背起书包就走了。”

“好女儿，有志气，你母亲当年就是回绝了高门第，嫁了个教书的。我去对你母亲说，别理那个华丰货栈小老板，他有钱是他的，我们女儿不爱财。”

小三姨立即回复玉兰的母亲，说玉兰同学断然拒绝陈家婚事，感动得母亲扑簌簌直掉眼泪。

第二天陈太太又来了，和玉兰的母亲说过一阵话，径直走到玉兰同学房里，拉着玉兰的手，和玉兰说起了话。

陈太太先问过玉兰同学的学习情况，又问了玉兰同学穿衣喜欢什么颜色、最近看了什么电影、读了什么小说，东拉西扯，说了一大堆没用的知心话，说得玉兰同学发现世界上最了解自己、最关心自己的人不是母亲，而是眼前这位陈太太。

“伯母，您到底想对我说什么事？”

玉兰同学实在无法应对这位唠唠叨叨的陈太太，单刀直入。

“哦，玉兰同学真是个聪明孩子！”

“我对您直说吧，我不喜欢约翰·陈这个人，虽然他声音很美，家里也很有钱……”

“孩子，我们今天不谈钱。”

“您不谈钱，但您孩子眼睛里印着一个大大的‘钱’字。他随便看你一眼，那目光就在问你，你们家有钱吗？”

“真那么可怕吗？”

“伯母，既然您开诚布公地向我说起关于约翰·陈的事，我也开诚布公地对您说说我对世界的看法。我小三姨昨天突然把我接到家里,和我说了半天女大当嫁的道理,我就估计一定是要发生什么事情了。今天您又突然屈尊到我们一个平民家庭来, 而且没有坐自家的小汽车, 是坐胶皮车来的,再迟钝,我也能明白这几桩事都有什么联系,那我就对您说说我的心里话吧。”

“好呀,玉兰同学说吧,伯母爱听。”

“我母亲辈的姐妹,有人向往荣华富贵,嫁进豪门,您知道她们都对我说什么吗? 后悔呀,后悔呀,每一个人,每时每刻都向你投来歧视的目光,你每时每刻都要承受着可怕的歧视。你随便穿一件衣服,人们的目光都在审视你,你更会听见人们叽叽喳喳地评头论足:衣服式样旧不旧呀,衣料名贵不名贵呀,衣扣花样时髦不时髦呀,好像你根本就不应该穿这样的衣服。饭桌上一盘鱼翅,人们的目光似是告诉你这不是粉丝。喝葡萄酒,好心人先举起酒杯为你示范,如何用三根手指捏酒杯,又如何先转动再摇动酒杯……本来是一种同情,但同情背后的歧视更像一把锋利的刀子,在你的心上划出鲜血。伯母,我是一个平常人家的平常孩子,您的儿子很有才,一定很有前途。但有钱人的感觉,融入他的血脉。天空合唱团的姑娘为什么不愿意接近他?就是怕他那种同情后面的歧视。人们不反感有钱人,反感的是他们总是有意无意地显示自己有钱,这才最可怕。”

陈太太听着听着,最后,突然在玉兰同学的额头上重重地吻了一下,然后悻悻地告辞了。

那么,安贫乐道的玉兰同学后来怎么嫁给了一个英国人呢？

玉兰同学中学毕业之后，进入英国英茂洋行做打字员。英茂洋行有一个见习生叫凯文，勤务人员，负责打扫庭院，打扫各个办公室，送茶，送咖啡。见习生小凯文极有礼貌，对于自己应该负责的事务一丝不苟。英茂洋行的高级职员都是英国人，全身透着英国绅士的傲慢之气。英国人小凯文却对中国职员极有礼貌，出来进去只要身后有一个人，他也要拉着门等你走过去之后才把门带上。小凯文好学，向中国人学习中文。他知道中国的尊师之道，绝对不像他的同胞那样，拿过来报纸指着一个字问你："这个字念什么？"小凯文学中文，一定先向你鞠躬，然后问你方便不方便。

见习生凯文小哥对玉兰同学印象极好，时时找机会向玉兰同学示好。有一次凯文小哥居然邀请玉兰同学去喝咖啡，玉兰同学没有答应。后来，凯文小哥还买了两张电影票，悄悄地送给玉兰同学一张。玉兰同学借口家里有事，婉拒了凯文小哥的美意。

英茂洋行女同事劝告玉兰同学，凯文小哥人品好，不应该对人家如此冷淡。玉兰同学则认为自己是英茂洋行打字员，属于职员位置，凯文小哥是见习生，属工友。英茂洋行职员中午十二点用饭，见习生十二点半用饭，见习生要等饭堂工作结束，才和饭堂工友一起用饭。职员和见习生是不一样的。

凯文小哥对于玉兰同学的暗恋，并没有因为玉兰同学的冷漠而放弃。两年之后，凯文小哥说要回英国读书，非常严肃地向玉兰同学辞行，并且暗示，学业完成之后，他还要回到英茂洋行供职，希望玉兰同学那时依然在英茂洋行。

玉兰同学支支吾吾地应付着，却并没往心里去。很多洋人对于情感不专一，天知道他说的是真是假！你只管回国读书，回来不回来都与我不相干。即使到时候你回来，我还在英茂洋行，我也不是等你，而是因为我没找到待遇更好的工作。

见习生小凯文回英国读书去了，没过多少时间，健忘的英茂洋行上下人等就把小凯文忘记了。大家也说，新来的见习生和原来的小凯文没法比。一个中国见习生，在洋人面前低三下四得让人生厌；另一个英国见习生，目光中燃烧着白种人的傲慢，“不值钱”的中国职员先要向他施礼，他才冲你点个头。

事有凑巧，英茂洋行董事长去世，下葬的那天，英茂洋行全体同仁都到天津万国公墓致哀送葬。男职员身穿黑色西服，系黑色领带；女职员穿黑色长裙，佩白色胸花，众人围着墓地站好，一辆黑色加长汽车驶来，拉开车门，董事长夫人由一位男青年搀扶着走下车来。

人们吃惊地发现，搀扶董事长夫人走下车来的青年，竟然是英茂洋行原来的见习生小凯文。

我的天，小凯文原来是董事长的儿子。

英国人呀，真会和大家开玩笑，董事长把自己儿子放到洋行做见习生，不可思议，这在中国就是少掌柜了。而且他还给大家送咖啡，干杂活，吃饭时间排后半小时。英国人幽默，也不必如此幽默呀！和中国人玩幽默，耍人呢吧？

董事长下葬之后，英茂洋行的中国职员们很是郁闷了一阵，几乎人人都在反省这几年自己和小凯文的关系，有没有什么不礼貌的事呀，说没说过伤人的话呀，等等。万幸万幸，董事长死了，就是得罪过小凯文，也没法给咱穿小鞋了，大家注意，以后在洋行里待人处事可要当心，谁知道他爹是谁呀。

玉兰同学倒没后悔，有情无缘的事，失之交臂了，而且又是老外，拉倒就拉倒了。

小凯文回来了，没继任董事长。中国人又奇怪了。董事长的儿子怎么不子承父业，继任英茂洋行董事长呢？他申报会计师一职，公开面试，主考官居然是中国籍会计师。哦，明白了，小凯文吗也不是，就是一英国小伙，在英茂洋行做过见习生；回英国读书是他自费深造，和英茂洋行没有半毛钱关系；学成回来，还想进英茂洋行，要通过严格的面试。董事长的葬礼，因为董事长的儿女在英国，而且董事长夫人本来就喜欢见习生小凯文，就让小凯文临时充当董事长儿子的角色了。

一惊一乍的中国人，整天揣摩别人的背景，唯恐认错人被穿小鞋。这吓得中国职员转了好几天肠子。

小凯文被英茂洋行录用，成了一名会计师，还是老样子，待人处事恭恭敬敬，就是不给大家送咖啡了。他的办公室自己整理，新来的见习生要给他的办公室扫地擦桌子，他都客客气气地拒绝了，从来不随意支使人。

可喜的是，小凯文对于玉兰同学的感情更真、更深了。

会计师凯文先生知道，中国人谈孩子婚事，要请出双方信赖的人做媒。聪明的会计师凯文先生请英茂洋行一位厨娘来到玉兰同学家里，郑重其事地向玉兰同学的母亲提出要给她的女儿找一个最满意的郎君。玉兰同学的母亲满心欢喜，中国妈妈坚信，做粗活的胖大妈比坐办公室的苗条小姐说话靠谱。

"哎呀，老大姐，你看着好的人，还会错吗？大姐看他两人合适，事情就定了吧。"

"包在我身上，这孩子品行好，有修养，肯上进，全公司上上下下都喜欢他。"

"谁呀？"

"英国人。"

"哎呀哎呀，大姐，快回了吧！外国人？咱们可不嫁洋人，谁知道他们什么脾气呀！"

第二次，胖厨娘带着会计师凯文先生登门。玉兰母亲一看，可以呀，规矩孩子，待人平实，要不，走走看？

没想到，玉兰母亲和女儿说到此事，女儿捂着小脸跑了。

"你到底说个话呀。"

"都是你说了算，还和我商量什么呀！"

婚后，玉兰同学做专职太太，会计师凯文先生一个人的工资足以维持一个小家庭幸福体面的日子。玉兰同学不戴名贵首饰，凯文先生要给她买钻石耳环，她说，自己小时候没扎耳孔，戴不了耳环。结婚时凯文先生戴在她手上的戒指，她也放在抽屉里。凯文先生告诉她，在英国，结婚戒指不许离手。玉兰同学对他说，等到了英国，她再戴。

玉兰同学和凯文先生在英租界同德里租下一套房子，英格兰式小别墅，有书房、卧室、客厅，住得很是舒适。房子多，夫妻互不影响，凯文先生和玉兰同学每人一间卧室。同德里的房子每间都有壁炉。偏偏凯文先生不喜欢壁炉，每到冬天一定要用煤炉。英式的煤炉一米高，上午装一炉煤，下午再装一炉煤。天津冬天最冷零下十几摄氏度，对于英国出生的凯文先生来说，平平常常，有阳光的日子，还穿短裤跑步呢。

就因为凯文先生不使用壁炉，这才酿下了一氧化碳中毒身亡的悲剧。

闲坐在月纬球社，一张张乒乓球案上的你来我往，实在也没有什么好看的。反正有母亲在身边，凯文小姐就少了些麻烦。

但别人就不同了。虽说月纬球社是球类运动爱好者提高球艺的地方，可人家花钱来了，能像在学校那样规规矩矩地玩球吗？

打乒乓球，几个轻浮青年，轮番地和一个陪练小姐交手，累得人家接不住球。陪练姑娘弯腰捡球，哈哈，一片掌声，看见粉色内裤了。

再往台球那边看，谁规规矩矩玩台球呀，看的就是斯诺克陪练小姐们的身段。台球陪练小姐穿低开胸运动裙，拿着球杆，弯下腰来，球友站到陪练小姐对面，从低开胸的大圆领往里面看，看得眼睛直冒火。

球友无论站在什么位置，都是正当行为，月纬球社不能劝阻。一些不自爱的姑娘，故意做出一些动作勾引轻浮的球友。你不施展点色相，没人请你陪练，案子租金和陪练费收得上来吗？何况还有小费。唉，世道呀，污秽的社会里，打球也不是干净规矩的运动。

最令玉兰阿姨不可理解的，是月纬球社里人们相互之间歧视的目光。地滚球陪练小姐看不起台球陪练小姐，斯诺克陪练小姐看不起乒乓球陪练小姐。混得好的陪练小姐欺侮没人缘的陪练小姐，得老板器重的陪练小姐更歧视被老板冷落的陪练小姐。大家都是出来挣钱养家，糊口活命，都是陪球友打球，身份谁也不比谁高，谁也不比谁低，彼此有什么好相互歧视的呀！

有钱人相互歧视，我钱多，你钱少；有权人相互歧视，我官大，你官小；没权没钱的人，吃粗粮，穿布衣，喝白菜汤，彼此彼此，也互相歧视，这才是令人不寒而栗的歧视。

歧视是一种病毒，不知不觉间，浸入玉兰阿姨女儿的身体里了。

突然有一天，月纬球社发生了一点小小的波动。

台球部的高级陪练小姐周燕燕，陪球友打台球，右手持球杆，左手支起杆头，人们看到，周燕燕伸出的小手腕上闪闪发光——一块小金表。

呀！所有人的目光都聚焦在周燕燕的小手腕上，目不转睛地盯着那块闪闪发光的小金表，一块人们从来没见过的小金表，一块镶嵌着钻石的小金表。

呼啦啦，月纬球社所有的人都围过去了。

“瑞士表？”

“不是平常的瑞士表。”

天津人见识广，清帝退位不久就看见了可以戴在腕子上的小手表。那时候北京八旗子弟佩戴的怀表，已经够时髦了，在天津做生意的洋人，竟然把比怀表还小的小金表戴在了手腕上。最先，凭着手腕上的小表，洋人可以进直隶衙门；不久，中国人手腕上也戴上了小表，闯进总督府，官员赶忙走出来迎接，不知道这位爷代表哪国衙门办交涉。

没过多久，天津人看着手腕上的小金表不稀奇了。据说，在瑞士，家家做小金表，就和天津人家家会贴大饽饽一样。稍稍有头有脸的人，手腕上都戴出来了小金表，习以为常，没什么好看了。再后来，手腕上没有瑞士小金表的，大饭店不让进，外国银行不接待。只是，吗也难不住天津人，天津人自己做出的“瑞士”小金表，闪闪发光，样式新颖，连钟表行掌柜也闹不清哪个是真瑞士小金表，哪个是天津大直沽制造的“瑞士”小金表。

当然，吗也难不住天津人，吗也糊弄不了天津人。问一声：“几点了？”他装听不见，更不敢抬起手腕看表，为什么？

他手腕上的那块小金表，表针转动时快时慢，天知道现在是几点几分。

直到现在，天津人还没看见过手腕上的小金表镶嵌着闪闪发光的钻石。钻石不大，围着小金表镶了一圈，比芝麻粒还小，粒粒碎钻石闪出不同的光点，稍不留意，会刺痛你的眼睛。

“呀，死丫头周燕燕，你发财了吧？”

“球友送的。”

“假的吧？”

“他敢？你听听，嘀嗒嘀嗒地走。”

“谁送的？”

“管得着吗？”

死丫头周燕燕将袖口拉下来，不让人们看了。

死丫头周燕燕发的什么疯？

就算球友送你一块镶嵌钻石的小金表，你也不必戴出来呀。无价之宝，戴出来，不怕丢？

死丫头周燕燕一笑：“等着看吧。”

果然，下午来了一位爷，气度不凡，名牌西装，衬衣袖口纯金纽扣，领带夹镶宝石，身后跟着一个随员，给他提着大皮包。

走进月纬球社，他凡人不理，径直走向老板贵宾室。老板出来迎接，关上门，开始密谈。

不知深浅的死丫头周燕燕，突然闯进贵宾室，走到老板身边，伸出手腕，露出价值连城的小金表：“老板，对对表。”

老板呆了：“哦，我的天爷，你辞职呀？”

"对对表。这表是比德隆表行老板在瑞士定制的，原以为抢手，没想到，几十天没卖出去，买不起呀！说是明天送上海，上海有钱人多，肯花钱，临走让我戴一天玩玩。也不贵，说是一位王爷府贝勒拿他家那套王府做抵押，等凑够了钱……"

死丫头周燕燕话没说完，坐在贵宾席的那位爷，站起身来，蔫蔫地溜走了。

"你看，你看，正谈事呢。"

"嗐，什么事，不就是他想包案子、包陪练的事吗？想练球到球社来啊！把案子搬到他家里，请一个陪练到他家陪他玩。前几天他私下对我说了，好办，先替我把小金表买下。"

"死丫头周燕燕，你太坏了，难怪大家说你坏嘎嘎呢！"

"哈哈……"

死丫头周燕燕，月纬球社里顶级的坏嘎嘎，其他陪练小姐遇到什么难事，都找死丫头周燕燕出主意。几个少爷来月纬球社在陪练小姐身上"吃豆腐"，死丫头周燕燕把他们一个个耍得灰头土脸。

陪练小姐弯腰持球杆捅球，许多时候，红球离得很远，必须伏身在台球案上，这正是少爷们"吃豆腐"的好时候，他们趁势把身子紧紧往前贴，看似是研究陪练小姐怎么击这球。陪练小姐明知道少爷"吃豆腐"，也不能躲避，挣的就是这份钱啊。

这类少爷，最怕死丫头周燕燕。一个少爷，挺着小肚子在燕燕背后蹭，周燕燕把小手伸到背后，似是护着自己。那少爷觉得有意思，蹭得越发起劲，周燕燕猛一出手，拉开了那个少爷的裤链。

哧溜一下，正“吃豆腐”的少爷蹲在了地上。月纬球社一群坏丫头呼啦啦围过来，伸出胳膊要拉他站起来。他哪里敢挺直身子呀，只蹲在台球案边央求众人：“我、我、我肚子有点不舒服，不要紧，一会儿就好，一会儿就好。”

这次，一个大老板又看中了周燕燕。他从上海定购了一张台球案，和周燕燕商量，想包她到他家陪练。

嘿嘿，你真不知道天高地厚，本小姐是你随便往家里领的吗?

死丫头周燕燕什么事都做得出来，什么话都敢往外扔，有时候听得人脸红，她还津津乐道。

“反正我不理她。”凯文小姐对妈妈说。

看玉兰阿姨坐在球社里无聊，死丫头周燕燕空台的时候就凑过来，陪玉兰阿姨聊天。死丫头周燕燕什么事都知道。

梅兰芳在天津唱《起解》，楼上包厢坐的什么人？楼上包厢爷儿们嗑瓜子，瓜子皮掉下来，落到楼下什么人的头上，那个人没敢往下拨，愣顶着瓜子皮看到散场。她门清。

作为月纬球社的陪练小姐，周燕燕对来到这里的每个人的家世、交际都了如指掌。

“您看，您看，左边的那个，她的球技最好，一杆到过一百零五分。一个少爷一心向她学习球技，人家孩子也没提任何条件，反正只要你来，我就耐心教你，那少爷一杆捅到八十分的时候，他老爹把他一脚踢出去，再不认他这个儿子了。为什么？他把家里的汽车卖了，把祖上传下来的房子卖了，更把他老爹的洋行兑出去了。您看到大营门马路边上卖煎饼馃子的小摊了吗？那个卖煎饼馃子的伙计，就是那个一杆捅到八十分的少爷。他的煎饼馃子倒是真不错，绿豆面纯，月纬球社的姐妹都买他的煎饼馃子，不忘旧情呀。”

周燕燕又指指另一个：“您瞧，您瞧，坐在角落里的那个，警察署的探子，他不打球，他也不会打球，他坐在球社，就是抓人来的。球社什么人都有，南边的人在这里接头，您知道南边是怎么一回事吗？北边不是军阀打仗吗？南边要北上讨伐，消灭军阀，月纬球社人来人往，就成了南边人的接头地点。警察署探子下过毒手，一个年轻人，刚走出月纬球社，外面一声枪响，大家往下一看，街拐角的地方，那个年轻人遭黑枪，死了。我亲眼看见的，尸体横在马路上，没人管，打黑枪的人，大摇大摆被汽车接走了。真有不怕死的人呀，那个年轻人死了，很快又有人到月纬球社接头来了。我们眼亮，谁是球友，谁是南边人，谁是社会局密探，休想瞒过我们的眼睛。”

周燕燕有自己的专用台球案，这张案子可以空着，除了预约，零散球友概不接待。有时候这张案子被球友整月包租，周燕燕自己只侍候那位包球案的球友。包案子的球友不来，周燕燕坐在椅子上照小镜子涂口红。什么人想请周燕燕陪着玩玩，对不起，下个月你包案子，周燕燕陪你玩一个月。

包案子、包陪练，一个月多少钱？少问，知道了压心里一块大石头。有本事包案子、包陪练的不在乎那几个小钱；没那份钱的，问明白了价钱，闷心里是块病。

而且，包案子、包陪练，每天陪练小姐有汽车接送，散场之后，球友请陪练小姐吃夜宵，再去什么地方，那就是人家陪练小姐自己的事了。

反正，你看见了，刚刚，周燕燕的台球案被包出去了，期满之后，手腕上多了一块小金表。

周燕燕手腕上戴了一块小金表，引起月纬球社一场换手表的大风波。

原来，世上还有如此名贵的手表！虽然瑞士定制的手表不是人人都能够戴上的，至少太寒碜的手表就该换了，否则被人看不起。今天你戴出来一块好表，明天我换了一只名表，你询问我的手表多少钱，我询问你的手表哪国货。

月纬球社里，手表比价钱，比式样，比产地。时时就有陪练小姐伸出手腕让大家看看自己的手表。标价五千元呢，说定一年还清，还请人出来作保，如何如何……

周燕燕手腕上的小金表只戴了一天。天知道她是从哪里弄来的名表，戴一天，把老坏蛋吓跑，完璧归赵，给人家交回去了。谢谢帮忙。

月纬球社换表风波，持续了一个月。有能力换新表的姐姐们，趾高气扬，个个把袖口挽得老高；家境困难的，一个个像避猫的老鼠一般无精打采地躲在一旁。

月纬球社就是势力场，每一个人的目光都燃烧着贪婪、羡慕、欲望、妒忌的火焰。

玉兰阿姨相信她和女儿不会受传染。从凯文小姐一出生，母亲不慕荣华富贵的精神就渗入了女儿的血液里。凯文小姐小时候，无论和父母到什么地方去，也无论是去多么豪华的地方，她目光都是平平淡淡，从来不羡慕谁家的姑娘穿了什么衣服，谁家的女儿骑着英国凤头自行车。在她心中，他们就是平常人家，他们一家人相亲相爱就是最无价的财富。

凯文小姐也看到了周燕燕手腕上的小金表，擦肩而过，似是瞟了一眼，没有任何表情，还是平平常常地陪球友打球。不像那些死丫头，火辣辣的目光围着周燕燕的手腕转，忽然揉揉眼睛，钻石的贼光把眼睛刺痛了。

几天之后，玉兰阿姨发现女儿手腕上的手表不见了，离家的时候明明看见她手腕上戴着那块老凯文先生留给女儿的瑞士女表，式样老了些，但在天津已经很令人羡慕了。可是到了月纬球社，女儿把她的手表摘下去了。玉兰阿姨也不怪罪女儿，与其戴一块旧表，还不如什么手表也不戴，况且不戴表，打球方便。

玉兰阿姨心疼女儿，虽然女儿没说话，但是母亲理解，在歧视的目光下，任何人都会感受到精神压力。

这天女儿不去球社，玉兰阿姨带女儿上街。走到天津顶级表店亨德利，母亲登上台阶，准备往里面走，不料女儿却立在台阶下面，不肯进去。

“有什么好看的。”女儿对妈妈说。

“随便看看，听说亨德利有新式样。”

“不看不看。”

女儿突然迈步向前走去。

一根钢针刺在母亲心上。是呀，看什么呢？万儿八千的，咱买得起吗？就大玻璃窗里摆着的普通表，标价也要几千元。看什么呢？光是店员们歧视的目光就把你轰出来了。

走吧，母亲跟在女儿身后，悻悻地走开了。

这一天逛街，母女二人没说一句话。女儿只是大步朝前走，母亲紧紧地跟在后面，没进任何一家商店，什么东西也没买，也没在外面吃饭，就这样累累地回来了。

玉兰阿姨回到自己房间，默默地拭着眼窝，幸亏没有被女儿看见。

是的，我们不看重的东西，并不代表这东西就没用。女儿生在势力社会，身边的人穿名贵衣裙，戴名贵手表，挎名牌提包，提包里装着瑞士巧克力，在这种充满杀伤力的环境下，谁又能够给女儿一点点力量，帮助她勇敢地面对现实呢？

离开月纬球社？

她已经离不开月纬球社的丰厚收入了，她要和月纬球社的姑娘们去起士林，吃大餐，喝葡萄酒、威士忌，她要穿名贵衣裙，她要拎名贵皮包，她不会像自己那样安安静静守着一部打字机，做一辈子打字员。

“凯文，妈妈准备从同德里搬出去，咱们找一处租金便宜的房子,你看好吗?”

“为什么离开同德里?”女儿不高兴地问。

“同德里一套住房,客厅、厨房、卧房、储藏间、后院,每月租金两百元,你父亲不在了,我们母女没有必要住这样大的房子。迁到城里,一套不错的小四合院,一套北房三间,有独立小厨房,一个月租金不过四五十元。你也不必每天在月纬球社陪练这样长的时间了。”

“我不累。”

“你不累,妈妈看着心疼。咱们安贫乐道,不图钱财,只求温饱……”

“妈,您别说了。住在城里,和住英租界是不一样的。妈,您知道他们为什么在月纬球社不敢欺侮我吗?就因为我们住在英租界同德里。”

英租界同德里,天津顶级居民区,宽宽的马路,马路中间有花圃,每条街都有一座小花园。

英租界,生活方便。天津最有名的小市场——英国菜市,专卖外国日用品,日本大米、古巴雪茄、美国大龙虾、德国水果糖……豪华的电影院,舒服的大沙发椅,美国刚刚上映的电影,吸引得北京有钱人天天往天津跑。再赶上梅老板的《醉酒》、马连良的《探母》,角儿到天津都住在英租界的花园洋房里,开演前英租界马路戒严,沿街人家站在家门口,瞻仰四名保镖把着车门,护着名角儿的汽车风驰电掣呼啸而过。

英租界里住的什么人?下野的中华民国大总统、国务总理、五省联军司令、驻英大使、小皇帝溥仪……你也租个小院？晚了，别想着有人退租空房，宁肯穷死在英租界，不住你的王爷府。

玉兰阿姨真是心疼女儿，为了每月的房租，女儿每天要在月纬球社支撑七八个小时。这局球刚刚结束，前一位球友才走，第二位球友立即抄起球拍。凯文小姐来不及用毛巾擦汗，抬起胳膊抹抹脑门，一道闪光，一个球飞过来了。

"我们只想每局球结束后休息一会儿，十分钟，每天少打两局球。从同德里搬到城里，房租钱就省出来了。"

"妈，您知道吗？月纬球社，人们回避询问家庭住址。那些住在西门外的孩子，每天早早出来，宁肯绕一个大圈，也要绕过东马路，再绕到德租界上电车。天津人都说德租界穷，再穷也是租界，反正不是西门外大街。就因为我们住在英租界同德里，死丫头们才不猜疑我是因为家穷来月纬球社做陪练的。死丫头们都说，是因为我的球技好，老板才再三恳求我来球社的。我是月纬球社老板请来的，和那些自己投奔到月纬球社谋生养家的穷孩子不一样，她们一个个拼命地做陪练，不敢懒惰，不敢得罪球友，有时候还得帮助服务生扫扫地，每天早早来到球社，做好各项准备，时时观察老板脸色。每到月末，一听老板唤谁去经理室，她们都吓得面无血色，直到从经理室出来，老板没说下个月不要来了，这才舒出一口大气，平安无事，谢天谢地呀。只有唤我去经理室出来的时候死丫头们才问我：'又给你加多少？'明白吗？她们以为老板给我加钱呢。其实，人人知道，家里真有钱，谁每天跑到月纬球社来受这份累呀！不光是受累，还受气。规规矩矩的球友，有礼貌，客客气气地和你打球；财大气粗的球友，拿你不当人，打着球，一翻脸，换陪练，就把你轰走了。老板还给你脸色看，说不定下个月就不让你来了。在月纬球社，什么最重要？脸面！穿时髦衣服，用法国香水，要去租界做头发，电烫，每次至少三十元。月纬球社比手表，比戒指，比高跟鞋，比包包，比包包里的奶糖，比指甲油，比女性卫生用品，比手帕，比围巾……比比比，一切可以摆出来的和摆不出来的，都要比。她们为什么不敢和我比？因为我住在英租界同德里！”

“虚荣，虚荣。”

“是的，虚荣一文不值，可是在虚荣的世界里，虚荣是生存条件。”凯文小姐涨红了脸，接着说，“月纬球社的死丫头们给咱们编了好多故事。她们说，英茂洋行是我爷爷留给我老爸的遗产。那帮死丫头还编排说，苏伊士运河有我爷爷百分之十七的股票，我老爸是我爷爷的私生子，爷爷死后我老爸只分到一家没人要的中国小洋行，一气之下，我老爸离开英国，再不肯回去了。”

“她们怎么不说白金汉宫是咱们家的后花园呢？这帮死丫头呀，整天没事嚼舌头根子。”

咯咯咯，母女二人笑了。

“她们还编出各种各样的离奇故事，有人说我老爸荒唐，娶了四个姨太太，一场直奉战争，段祺瑞全军覆没，皖系背景的金城银行一夜崩盘，我们家全部家产化为乌有。为糊口活命,我才沦落到月纬球社做陪练。离奇虽然离奇,可天底下的事情,越是没谱的离奇事,越有人信。前两年,传说俄租界谢家胡同蓝扇子公寓来了一位小姐,出身皇室,是俄罗斯皇帝尼古拉二世的姨表姑奶奶的表姨侄女。这一下,满天津卫的少爷打破头天天往蓝扇子公寓跑。奔什么去呀?少爷们要找出这位表姨侄女,辨认清楚,花些钱把人赎出来,来日老皇帝一死,好歹得点遗产,至少也是一座金山。结果呢,没多少时间蓝扇子公寓的姐姐们都被天津少爷赎走了。最后尼古拉二世倒台,天津许多少爷的家里都窝着一个俄罗斯姐姐,天天烤大列巴。哈哈哈哈……”

“哎呀,我的乖女儿,你怎么什么都知道呀!”

俄租界谢家胡同蓝扇子公寓是妓院。一群死丫头把那里面的传闻说得津津有味。玉兰阿姨心想:唉,真不应该送女儿去月纬球社做陪练呀。

“唉,一派胡言呗,狗嘴里还能吐出象牙来?”

咯咯,又是一阵笑声。只是,母亲的笑声已经干涩,听着令人不寒而栗。

对于玉兰阿姨每天来月纬球社看女儿做陪练,月纬球社老板极是恭敬,看玉兰阿姨坐在角落里无聊,时常给玉兰阿姨送过来几份报纸、画刊,消磨时间。

月纬球社老板是个讲面的人,他的球社里绝对没有那些下流小报和画报。这一天,月纬球社老板给玉兰阿姨送来一份当天的报纸,玉兰阿姨信手翻着,忽然大吃一惊。

什么消息能让玉兰阿姨大吃一惊?

报纸头条消息，直奉两军在廊坊一带发生军事摩擦,双方动用上万人军队,更动用了巨型火炮,一连十几天打得不可开交。两派军阀打仗,打就打吧,都打死了才好,只是,廊坊一带的老百姓遭了殃,庄稼被毁了,房子被烧了,粮食被抢走了,连喝水的井都被炸毁了。家乡住不下去了,乡民们结伙逃难,一路往西,去了北京。北京容不下这么多人,只有逃到天津。天津有传统,一遇灾年便行善举,搭席棚,设粥厂,舍棉衣,处处的善人牌坊边设有药店,医生们轮流坐堂诊病,药店抓药分文不取。天津呀,中国首善之地也。

此事,玉兰阿姨早就有预感,每天从同德里和女儿一起去月纬球社,沿途成群灾民饥饿的样子让人看着揪心。只是玉兰阿姨没有想到,灾民们竟惨到了卖儿卖女、妻离子散的地步,不禁唏嘘了好一阵子。

突然,一段文字吸引了玉兰阿姨的目光:天津赈济公所发布告示，劝说灾民维护公共秩序，动员天津市民踊跃捐款,救助灾民。

赈济公所本来就是一个敛钱自肥的地方,报纸时不时登赈济公所侵吞民众捐款的新闻。玉兰阿姨对于赈济公所的告示,才没有兴趣细看。只是,这赈济公所告示下面,竟然是约翰·陈主事具名。

他,一个游手好闲的花花公子,靠老爸囤积居奇发黑心财生活的寄生虫,摇身一变,竟然成了赈济公所的主事。这个世界,黑白颠倒的事情太多太多了呀。

约翰·陈主事的告示写道：

> 干戈久息，五族共和，于此国运通达之时，不幸天灾人祸不期而至，天津地界九河相聚，八方财富汇集津门，为报答八方民众于津门多年恩泽，每遇时艰，天津民众必伸出援助双手，尽力助我同胞手足。昨夜，避乱灾民暂聚津沽地界，衣食无着，我天津民众焉能袖手无视。津沽民众，虽无济世之能，仍当倾力以杯水车薪助我手足同胞于陈蔡之厄。天地知我，绵薄之力，拳拳吾心。谨此唯唯。

唉，这就是世道呀，伪君子披上真君子的外衣，假戏真唱。他俨然社会贤达了。

"玉兰同学。"

一抬头，社会贤达出现在自己面前了。

"你不是很忙吗？"

"哦哦，忙过去了，谁也不肯出钱，向商号要几个小钱可不容易了，都说是生意不好，连年亏损。看他们一个个脑满肠肥的样子，少喝一顿花酒，少打几圈麻将，钱就出来了。再不认，我可就派了：拿不出来，停业十天。有的是理由，卫生不合格、电器漏电、有碍市容观瞻……我可没时间在这儿耗，三五百元，别跟我打发要饭的似的，五千元，中午十二点之前送到赈济公所。"

"开几处粥厂，发几件大棉袄，用得了这许多钱吗？"

“哎呀，我的玉兰同学，一个赈济公所，多大的开销呀！几位副主事，一人包一辆汽车，散会吃饭，能喝大直沽二锅头吗？能吃爆三样、熬小鱼吗？招待各界贤达，安排社会贤达离津避乱，能去宜兴埠或黄骅县吗？”

说着说着，玉兰阿姨发现社会贤达约翰·陈的目光一直盯在不远处陪球友打球的女儿身上。而且这是一种淫邪的目光，目光里燃烧着欲望，占有的欲望，吞噬的欲望，令人不寒而栗的欲望。

旧习不改呀！男人喜欢看美女，也许不应怪罪，但是，觉得自己有钱，就可以攫取一切，占有一切，就是一种罪恶！

“我们该回家了。”

回到家里，换衣服的时候，玉兰阿姨发现女儿纱裙左上方胸前别着一枚纪念徽章，金黄的底色上几个天蓝色的字——赈灾纪念。玉兰阿姨看见过，大街上赈灾募款，凡是捐款的人都送一枚纪念徽章。它设计得很是精美，市民们以佩戴这样的小徽章为荣，表示自己为救助灾民尽了一份力量。

玉兰阿姨看看女儿胸前的小徽章，把它摘下来，在手里掂量了一会儿，脸色渐渐阴沉了下来。

“谁给你的？”

“就是您那位朋友，赈济公所主事，月纬球社每人一枚。”

“大家都一样吗？”

“这还有什么不一样的？都是小铜片片。”

“不对，你这枚纪念徽章和别人的不一样。”

"约翰·陈先生就是将一大把纪念徽章放在桌子上,让每个人拿一枚。"

"是你自己拿的吗?"

"是呀,我随便从桌子上拿了一枚。"

"没有人和你换过吗?"

"倒是……哦,想起来了,约翰·陈先生看了看我手里的小徽章,对我说,你这枚小徽章坏了,给你换一枚吧。还嘱咐我,不要再和别人换了。"

"妈妈的乖女儿,这枚纪念徽章先放在我手里,明天我们去球社过摆渡的时候,丢到河里去。"

"妈!"

"听妈妈的话。"

"听妈妈话,也要听明白妈妈说的什么话呀。"

"你这枚纪念徽章是纯金的。"

"啊?"

"别人的纪念徽章,是小铜片片,你这枚纪念徽章是纯金的。"

"纯金的?难怪别在胸前往下坠呢!"

女儿眼睛里突然闪出一道奇异的光。

从妈妈手里把金光闪闪的纪念徽章取过来,托在手心里掂掂,凯文小姐不无惊喜地自言自语:"能打两枚戒指呢。"

"留着吗?"

"听妈妈的。"

"若是妈妈不说呢?"

嗫嚅了一会儿，凯文小姐抬眼看看妈妈，胆怯地小声说道："我……我……不知道。"

凯文小姐一个"不知道"，激起了妈妈的怒火。妈妈突然站起来，重重地拍了一下桌子，向着凯文小姐怒吼道："不知道？你给我滚出去！"

凯文小姐愣住了，诧异地看着妈妈。

凯文小姐看着母亲暴怒的样子，吓得全身颤抖。母亲眼睛里的怒火喷向女儿，女儿咕咚一下跪在母亲膝下，双手抱着母亲的双膝，嘴唇哆嗦着，说不出话来。

俯下身子，玉兰阿姨将女儿拉到怀里，不禁哭出了声。

"凯文，我的乖女儿……"

"妈妈，您怎么了？"

凯文小姐吓坏了，紧紧地抱着妈妈，似是自言自语地说："妈妈，女儿不会背叛您的教诲，凯文永远是妈妈的乖女儿。"

"凯文，妈妈的乖女儿，妈妈对你说，那个约翰·陈混迹社会，不是老实人，少年时我和他在天空合唱团相识，十足一个花花公子，天天骚扰天空合唱团的女孩儿。多年不见，他为什么突然到月纬球社来？他又不会打球！他看到报上月纬球社新聘陪练小姐如何如何的消息，来月纬球社就是来物色女人的。看到你，他就像猎人发现了猎物，看到我坐在月纬球社，又知道我是你的母亲，他才不敢放肆。他送你一枚纯金纪念徽章，你想想，他会没有目的吗？"

"妈，随他怎么想，只要我们自己规矩做人，他也是白费心思。"

“规矩做人，首先要自己安于清贫。留下这枚纪念徽章，打成戒指，戴在手指上，它就控制了你的命运。”

第二天，妈妈和女儿一起去月纬球社。过海河，木船摆渡，凯文小姐扶着妈妈走上船板。船夫撑着长竹竿，用力撑开船，驶到河心，凯文小姐张开手掌，在母亲眼前晃动一下。母亲看见女儿掌心纯金的纪念徽章在清晨的阳光下闪耀着金黄的光斑。突然，凯文小姐扬手用力一甩，一个水花溅起，摆渡船平平稳稳地向对岸驶去。

海河河面不宽，三五分钟就靠近对岸了。船家伸出长篙，搭住岸上的木桩，摆渡船缓缓靠在河岸边。突然凯文小姐觉得摆渡船晃了一下，母亲已经倒在自己的怀里了。

“妈！”

凯文小姐惊呼了一声。摆渡船上的人们立即围了过来，帮助凯文小姐扶住玉兰阿姨，更有人大声地对凯文小姐说：“不要动，不要动，慢慢放倒，慢点慢点，掐住人中，用力，用力。”

有人先跑下船来，喊住一辆停在岸坡上的胶皮车，更多的人将胶皮车推到船上，轻轻地搀扶玉兰阿姨坐到胶皮车上。更有人招呼着：“就近，就近，马大夫医院！”

“这么早，医院还没开门。”

“马大夫就住在医院里。”

“我去，我去。”一个跑得快的人，先向医院跑去了。

天津人就是如此助人为乐，满摆渡船的人，都为抢救玉兰阿姨尽最大的努力。

玉兰阿姨病了。

一台成功的心脏手术轰动津门，玉兰阿姨转危为安。“感谢医生！感谢护士！感谢女儿！感谢月纬球社每一个人！”

玉兰阿姨手术后，住在医院，月纬球社的陪练小姐轮流值班，照顾玉兰阿姨。连马大夫医院的院长、医生、护士都闹不明白，这位病人何以有这么多的漂亮女儿。“女儿？不会吧？二十多位，年龄相仿，个个赛仙女，可是容貌不同，有人斯文，有人豪气，有人陪伴时读小说，有人陪伴时还能看外文报纸……”他们闹不明白，只看得出这位病人好福气。

谁也想不到，照顾玉兰阿姨最负责的姑娘，竟然是那个死丫头周燕燕。周燕燕自幼丧母，守在玉兰阿姨病床边，人们看见她眼睛里涌动着泪花。

在月纬球社做陪练，身不由己，每天下午三时一定要到球社侍候。有人来打球，请你陪练，无论你高兴不高兴，你都得笑脸相迎。妈妈住院，凯文小姐只能上午陪伴，在医院和妈妈吃过饭，匆匆就往球社跑，迟到一分钟，老板就给你脸子看。

下午准时来照顾玉兰阿姨的，是死丫头周燕燕。她怎么可以不到月纬球社去呢？别忘了，人家是包台。有人把你的案子包下来，什么时候来，他和你约定，玩一会儿走了，剩下的时间，你就可以离开球社。包案陪练，就是这么牛。

这个月包案的爷，忙得很，一个星期才来了三次，全是下午六点以后。

周燕燕每到凯文小姐必须往球社跑的时候，就来到医院接凯文小姐的班。玉兰阿姨很是不安，感激地劝她不必匆匆往医院赶,自己生活上可以自理。

周燕燕对玉兰阿姨说:“我就做您的女儿吧。我守在您的病床边,人们说我是病人的女儿,这不是我的福气吗?”

玉兰阿姨看周燕燕对自己一片真心,感动得真把她当作亲生女儿了。

周燕燕一手好烹饪,她捏的饺子,玉兰阿姨吃得满嘴香。周燕燕坐在玉兰阿姨病床旁边,和她说知心话,玉兰阿姨也趁机向周燕燕询问些球社的情况,询问女儿和大家相处得怎样,询问有没有什么人对女儿特别注意。

玉兰阿姨拿自己当亲人,周燕燕小嘴打开话匣子,可就说起来了。

“妈,满球社上上下下,没一个不说凯文姐姐是好姑娘的,人们还说只有玉兰阿姨这样的好母亲,才能教育出凯文姐姐这样的好孩子。从月纬球社开张的那一天,月纬球社就没进来过这样规矩的陪练,斯斯文文,不多说,不低三下四,连那些品德不好的少爷都不敢放肆。有时候,一想到凯文姐姐有您这样的好妈妈,我就止不住流眼泪,夜里拉高被头,在被窝里哭。

“只是,妈妈,不瞒您说,像凯文姐姐这样的老实孩子,最后一定要吃亏的。花钱到月纬球社玩球来的,能有几个好人?我对您说吧,从七八十岁的棺材瓤子,到跟他爹一起来的小浑球,一个好东西没有。妈妈,您别耻笑我骂粗话,这一肚子恶气,没有地方撒呀。老王八蛋,小王八蛋,人人一双贼眼,看什么?专门盯你短裙底下。你弯腰捡球、伏在案子上捅球,他们一个个眼珠子都流出来了。站对面的,从你领口往里看;站你身后的,往你短裙里面看。一个个过来过去,随时‘咸猪手’,捏一把,掐一下,拍拍屁股。给小费,手伸到你领口里摸一下你的……不说了,别说了,再说就恶心得要吐了。

“月纬球社都说我是坏嘎嘎, 叫我死丫头周燕燕。我不坏,是他们逼得我坏,要想制伏坏人,你必须比他还坏。我为什么拉开那个少爷的裤链,抓着他的内裤在球社里转?他在后面干坏事,不是一次了,他以为我没感觉,一个人挺着小肚子从后面顶你,你感觉不出来?当然他给你小费。我不贪图他的小费, 我就是要看看他裤兜子里是什么东西。那小子,一次就老实了,再不敢靠近我了。

“妈妈,您别歧视我,等我挣够了钱,我一定离开这个臭水坑。

“我也是高中生,自幼丧母,快毕业了,老爹也走了。我得活呀,走投无路,我考进月纬球社。三年时间,在月纬球社,我看见了一个见不得人的世界。看外表,月纬球社人人衣冠楚楚, 文质彬彬, 只有月纬球社里的人才看得出来,许多文质彬彬的人比流氓坏蛋还要坏上十倍百倍。月纬球社就是一大粪坑, 几个不怀好意的球友就像苍蝇一样围着你飞,黏在你身上。苍蝇,你可以拍死它;坏蛋,你还得陪着他打球,还得赔笑脸,还得和他说话。妈,我恨月纬球社,我恨开设了月纬球社的天祥商场, 我恨有天祥商场的这个天津卫,我恨透了有天津卫的这片地方。

“我刚来时,球社出了一件事。一个年轻人,月纬球社的球友,时常一个人来球社打球,很规矩的一个青年,从来不和陪练小姐开玩笑。这个青年打球的时候眼睛总向门口瞟,一会儿时间,一个中年人进来,两个人好像不认识。这时,年轻球友走了,从中年人身边走过去,也不说话,也不过眼神,就是擦肩走过去了。一天下午,这个年轻人和那个中年人擦肩走出去后,外面一声枪响,大家往楼下看,那位年轻人被人一枪打死了。开枪的人大摇大摆地坐进一辆汽车,走了。

“陪练姐妹们看了,谁也不敢出声,只有我悄悄地哭了。我多么愿意替他去死呀!我知道那个年轻人为救国救民献出了生命。是呀,稍稍有点人性的人都知道,天下不能由着几个军阀打来打去,不能由着他们杀人放火。人们要过平安日子,人们盼着南边的人过来,把这几个杀人放火的土匪除掉。”

出于一片好心,周燕燕每天到医院陪玉兰阿姨说话,但正是周燕燕一次一次对月纬球社的描述,反倒给玉兰阿姨心头压上了一块重石。当初真不应该送女儿进月纬球社,这是个什么地方呀!钱钱钱,钱的后面是黑暗,是肮脏,是堕落。

晚上,凯文小姐离开月纬球社,急匆匆跑到医院,先向医生、护士问过母亲的病情,然后立即跑进病房,坐在母亲床边,掏出面包,一面啃面包,一面和妈妈说外面的事。

玉兰阿姨开导女儿:“世上唯有虚荣一文不值。做生意,要穿着体面;和人谈生意,要租汽车;请人吃饭,要去大饭店。许多人出门从汽车行要汽车,付了车钱,午饭都没吃。

他们何苦呢？为了虚荣，为了住在同德里，你就累死累活地在球社拼命。妈妈不要虚荣，你平安健康就是妈妈最大的幸福。”

心思单纯的凯文小姐自然不会想到母亲为什么突然说这些话。正好，今天不太累，母亲精神又好，凯文小姐一面啃面包，一面和母亲开始讨论虚荣到底有什么用的问题。

“是的，虚荣一文不值，可是在虚荣的世界里，做生意，谈合作，生意人就要穿名牌西装，戴大金戒指，见面问好，相互敬烟，就得是三炮台，走亲访友，你也得穿着体面，读书不读书，你得装作斯文，说起来不全是虚荣吗？”

“妈妈不和你开讨论会，妈妈想……”

“我知道妈妈想说什么，从同德里迁到城里，换一处房租便宜一些的地方。妈妈，你不和外界接触，你体会不到住在租界，特别是住在租界高级住宅区，是一种什么感觉。只有在你见识到那些住贫民区、生活艰难的孩子的自卑心理之后，你才能理解人们为什么要虚荣。我对妈妈说过，月纬球社许多苦孩子就是住在老城区外面，火车西站、火车北站一带的贫民区，我都看见过，那些孩子是上不起木斋女子中学的。一家三代，挤在一间小房子里，夏天漏雨，冬天不保暖，一家人生一个煤球炉。晚上煤球炉早早灭了，几个孩子挤在一条被子里睡觉。这些苦孩子，每天到月纬球社来都打扮得光光鲜鲜，装得有教养、有身份，看上去明明就是什么大户小姐。她们为什么这样活着？因为她们害怕周围歧视的目光。一个人歧视你，所有的人一齐歧视你，一道道歧视你的目光就像千万把刀，一刀刀刺你的心。其实，我穷，关他们什么事！如果他不歧视你，人们就会歧视他，也许歧视你的人比你还不幸，他在歧视你的时候，心里也要流血。但是，为了生存，他必须和别人一起歧视你。”

凯文小姐今天不太累，看着母亲病情好转，她很是高兴。握着妈妈的手，凯文小姐说起了球社里最近发生的趣事。

“好虚荣的确不是好心态，只是在虚荣的社会里，虚荣是一种自我保护，也是一种反抗。死丫头周燕燕就是借了一块小金表吓跑了一个不怀好意的老家伙。老家伙看上了周燕燕，想包下周燕燕，让她每天晚上九点到他家里去陪他打球。球社老板只要给够钱，谁都可以出租的。在他眼里，陪练小姐就是货物，谁给的钱多，谁就可以把陪练小姐带走。

“死丫头周燕燕借块金表，虚荣了吧？可是这一虚荣就把老东西吓跑了。没有那块小金表，谁来保护周燕燕呢？

“只是，虚荣是一种病，是一种细菌。这种病菌一进入你的血液，它就繁殖得越来越快，最后可能致死。之前有个少爷，家里有点钱，就来月纬球社学台球。周燕燕球艺高，一杆清台，少爷觉得这一招露脸，天天来球社追着周燕燕学。别人玩球，至多玩三局，那个少爷从球社一开门就到，一直到球社打烊，玩得自己的钱花光了，偷老爹的钱；老爹的钱偷光了，卖老爹的汽车，卖祖上留下的房产，玩呀玩呀，最后被老爹赶出家门。一个饭馆老板，看他走投无路，收他当了小伙计。他在小饭馆学会了摊煎饼，自己出来卖煎饼馃子。

“没钱了，你就别来月纬球社了，可是舍不下虚荣呀，怕人家看不起,这位小哥每天还要在月纬球社露面,每天要人们看见他从月纬球社出来,风光呀……”

“行了行了,这故事燕燕对我讲过了。”

凯文小姐今天高兴,妈妈无法打断她的话,依旧讲个没完没了。

“一个姑娘,大家都知道她家境很苦,床上老爸瘫着,老妈缝‘外活’。她进了月纬球社,每天都吹嘘刚看了梅老板的《醉酒》,又去了起士林吃大菜:‘哎呀,起士林的罐焖牛肉可是一天不如一天了。’听的人忍不住哧哧地笑。天知道她什么时候吃的罐焖牛肉,现在,起士林最贵的招牌菜是松茸鹅肝。”

“啊!”

倚坐在病床上的妈妈身子抖了一下,一双吃惊的眼睛冷冷地盯着女儿。凯文小姐也发现自己说走了嘴,立即啃了一口面包,把涨得红红的脸转了过去。

玉兰阿姨又是一夜不得入睡。以前,女儿每天都和她一起离开月纬球社回家,她更没有带女儿去过起士林,女儿怎么知道起士林的招牌菜是松茸鹅肝呢?

玉兰阿姨想呀,想呀,女儿每天都是和她一起在家吃晚饭的。

玉兰阿姨想呀,想呀,已经是后半夜了。

好像,有一天上午,女儿心神不定,似乎有什么事情,玉兰阿姨问她出什么事了。女儿笑笑:“妈,您就爱胡思乱想,我能有什么事呀？有人请我去做大总统，嘻嘻。”

中午，快吃饭了，女儿猛然想起什么事：“妈，今天老板营业前和大家说事，可能是下月裁人的事吧。死丫头们也真该裁几个了，吊儿郎当，说是出去买个面包，一去一个小时；回来冲着大家挤眼，显示刚刚做的头发。老板看不出来呀？等着吧，有她吃不了兜着走的时候。”

“随便吃点东西再去吧。”

“不用了，每逢说裁人的事，球社都预备些点心，糟心的事，开心地说。”

“妈，我先走了。”

玉兰阿姨心里一沉，坐起来，喝一杯水，再睡下。

什么人会请女儿吃松茸鹅肝呢？

月纬球社老板？那是个死抠门的人，中午一杯咖啡，面包火腿肠吃一半，剩下的裹起来晚上吃。

姐妹们一起去吃的？不可能，大家累一天，到了时间，匆匆忙忙往家跑，什么鸡鸭鱼也吃不出味道来了。再说，就是大家揍钱去起士林打牙祭，也没人知道松茸鹅肝呀。

球友请女儿去的？可也没有包案、包陪练的球友呀。

突然，玉兰阿姨想起一个人，这下她睡不着了，披衣起来，移坐在旧沙发上，双目凝望窗外昏暗的月光，冷冷地抱紧了身子。

不会吧，他很长时间没到月纬球社来了。他就是来，玉兰阿姨也不搭理他，他也就无趣地走了。之后再来月纬球社，他只远远地找陪练打球，只在走的时候，向玉兰同学点点头。

会吗？玉兰阿姨不敢相信。

不能追问。没有这桩事，问了伤害女儿的自尊；真有这样的事，女儿也不会承认。

回想那枚纪念徽章，女儿险些被他骗了。后来他来过，也没问女儿那枚纪念徽章哪里去了，一切平平淡淡，像什么事情都没有发生一样。

女儿会变吗？我的乖女儿会变吗？

家庭教育、父母影响，一切一切，都可能土崩瓦解。把一块石头放进酱缸里，日久天长，它也会被腌出咸味来的。

在污浊的环境里，在金钱和物质诱惑面前，金刚不败的真身早就不存在了。有钱，就是尊严；有钱，就是体面。金钱像一股不可阻挡的洪流，冲垮了一切古训，冲垮了一切传统。

痛下决心，一定要女儿离开月纬球社，最可怕的后果不就是挨饿吗？中国人不以挨饿为耻，中国人以无德为耻。

玉兰阿姨联系了几家学校，中学、小学，替女儿报名做老师，女儿可以教音乐、体育。现在许多地方成立乒乓球队，请教练，待遇很低。同德里的房子可以退掉，城里房子很好找。收入低，不吃精米白面，天津人吃棒子面，也就是玉米粉。租界里有钱人家也吃棒子面窝头，形状可好看了，双手将和好的棒子面做成一个锥形面团，再从底部捅一个洞，天津人说是窝头，有钱人家说是黄金塔；还可以放甜枣，城里小摊有卖,叫枣饽饽。

一切一切筹划停当,如何和女儿谈话,也经过再三思量,只等哪一天女儿心情好,再出去吃一顿饭,看一场电影,回来把女儿拉到房里对她说:“凯文,妈妈和你商量点事。”

如此如此,女儿应该不会反对。

玉兰阿姨正想着找女儿谈话,晚上凯文小姐高高兴兴地来到母亲房间:“妈,和您商量一件事。”

玉兰阿姨暗想,莫非女儿已经看出自己这几天苦思冥想的筹划?女儿先下手为强,要打乱她的筹划?

母女坐下,玉兰阿姨笑着对女儿说:“说吧,事情你看着好,不必和妈妈商量,我的乖女儿还会有什么坏打算吗?”

“好事,好事呀。天津汇文大学开设了一个预备班,地点在英租界的维斯礼堂,招收报考汇文大学的青年并给其补习功课。”

汇文大学是一家私立大学,每年的学费很高。汇文大学的学生都是富家子弟,每星期一早晨,送孩子的小汽车排成长队;每星期六接孩子回家的小汽车,只能远远停在几条马路之外。再说到这学校,简直就是一家大宾馆,教室、宿舍、餐厅,比天津最著名的惠中饭店规格还高。

“这样的贵族大学,我们去得起吗?”

“您听我说呀。预备班招收三十名学生,期末考试成绩前三名,汇文大学免学费,第一名还有奖学金,足够在学校四年读书的费用。”

“你？”

“妈妈，期末考试，我考不上第一名，您把我踢出去，沿街乞讨，我也不回同德里，给您丢面子。”

“妈妈的乖女儿，期末考试，无论你考第几名，只要你进了汇文大学，砸锅卖铁，妈妈出去做帮工，也供你把四年大学读出来。”

“妈，您太看不起我了，抗议，抗议。”

乖女儿凯文小姐果然没吹牛，预备班期末考试，成绩位列第二，虽然没拿到奖学金，至少大学四年的学费全免了。

为庆祝女儿入学，妈妈做了一桌大菜，还买了一瓶法国葡萄酒。女儿落座，母女举杯庆贺。突然女儿放声大哭，破口大骂预备班黑暗。

“什么前三名，全是私下交易。第一名的臭蛋，从开学第一天就没看见他的身影，偶尔也来过，手指上摇晃着小汽车钥匙，哼着流行歌曲，什么化学方程式、几何定理、数学公式，狗屁不懂。期末考试，有人说，他根本没来，最后还考了第一名。学生们不服，告到汇文大学校长那里，校长扬言一定调查清楚，公布考分。考分公布出来了，人家门门功课满分，气死你吧。”

“凯文，妈妈的乖女儿，咱们不生气，能够免费进汇文大学，就已经是我们的福气了。若不是有个预备班，我们想也不敢想还会进入汇文大学。入学后，不是还要看学习成绩嘛，他背后再有人，谁也不会请他去做经理、会计师呀。”

不管怎样，凯文小姐顺利入学，成了汇文大学的学生。入学后，凯文小姐学习非常努力，每次考试都名列前茅。

唯一一件事，玉兰阿姨不理解，女儿每次从学校回来，一定要去月纬球社看看原来的小姐妹，难道她还留恋月纬球社？

“妈，您不知道，只有离开月纬球社，您才知道月纬球社比汇文大学好。”

“什么？月纬球社会比汇文大学好？”

“妈妈，不是说月纬球社污浊腐烂嘛，汇文大学才是真正的污浊糜烂！月纬球社的死丫头们嘴坏，狗嘴里吐不出象牙；汇文大学的少爷小姐心坏，一个个满嘴礼义廉耻，实际上满肚子男盗女娼。他们看不起我，知道我原来在月纬球社做陪练，再看我容貌比他们标致，明着他们唤我凯文同学，私下里叫我康拜宁姑娘（companion girl）。妈，您知道什么是康拜宁姑娘吗？西方有一种职业，叫陪伴，家里老人生活不能自理，孩子们又要工作，只好请一位康拜宁姑娘照顾老人，但不是中国人说的保姆，不做家务活，就是陪伴。老妇人请康拜宁姑娘可以呀，老头子也请康拜宁姑娘来陪伴，这样就出现了一种见不得人的职业，就出现了见不得人的康拜宁姑娘。他们暗中叫我康拜宁姑娘，明明骂我是妓女。这群烂舌头根的下三烂。”

“我们不骂人。”妈妈说。

“康拜宁就康拜宁，我又没靠老爸。”

“哎呀，我的凯文、妈妈的乖女儿，你怎么什么粗话都往外冒呀。”

“他们逼的！在月纬球社，我可能自己学坏；进了汇文大学，他们逼我学坏。星期六，一个个家里有车接，一个开着车，按着喇叭围着我转圈，一个坐在车里，故意大声冲着我喊：‘还没来车子接你呀，我先走了，拜拜。’呸！”

“行了行了，消消气，妈给你捏饺子。”

无论怎样，女儿是堂堂正正的大学生了，终于跳出靠“陪”糊口活命的泥沼。四年时间毕业出来，进入社会就是受人敬重的上等人。离开月纬球社，女儿不忘旧谊，偶尔回去看看好姐妹。月纬球社老板见到凯文小姐，总是恭恭敬敬地出来迎接。

如今，女儿进大学读书，自己再不用每天陪女儿去月纬球社了。这一下，玉兰阿姨心里反倒有点没着没落了。一个人坐在家里，没有一点声音。洗洗衣服，再坐下，也不知道应该再做点什么。鼓捣鼓捣饭菜？一个人连吃饭也觉得没意思。玉兰阿姨又没有什么朋友，同德里几户人家从来不串门走动。一个人在客厅、卧室走来走去，听见自己的脚步声，真是没有了人间气息。

幸好，周燕燕常来看望玉兰阿姨。每次一听见院外传来燕燕呼唤“妈妈”的声音，玉兰阿姨就像孩子一样兴奋地匆匆跑出去，将燕燕迎进来，拉着燕燕的手嘘寒问暖。

凯文小姐周日晚上离家回学校，周一、周二、周三……有两三天燕燕没到家来，玉兰阿姨就想给燕燕写封信，询问有什么事情缠身，可又不知道燕燕的家庭地址。唉，人老了，有关无关的事，都放不下了。

直到星期五，才听见燕燕呼喊“妈妈”的声音，玉兰阿姨急匆匆跑出去，拉开院门，一下子将燕燕拉进来，拍着燕燕的后背说：“死丫头，你跑到什么地方去了？”

“我搬家了。”

“搬家？你找到新房了？”

“不是，不是。妈，进屋我对您说。”

“怎么想起搬家了？”

“嗐，别问了，反正就是糟心的事。”

“糟心的事才要问，也许能帮你分分心。”

“嗐，妈妈知道，燕燕自小失去母亲，老爸后来也没了，燕燕一直住在外婆家。外婆家的两个舅舅，都有孩子，好在燕燕每月贴补外婆一些钱，这才住到如今。可是，外婆最近忽然说她老了，要给我找个婆家，一旦她走了，对我也有个交代。”

“老人，都是这样的想法。”

“可是、可是，妈知道外婆给我说的是一门什么亲吗？一家小布店的账房先生。唉，就别提了，拉着我去相亲。人倒是规规矩矩，可一说话就吧唧嘴，穿一身粗布裤褂，腰上别个老烟袋，五个手指不停地拨动，像是拨算盘。唉，人呀，活着有什么意思！”说着，燕燕一抽一抽地哭出了声音。

“和外婆商量商量，再等两年。”

“不行呀，外婆似是得了什么病，逼着我出嫁。唉，没办法，我只能找房搬出来，老城里鼓楼北。我知道天津城里的情形，东门贵，西门贱，南门富，北门穷，穷就穷吧，躲开他们安静。”

“唉。”玉兰阿姨眼泪滴下来了。

“住到我这里来吧,你凯文姐姐也说,我心脏做过手术,夜里要有个人守护。你来陪伴妈妈,你凯文姐姐也放心。”

“妈,这不合适,我怎么能住到同德里来呢?凯文姐姐如今又是大学生,除非我辞掉月纬球社陪练的工作,只说是妈妈雇的保姆。”

“明天你就搬过来,同德里住户谁也不关心谁家的事。这两年,你凯文姐姐每天去月纬球社,邻居们还以为我每天和她一起出去逛商场呢。”

“妈!”

燕燕倒在玉兰阿姨的怀里,剧烈地抽动着肩膀,哭出了声。

止住了哭声,燕燕似是想起了什么,平静平静心情,对玉兰阿姨说:“妈,这不合适吧?”

“这有什么不合适的。有一位亲人和我住在一起,这不是天经地义的事吗?英租界又不像老城区,老城区有保甲制度,警察局动不动就查户口。英租界工部局没有权力过问你家里住几口人,邻居们也不关心你家里的事情。”

“不是的,我一个小毛孩子,工部局管我做什么呀?”

“那你怕什么呢?”

“凯文姐姐。”

“你们不是好朋友吗?”

“好朋友是好朋友,现在凯文姐姐是大学生了,我还是一个陪练,吃'陪'字饭的女孩儿。"

"别胡思乱想了,回去收拾收拾,今天晚上就住到我这里来。有你和我住一起,也免得凯文抽空匆匆往家跑。别耽误时间了,快去收拾衣物,我等你。"

星期六下午,凯文小姐回家,妈妈告诉她说:"燕燕住到咱家来了。"

凯文小姐似是有点吃惊:"她怎么住到我们家来了?"

"不好吗?"

妈妈没有告诉凯文,燕燕躲避外婆说媒的事。

"好,好,很好。"凯文小姐冷冷地说。

"凯文,我的乖女儿,你觉得不合适吗?"

"没什么不合适的,同德里又不是我们家的私产。"

"哦。"

妈妈不再说话了。

晚上,燕燕从月纬球社回来,凯文小姐也是笑脸相迎,还帮助燕燕更衣,为燕燕放好洗澡水。燕燕从浴室出来,凯文小姐为她摆好几样吃的,坐在燕燕对面,问着月纬球社的事情。

妈妈放心了。

好在同德里住房,有燕燕一间卧室。两个人说过一阵话,照顾妈妈睡下,燕燕回到自己房间,凯文小姐复习功课。大家相处得很是融洽。

燕燕是理家好手,在同德里住了两个月,把这里打理得井井有条。大门擦洗得干干净净,同德里 26 号的门牌闪闪发光，院里摆下两盆月季。推开院门，迎面墙上爬满了青藤，地面砖缝间没有一株杂草。进到室内，更是四壁生辉。厨房没有一点污渍，室内没有一只苍蝇。燕燕还买来印度香料，同德里几间房弥漫着淡淡的香气。

最可贵的是，燕燕每天把玉兰阿姨侍候得极舒服。早点，一天一个样；中午，一定有鱼肉；下午三点，燕燕去月纬球社，临走前把小米粥给玉兰阿姨温好，还摆好了亲手腌的小菜。玉兰阿姨说："我可享福了。"

生活中总免不了会发生些小小的风波。

这天晚上，周燕燕蹦着跳着闯进家来，搂住玉兰阿姨在屋里转圈。

"快放开我，转得我头都晕了，什么事这么高兴呀？"

"妈，妈，您的燕燕发财了。"

"天上掉大元宝了？"

"您听我说呀！上海顶级斯诺克小姐爱美丽，到天津来表演'一杆清'，月纬球社派我迎战。哎呀，妈妈，您知道什么是'一杆清'吗？全世界能打出'一杆清'的球手，没几个。爱美丽称霸全中国，在上海表演'一杆清'，全上海绅士们都赶来观赏，门票比梅老板的《醉酒》票价还高。人家爱美丽小姐表演一次'一杆清'，立即坐游艇周游世界，美美玩上三个月。这次爱美丽小姐跑到天津来想大捞一把，月纬球社老板更把这看成一笔好生意。报上登出广告，怕月纬球社容纳不下太多的人，把台球案摆到维斯礼堂，预售观赏票一千多张，不算争先恐后找上门来的广告，光当场收入，就有十几万元呀。表演‘一杆清’，定好分成，胜者得全部收入的一成五，还有奖金，更有人设赌。其实，我不敢上阵呀。爱美丽小姐是出了名的斯诺克高手，我才打了几年球呀？可是又一想，不就是一个输吗？小脸一抹，好歹也得个出场费，上，没什么大不了的。”

“结果呢？”

“妈，您别急呀。当然，这是人家做的局，还装模作样地抽签，抽到签，我先上，只要输一分，爱美丽小姐就赢定了，一成五的分成和奖金就拿走了。拿我当炮灰呀。当炮灰也要上！大礼堂灯光一亮，我走到台球案边，两腿都哆嗦了，额上汗珠也滚下来了，手心也凉了，眼前一片漆黑，完了，输定了。我想往回跑，可是连迈腿的力气都没有了，我真想一头撞在台球案上，一闭眼，一切都过去了。”

“那、那怎么办呀？”玉兰阿姨听完吓得脸上没了血色。

“我也不知道应该怎么办，反正没有退路了，拿球杆吧，只是，世上真有神人相助的事，一摸着球杆，腿不哆嗦了，额上的汗退了，手心也热了，满礼堂的人好像一下子全消失了。这时我才体会到什么是气定神闲。哎呀，我好像变成了一只雄鹰，一片蓝天任由我飞翔；我又像是一匹骏马，无边的旷野任由我驰骋。把住球杆，看准球案上的球，后边的手一动，一杆，一只红球应声入袋……妈，我胜了！妈，您知道吗？‘一杆清’，成败就在第一杆。第一杆一只红球入袋，全清了；第一杆不能把一只红球打进球袋，你完了。第一杆红球入袋,维斯礼堂的观众全都站起来了,一阵掌声。大家当然是为我鼓掌,我抬头向大家致礼。这时候,妈,您猜我看见了什么?我看见上海爱美丽小姐悄悄地退场,众目睽睽之下,从维斯礼堂走出去了。”

“哎呀,妈妈的小燕燕,你真了不起呀!”

“星期六,我订下了马克西姆餐厅,菜单都定下了。您看,前菜,松茸鹅肝,随后,马赛浓汤、蘑菇焗蜗牛、吉斯烤鱼、波尔多红酒牛排,最后是甜食,妈,马克西姆的甜食世界有名呀!”

饭菜订好了,地点订好了,时间订好了,玉兰阿姨和燕燕只等星期六凯文小姐回来,第二天一家三口去法租界马克西姆餐厅用餐。等呀,等呀,一天天时间过得好慢,终于到了星期六。下午燕燕早早去月纬球社,玉兰阿姨在家里为女儿准备明天的衣服。黄昏六点,凯文小姐回来了,洗脸更衣。母女说了一些闲话,妈妈高兴地告诉女儿说:“明天咱们去马克西姆餐厅吃法式大餐。”凯文小姐一听,当即高兴得抱着妈妈转圈圈。转得妈妈头都有些晕了,凯文小姐才扶妈妈坐下,向妈妈问道:“历来节省过日子的妈妈,何以如此大方,居然也想体验贵族享受,去马克西姆餐厅摆谱?”

妈妈笑了。

“做梦我也不敢想去马克西姆餐厅吃法式大餐呀,是燕燕,燕燕……”

立即,凯文小姐收起了笑容问:“燕燕发的什么疯?”

“也是燕燕这孩子的球技高,把上海来的高手击败了……”

妈妈还要继续讲，突然凯文小姐像想起了什么事情,冷冷地对妈妈说:“明天学校五十年校庆，一早我就要去学校准备表演节目。”

“啊?”母亲吃惊地喊出了声音。

“妈妈,真的是校庆,报上都有消息,北京、上海几所大学都派来代表祝贺汇文大学五十年校庆。”

“早晨你先去学校,中午十二点准时回来,马克西姆餐厅午餐,总是等候客人的。”

“妈,不行,中午学校有午餐的,仪式可隆重了。五十年前,严先生创办汇文大学,只有二十八个学生。开学第一天,午餐每人四个包子,从此留下传统,每到校庆日,全体师生一起用餐,每人四个包子。”

“那……等燕燕回来和餐厅商量商量,改个时间,这类餐厅只要你用餐,无论怎样改时间都可以。”

“妈,怕不行呀。我太忙,太忙。您和燕燕去吧。”

“你?”

“向燕燕致歉,我实在、实在……”

“妈妈知道,到马克西姆餐厅用餐的人,多是富商巨贾、社会名流。汇文大学学生多是名门出身,他们时常陪着父母来马克西姆餐厅用餐,你怕被同学撞见,汇文大学的凯文小姐和月纬球社的陪练小姐一起用餐……凯文，妈妈的乖女儿,随便吧,到了那一天,妈妈和燕燕去马克西姆餐厅。妈妈在餐桌上放一块纸板，写上‘我是汇文大学学生凯文的母亲’。”说着，玉兰阿姨的眼圈红了。

“妈！”

凯文小姐过来扶着妈妈的肩膀，为妈妈拭眼泪。

突然，玉兰阿姨用力地推开女儿的手：“凯文，妈妈把你看错了。女儿，妈妈的乖女儿呀……”说着，妈妈哭出了声。

尾声

世上的事情，非常简单——只要你被社会容纳，社会就为你提供飞黄腾达的机会。你不能融入社会，自命不凡，目中无人，孤芳自赏，如茅房砖头又臭又硬，对不起，爹有钱，爹养活你；爹没钱，自己找饭辙去吧。

如今，飞黄腾达的机会就落到凯文小姐头上了。

凯文小姐在汇文大学读到第二年，第四学期还没开始，一位实业界人士在广州开设了一家葡萄酒厂，到汇文大学商学院聘请首席会计师。笔试、面试，经过几轮筛选，在几十名竞争学生当中，他选中了凯文小姐。

“妈，这可是千载难逢的机会呀，一出校门，就是首席会计师。老爸生前在英茂洋行干了二十年，没有出过任何差错，没有请过一天假，大水淹了英租界，老爸是蹚着齐腰深的水准时到英茂洋行上班去的，为此英茂洋行董事长发布文告向凯文先生致敬，结果还……而且，妈，您知道是什么待遇吗？女儿能遇到这样好的机会，出任一家葡萄酒厂的首席会计师，不仅能让妈妈过上富足日子，而且第一年过去，就可以在广州买房。妈，到时候您一定要去广州，您选地址，广州哪里好，就买哪个地方的房子。老板说了，可以买地，请外国工程师设计建造新房。”

“谢天谢地，好人总会有好报的。只是、只是，这样的好事怎么都落到你身上了呢？”

突然，女儿的脸涨红了。

玉兰阿姨不是多疑的家庭妇女，只是有的时候、有的事情，让人不能不猜疑。

一定有一个什么人，一直在关注我的女儿。她到月纬球社做陪练，小报上有了花边新闻，有人就追到月纬球社，看到这位仙女级的陪练小姐是我的女儿，这个人就避开了。后来发生了赈灾纪念徽章的事，女儿狠心把一枚可以做成两个戒指的纯金纪念徽章当着自己的面抛到河里去了。可事情并未至此结束。后来女儿又说到起士林最新的招牌菜是松茸鹅肝。以后呢，以后进了汇文大学的预备班，这好像是一桩单独的事，可女儿进了汇文大学，死丫头周燕燕告诉妈妈说，汇文大学开办预备班的消息，是一个姓陈的球友让她转告女儿的，为此周燕燕还收到陈先生的一枚纯金赈灾纪念徽章。再后来，女儿在汇文大学读书两年，一位老板就选聘女儿去新开办的葡萄酒厂做首席会计师……

是呀，人都会有变化，好人可能变坏，坏人也可能变好，但有一种人，有一种心理，却永远不会变。

唉，不想了，不想了，社会在变，人又如何会不变呢？

安于清贫是一种美德，不安于清贫难道就是失德吗？不食周粟是美德，不肯上首阳山的众生，难道就是恶人吗？

不想了，不想了，人各有志，自己选择自己的人生道路吧。

多少天精心准备，可把玉兰阿姨累着了，幸好有燕燕帮忙，买箱子，做衣服，准备日用品，一切准备得万无一失。

当凯文小姐把船票拿给妈妈看的时候，妈妈哭了。凯文小姐抚慰妈妈，说了好多安慰妈妈的话。燕燕又在马克西姆餐厅订了一桌送行饭。

马克西姆餐厅送行晚宴之后，汇文大学同学举行欢送会，会后一起照合影。家里只剩下玉兰阿姨和燕燕两个人。

妈妈神秘兮兮地关好院门，把燕燕叫到身边，轻声地向燕燕问道："皇家加勒比游轮是什么船？"

"啊，妈妈，您也应该享享福了。皇家加勒比游轮就像是一座皇宫，我只是听说，咱哪里有那造化呀。月纬球社有一位陪练小姐，一位爷带她周游世界，就是乘坐皇家加勒比游轮。她回来对我们说，皇家加勒比游轮就和一座海上皇宫一样，里面的景象简直无法描述，一日三餐珍馐美味轮流着吃。用餐的时候，每人身后站着一个服务生，送菜的人过来，服务生为你往盘里放。餐桌上摆着十几只酒杯，光这十几种美酒，就能买下同德里一幢洋楼。"

"哦，哦。"玉兰阿姨只是冷冷地听着。

母女离别的时候终于到了，门外响起汽车喇叭声。凯文小姐抱着妈妈失声痛哭。燕燕害怕玉兰阿姨禁不住母女离别的痛，一直搀着玉兰阿姨。燕燕看见，在母女俩的拥抱中，玉兰阿姨竟然没有一丝激动，眼中没有一丝泪花。

门外停着一辆美国电影中出现过的加长黑色汽车，车门开着，一位身穿黑色礼服的迎宾员站在汽车门边。他听见院里传出脚步声，立马跑过来，像迎接皇帝一般从燕燕手里接过皮箱，更向凯文小姐深深地鞠着躬。自幼没有离开过母亲的凯文小姐转身放声大哭。燕燕紧紧扶住玉兰阿姨，生怕玉兰阿姨晕倒。

突然，真是突然，玉兰阿姨挣开燕燕的手，用力将凯文小姐推进了汽车。凯文小姐摇下车窗玻璃，还要对母亲说话，可是妈妈已转身拉着燕燕走回了同德里小院。

"妈！"

一声撕裂生命的呐喊，从门外传过来。玉兰阿姨用力把院门撞上，拉着燕燕走进房间。

燕燕什么也不敢问，只是紧紧地搂着玉兰阿姨的肩膀。玉兰阿姨的肩膀在剧烈地抖动……

有燕燕陪伴，半年多的时间，玉兰阿姨的心情渐渐平和了。每天燕燕烧好两个人的饭菜，再准备好晚上的水果。

凯文小姐常有信来，总是燕燕代替玉兰阿姨给凯文小姐回信，告知玉兰阿姨身体、精神都很好，并装着玉兰阿姨的口气，嘱咐凯文小姐在外面注意身体，安排好生活，工作不可过于劳累，家里情况不要惦记，一切安好，春节一定要回家团聚。

玉兰阿姨确实没有什么变化，身体、精神都很正常，只是燕燕发现玉兰阿姨时常自言自语，小声地叨叨，断断续续，有时也能听清几个字。

玉兰阿姨是个有文化的人，自言自语也都是些文明话。

什么人各有志呀，安于清贫呀，随波逐流呀，社会污浊呀，洁身自好呀……读书不多的周燕燕可是长了知识。

做梦发财三题

前言

世上最让人欢喜的事，是做梦发财。

世上最坑人的事，也是做梦发财。

做梦发财何以是世人最欢喜的事情？不必深究，道理只有一条：人人都想发财。只是，这发财一事实在太难太难了，你身无一技之长，祖上没有人，那白花花的银子能稀里哗啦地往你脑袋瓜子上砸吗？也许有时候一个什么硬邦邦的东西砸了你一下，你满心欢喜，心想，天上掉下大元宝来了，伸手一摸，是楼上落下来的花盆。幸亏是个塑料盆，要真是个瓦盆，妈妈的，小命就完犊子了。

只是，做梦发财怎么又是世上最坑人的事呢？

你想呀，世人皆知，世上不如意事十之八九，这也就是说，人人想发财，而其中百分之八十到百分之九十的人发不了财。想发财，使出了九牛二虎之力，最后没发成，那岂不是落了个一场空吗?

一场空就一场空,豁达的人哈哈一笑:生来穷命,发不了财,拉倒了,该引车的引车,该卖浆的卖浆。能养活一家老小,自得其乐,认了。

其中也有人犯拧:你能发财,为什么我就不能发财?找人算命,命中无财,死了那份心吧,或者拿小镜子端详自己,鼻子没长好,鼻主财帛运:鼻梁不正,一生穷命;有骨无肉,一生活受罪。完犊子去吧,去外国整容,整出个好鼻子,晚了,一步赶不上,步步赶不上,没指望了,还是穷光棍一个。

于是,世上就有人专门研究发财的学问,这一研究,还真研究出理论来了,而发财学的第一分支便是做梦发财,做梦发财理论上最是通俗易懂,实践中也最是简捷明快。如此一来,做梦发财的故事也就最多,而做梦发财到一场空的结局也最好看。如是,老朽就记下做梦发财的三则故事,呈读者诸君品阅。文中一切胡言乱语,恭请家乡父老宽恕。

唯唯此言,老朽先在此谢罪了。

老河沿儿“飞来横福”

世上有“飞来横祸”一说,莫非还有“飞来横福”者乎?

有!

别处没有,天津卫有,老天津卫真有。

老天津卫何人遇到飞来横福之事?

老天津卫老河沿儿先生者,就遇到了飞来横福。

老河沿儿者，无家无业无居所，凿凿实实老天津卫穷员外一人也。

老河沿儿先生识得大字一斗，为人老诚，不存非分之念，早过知天命之年，无家无业，形单影只活在世上。有人说，老河沿儿先生好像有过妻儿，那一年发大水不幸罹难，葬身于波涛之中。也有人说，老河沿儿先生的老妻实在忍不住寒饿，毅然携子一起去了，从此没了消息。无论是怎么一回事吧，反正这些年人们就没见过老河沿儿先生搭在河沿儿上的窝棚里出现过第二个人影。如此，多少年来老河沿儿先生就一直住在河沿儿、睡在河沿儿，也就吃在了河沿儿。

住在河沿儿、睡在河沿儿没人管你，绝对享受个人自由；吃在河沿儿，谁养活你呀？没有人施舍你窝头白菜，天上掉不下来馅饼，老河沿儿先生如何活呀？

如此，年轻人就不知道了。天津俗称九河下梢，九条大河汇合成海河，由西向东奔流而去。河东河西皆是天赐的福地，天津人依河而居，靠水吃水，除非你有不良嗜好，诸如吸毒、赌博之类，好歹只要动动手，就不会挨饿。而这位老河沿儿先生连手都不必动，他过得也还滋滋润润，算得上是其乐无穷了。大家会想，海河里鱼虾成群，不必用渔船，立上一根竹竿，挂上个渔网，三下两下，一天吃喝就有了，还能换得一壶老酒。

老河沿儿先生不撒网，左岸不种高粱，右岸不种黑豆，就是海河的无限财富，养活了他这大半生时光。

封建时代不知有“治理”二字，皇帝老子住在紫禁城，往东两百里有个天津卫,天津卫设县,封了个县太爷,县太爷负责收捐收税。有人犯法,捉到县衙门,扒下裤子打屁股,由此天下太平,万岁万岁万万岁。

天津府这样偌大一个城市,住着十几万百姓,大河没有堤坝,下雨没有排水管道,随便一场小雨,大街成河,小路成洼,满城一尺深的薄泥,走出家门,双脚陷在泥巴里,用出吃奶的力气也拔不出脚来。

至于垃圾,更没人管了,每条胡同倒也有个垃圾堆,各家各户每天倒出的垃圾堆成山,有人按时将垃圾装大车运走,扔到哪里去?扔到河边就完了。河边堆积如山的垃圾堆,倒也养活了许多生计无着的穷苦人,老河沿儿先生就是此中一员。

垃圾堆里有菜帮子、尚未腐烂的食物、破衣服、一只一只的破鞋子,老河沿儿先生每天就是从垃圾堆里捡出些破衣服、尚未腐烂的食物,拿到更穷的人堆里换几个小钱,借以为生,活到今天,还对付着喘气吃饭喝水的。

这一天入夜,大马车倒垃圾的声音把老河沿儿先生惊醒。他急急爬起来,唯恐误了时辰,有用的东西被别人扒走。河沿儿没有灯,他急忙跑到河沿儿,凑到新倒的垃圾堆跟前,双手忙乎着扒拉。

今天的垃圾,太脏太脏了,垃圾堆散发出一股恶臭。唉,命苦,垃圾还有香的吗?捡些破烂衣服,有人收去,做鞋的作坊用来纳鞋底。果然好运气,粗一看,今天的垃圾堆里就有好多的烂布头。

什么地方扔出来这些破布头？管他呢，老河沿儿先生不就是捡破烂的吗？

捡了一大阵，运气不错，看着足有五六斤。一斤破布头卖给收破烂的，八分钱，心中一算，今天就要卖到五毛钱了。

忙乎一大阵，丰收丰收，太累太累了，坐下来歇会儿，装满一袋烟，打着火石，才要吸一口，哎哟，手上一股恶臭：捡垃圾，手还有香的吗？好在就在河沿儿。往下移一步，洗洗手，俗话说，放着河水不洗船，河水是不要钱的。

于是，老河沿儿先生往下动动身子，再弯下腰，手伸到河水里，没有肥皂，就多涮会儿嘛。

就这样，老河沿儿先生蹲在河边涮手，涮几下嗅嗅手，还有臭味，再涮再涮……

老河沿儿先生聚精会神地蹲在河边涮手，一艘大船远远驶了过来；抬头看看，这船好大，一看就是从远地方过来的。好在天津人见多识广，多大的船都见过。如今又是一艘大船，好像是从南洋过来的大船，见得多了，没什么好大惊小怪的。

只是，说不怪也怪，远远地，大船突然停住，一个人从大船下来，换到小船上，船夫摇着双橹向老河沿儿先生缓缓地划了过来……可能是向自己问路的吧，也好，好歹答上几句，至少也要给几个铜板。老河沿儿先生何许人，面对有人求到自己，故作镇定，依然不紧不慢地将手泡在河水里，一下一下地涮手，涮一下嗅嗅手指，再涮再涮……

“恭问官人早安。”

哦,大船上过来的人停在老河沿儿先生面前,恭恭敬敬地向老河沿儿先生施了一个大礼。老河沿儿先生头也不抬:我这里手指一股恶臭,你美滋滋地划小船过来,还施礼鞠躬,叫我什么官人,真是拿我找乐!官人有这么早蹲在河边涮手的吗?

“大官人在上,小民这厢有礼了。”说着,来人又向老河沿儿先生施了一个大礼。看见老河沿儿先生正要点烟袋,他马上送过来一个荷包:“请大官人尝尝爪哇国的上等烟叶。”

哦,爪哇国的烟叶,听说过没见过,听说那是袁世凯老哥的特贡品呀。

说着,来人取过老河沿儿先生的烟袋,给老河沿儿先生装上一袋爪哇国的烟叶。嚓地一下,来人划着一根小棍棍。老河沿儿先生吓了一跳,那小棍棍居然冒起火苗,哎呀哎呀,东洋南洋,光出各色的玩意儿。

老河沿儿先生见来人在自己面前如此低三下四,知道此人一定有有求于自己的大事,不就是问路嘛,南洋商船进入中国内河,这弯弯曲曲的河道早把他们绕迷糊了。

今天,老河沿儿先生打算狠狠地宰他一刀。

“有话直说!”老河沿儿先生没好气地抢白着来人。

“大官人在上,小民自南洋远道而来,不过是做点小生意,恳请大官人高抬贵手,给小民一些方便。”

“什么方便?大河驶船,你随便走呀,没有人设卡收税。”

“小民知道,小民知道。”

老河沿儿先生发现来人的身子已经有点哆嗦了。

“你哆嗦什么呀？既然来了，来者不善，善者不来，该怎么着你自己看着办呀。”

哎哟，黑话，官场黑话，明明告诉你没有不好办的事，应该怎么办，你自己看着办就是了。

“只是、只是小民自南洋远道而来，不知道天朝的规矩。”

“嗐，天朝有什么规矩呀，拿钱买路呗。”

哦，明白了，只要把钱拍出来，天朝没有办不成的事。

“官人好痛快，恕小民放肆，这里、这里……”

说着，来人将一只大元宝放到了老河沿儿大官人的面前。

“滚！”老河沿儿先生一声怒吼，将来人吓得扑通一声跪在地上。

“大官人恕罪，这里、这里……”说着，来人又掏出来一只元宝，这次可把老河沿儿大官人气坏了。

“你小子拿我找乐呀！你以为我没见过元宝吗？”

“大官人息怒，大官人息怒。小的身上只带着这点零锞子，只等小的做罢生意再回来，一定还得孝敬您。”

“少啰唆，快滚快滚。”

老河沿儿先生向来人吼着。

来人真吓坏了，全身哆嗦着跪在地上，给老河沿儿先生磕头：“大官人息怒，大官人息怒。”

“你还啰唆吗呀，滚，滚，开船走你的呀，从我这儿过去，你就吗事没有了。”

千恩万谢，来人将两只大元宝放在老河沿儿先生面前，回身返到大船上，扬起大帆，一船人扬长而去。大船经过老河沿儿先生身边,全船老少一齐跪在船上向老河沿儿先生磕头致礼。

嘿嘿,就这么一会儿工夫,老河沿儿先生身边就堆放下了两只大元宝,真的大元宝。太阳出来,一片刺眼的光,刺得老河沿儿先生眨巴一阵眼,再睁开眼,看见大元宝就在自己面前,哦,天下之大,无奇不有,老河沿儿先生发财了。

瞎掰吧,天下哪儿有这等奇事?

天下绝无此等奇事,只是此等奇事,天津有,天津真有。

天津真有这等奇事,明天我也蹲河边去涮手指,看有人往我身边放元宝不。

唉,此一时彼一时,放元宝的时代过去了。

可是,你得说说,那南洋商船,为什么将元宝放在老河沿儿先生面前呢?

一艘南洋商船,万里迢迢而来,好不容易驶进天国内河,看见一个衣衫褴褛的老人蹲在河边洗手,立即换乘小船过来,先是鞠躬施礼,随之送上两只大元宝,辞别而去,见鬼了。

如是,老河沿儿先生找到一位明白先生恭询此中莫非有些道理。

就是,就是,此等奇事莫说是读者诸君觉得不可思议,就连老河沿儿先生自己也晕头转向稀里糊涂想不明白。

明白先生听过,向老河沿儿先生解释说:“尔知彼南洋商船何以向大人恭呈两只大元宝乎?”

“不知。”

“我来说说此中缘由。”

“洗耳恭听。”

“那南洋商船的人向你施礼送上元宝时，尊称你为大官人。”

“是呀，他以为我是天朝大官了。”

“对了，对了，既然他称你为官人，那两只元宝就是向天朝官府送上去的买路钱，知道买路钱是做什么的吗？他送上买路钱，就是恳求天朝官府放他自由行走。”

“明白明白。”

“如此，他必有不能自由行走的缘故。”

“他何以不能自由行走呢？”

“他船上藏有私货。”

“哦，这是一艘走私船。”

“对了。只是他走私什么货物呢？鸦片？”

“鸦片，那是洋人大摇大摆，冠冕堂皇，操着洋枪洋炮，开着轮船运进来的，沿途大吏跪迎尚恐礼貌不周，何惧你一个在河边捡拾破烂的老河沿儿乎？”

“所以老朽我才一头雾水，百思而不得其解。”

“如此，大白话告诉你吧。这南洋商船走私的货物，是天下奇珍，沉香木也。”

“哎呀，那沉香木是天朝的贡品，民间藏有沉香木是要被杀头的。”

“对了，孺子可教也。”

运载沉香木，不得明放在船上，莫说是朝廷官员检查，就是沿途土匪也要下手先烧了你的船，再将你的沉香木洗劫一空。

“那他何以怕我一介穷鬼老河沿儿呢？”

“你不是在河边洗手了嘛，而且最重要的是，你不是洗手，是涮手指。”

“那有什么可怕之处？”

“你要知道，走私沉香木，必得将沉香木置于船底，只是那沉香木奇香无比，船在河中行驶，满河的河水都是奇香袭人。”

“哦，明白了，明白了也。”

他走私船在河中行驶，看见岸上一人正在嗅河水的味道，涮涮手指，再沾些河水，放到鼻子下面嗅嗅味道……哎呀哎呀，遇到老奸巨猾的官府行家了。眼看着小命完犊子了，停船，停船，快送上买路钱，天朝的事情好说，一个字——钱！

哈哈，老河沿儿先生飞来横福，做梦发财，确有其事了。

许小六小秃命苦

许小六者，家住天津南市大杂院。自幼懒散，一不肯上学读书，二不肯吃苦学艺。长到十七八岁，身无一技之长，手无缚鸡之力，只坐在家里啃老。

他爹卖煎饼馃子，虽然不是大生意，到底也能挣上一家人的吃喝。卖煎饼馃子是桩辛苦活，每天后半夜就得起床准备，磨浆、炸馃子、准备小料。一切准备停当，天时已到五点，赶忙推车上街。天津码头夜半船来船往，在码头卖力气扛活的苦力们,不到五点,人人举着煎饼馃子赶到码头,匆匆登船扛活。

许小六老爹看儿子不长出息,只好带着他一起上街卖煎饼馃子。也是小六命苦,没几年时间,他老爹一命呜呼,这份卖煎饼馃子的重担就落到许小六的肩上了。

到底长大了几岁，许小六终于懂得了一条人生大道理:原来这人生在世的第一要务,竟然是挣钱买棒子面,买了棒子面蒸大饽饽，有了大饽饽才能填饱肚皮；肚皮填饱了,才能娶妻生子。再往下,也许还有几步好运,说不定发笔小财,混出个人五人六来,招摇过市。

只是这许小六生来命苦,多少年一切好事都轮不到他的头上,明明逮着一只肥鸭子,才要咬一口,飞了。

天津民间有一句俗语,凡是一辈子沾不上好事,都叫“小秃命苦”。

许小六小秃命苦的故事发生在一九四九年一月十六日凌晨。

且慢,这日子听着耳熟,当然,老天津人有不记得一九四九年一月十五日是个什么日子的吗?一九四九年一月十五日是天津解放的日子,更是天津人民翻身做主人的日子。那个日子,许小六干什么了?

那时节许小六正在西马路卖煎饼馃子。

解放军围城一个月,炮声由远及近。中国人都知道,老蒋的天下已经完犊子了,解放军只等攻城,一声令下,天津人就迎来新时代了。

只是这一个月的日子太难太难了，满天津卫大小商店都关了门，倒不是怕解放军的炮弹。解放军的炮弹只往国民党守军的圈圈里打，民间社区平安无事。商店关门，怕的是国民党败兵抢劫。解放军攻进来了，国民党败兵四处逃窜，顺手牵羊，随便进来几个人，就把你一生辛辛苦苦挣下的一点家业洗劫一空。商店不仅关门上锁，还在门外砌上一道砖墙，谁也不会发现那道砖墙后面是商店大门。

老百姓苦了，没处买东西去了呀，粮食早储备下了，就是一时不够吃，好在邻里间也有个帮助。解放军快来了，解放军一来大米白面就都有了。

只是煎饼馃子实在买不到了，天津煎饼馃子天亮前出摊，如今正值三九，天寒地冻，炮火连天，谁肯把脑袋瓜子别在裤带上出来卖煎饼馃子呀！

偏偏许小六就出来卖煎饼馃子了。许小六不是比别人多一个心眼嘛，平时一套煎饼馃子五万元，别吓着，一九四八年天津煎饼馃子真他娘五万元一套，用的是金圆券。完犊子了，印着大总统玉照的金圆券满天空飞，没人要了。

许小六不是想发点小财嘛，满天津卫只有他一个人卖煎饼馃子，那就漫天要价了。头一天，一个倒霉的军官，官不小，肩膀上的肩章有好几颗星，好像是在逃跑的路上，拿手枪逼着许小六快快做一套煎饼馃子。飞机就要起飞了，军官心想，妈妈的，别人早早地都飞走了，就扔下我一个，最后一架飞机，连丈母娘都不让上。妈妈的，你们连五六个小姨子都带走了，我就一个丈母娘，才三十来岁，不让上飞机。买煎饼馃子，金圆券没有了，给你一根条子吧。哎哟，许小六发财了，一套煎饼馃子卖出了一根金条的价钱。

所以，今天早早地，许小六又出来了，若是再遇见一个倒霉的军官，娶媳妇的钱都有了。

等呀等呀，等了好半天，一个人影都没等来，可能带兵的军官都逃光了。突然，许小六眼睛一亮，一个人影慌慌张张地跑了过来，越跑越急，跑到许小六身边，一把将许小六抓住。许小六知道这小子想干吗，准是饿慌了。漫天要个价，一根条子，许小六是规矩孩子，公平买卖，还是昨天的价，一套煎饼馃子一根金条，物价保持平稳。

他抬头一看，今天这个倒霉蛋不是将军，官不大，肩章没星，只是手里提着一把手枪，看得出来，是临阵跑出来的。

哎哟，今天遇见鬼了，吓得许小六腿肚子转到前面来了："长官长官，我、我、我没钱……"许小六猜想这小子想劫几个钱，逃跑的路上买大饽饽吃。

"脱下来。"

一把手枪顶着许小六的脑袋瓜子，这个倒霉蛋命令许小六脱衣服。许小六是个何等机灵的人呀，这个倒霉小子，要看脱衣舞，准是在军官俱乐部看脱衣舞入迷了。妈妈的，你看错人了，我是大老爷儿们。

"脱，脱，脱。"

倒霉蛋一边逼许小六脱衣服，一边慌慌张张地回头张望。看得出来，后面解放军打进来了。

"脱，脱，脱。"

“脱吗？”许小六急了，直着脖子向对方问道。

“妈妈的，和老子装傻。”

说着骂着，倒霉蛋败兵把手枪顶在许小六脑门上，另一只手抓着许小六的大棉袄领子，使劲地往下拽。

“干吗干吗？”

许小六抓着大棉袄领子使劲挣扎：“你打算怎么着呀？我就是一个卖煎饼馃子的穷老百姓，你抓我干什么呀？”

“大棉袄！”国民党败兵向许小六喊着。

“大棉袄，大棉袄，这时候你要这玩意儿有吗用呀？”

“妈妈的，真你娘的傻王八蛋，快脱下来。”

许小六似是开窍了，明白明白，这个国民党败兵要我的大棉袄。

“好说，好说，长官，您老先把手枪放下，有话好好说。”

“没工夫和你啰唆，我就是要你的大棉袄。”

“我、我、我棉袄里面没衣服，多冷呀。”

“给你给你。”

说着，国民党败兵先脱下他的皮大衣，送到许小六面前。

哎哟哎哟，许小六到底是个明白孩子，这个国民党败兵要逃跑，逃跑不能穿着国民党的军服，他要换上一件老百姓的衣服。

保命要紧，许小六立即乖乖脱下脏兮兮的大棉袄，国民党败兵把他刚脱下来的军服披在了许小六身上。

“得了吧，爷，您不就是要我这件破棉袄嘛，快穿上逃跑吧，您老这件老虎皮，我不敢要，后边追兵眼看着追上来了，冲着您老这件军服给我来一枪，我、我、我小命就完犊子了。”

拜拜吧您嘞。

如此这般，三九寒冬，许小六光着膀子，哆哆嗦嗦拉着他的煎饼馃子小车，急急忙忙往回家的路跑去了。

才走出几步，突然一拍脑袋瓜子，哎呀，不好，丢了大棉袄不心疼，只是前天一套煎饼馃子换到手的那根金条还在大棉袄兜里揣着呢。

“喂！喂！”许小六大声喊着要追那个逃跑的国民党败兵。

东瞧西望，哪个方向也看不见国民党败兵的身影，这才不到一分钟的工夫，人就没影了。

“呸！”

许小六狠狠地啐了一口唾沫，更是狠狠地骂了一句：“妈妈的，小子跑得真快呀，再快，你也没有枪子跑得快。”

许小六小秃命苦，大棉袄被人扒走了，兜里的一根金条也他娘的落他手里了。

找他小子去，上俘虏营找他去。大棉袄我不要了，那根金条还给我。

…………

喊呀，喊呀。

那个吃煎饼馃子不给钱，还抢走大棉袄的国民党军官，早跑得没有影了。

许小六光着膀子哆哆嗦嗦拉着煎饼馃子小车跑回家来，一步闯进家门，把老妈吓了一跳。

“哎哟，儿呀，大冷天你怎么光膀子出摊？你那三面新的大棉袄……”

不等老妈说完话，许小六狠狠地一拍大腿，立即向老妈说道：“唉，别提了，大棉袄不值钱，大棉袄口袋里还揣着一根金条呢。”

“怎么，你还有金条？”

“唉，别提了。”

许小六一五一十地把昨天得手一根金条，今天又被人拐走的经过，对老妈详详细细地说了一遍。老妈看儿子为丢失金条万般悔恨的神色，便立即劝说儿子道：“嗐，是儿不死，是财不散，天上掉下来的钱财，留不得。外面兵荒马乱的，能平安回来就是福，算了吧。如今解放军已经进来了，那帮土匪终于恶有恶报，完犊子了。”

许小六早早睡觉，明天早早出摊卖煎饼馃子。再没有人吃煎饼馃子不给钱，还抢人家孩子三面新的大棉袄了，那个欺压劳苦百姓的社会完犊子了。

许小六小秃命苦，天上掉下来根金条，反被国民党败兵拐走，最后迎来了翻身过好日子的新时代，许小六的命不苦了。

张四连做梦发财

张四连做梦发财的传说荒诞不经，绝对无稽之谈。但老天津人绝对信以为真，而且有人见过此人，有人知道此事，谁不相信，他跟你抬杠，甚至跟你急，还骂你不是天津娃娃，不相信天津是一方遍地淌黄金白银的宝地。

张四连者，穷光棍一个，无家无业，无妻无子，是北马路宝和轩水铺送水的穷苦人，每天拉着一辆水车，挨家挨户地送水。那时候比利时自来水公司刚刚成立，自来水管道只通到有限的地界，一般居民区，每条大街有一处自来水龙头，这处地方建立一个水铺，谁家来挑水，收一份钱。说白了，就是代替自来水公司收水费的。

位于北马路西边的宝和轩水铺是一个大水站，除了看管自来水管道之外，还有几个人夫每天推着大水车给附近人家送水。送水自然要有报酬，一挑水，比自己挑水的水价贵十几倍。这贵出来的钱，有送水人夫一份，水铺更要收一份。

张四连就是一名送水的人夫，送水的人夫每人有自己的路线，张四连送水的路线是老城里南门内大街几百户人家。

送水的人夫收入极微，每天能挣上二斤棒子面就算日子不错了，所以直到快三十岁，张四连还没娶上媳妇。

天津送水都是早晨。天未亮时，送水的车子就咕噜咕噜响了起来。到了一户人家，水车停下，放满两大木桶水，吆喝一声“水”，推开院门挑水进去。好在天津人家的水缸都放在院里，将大缸倒满水，回头就走，把院门带上，也不收钱：钱是按月收。

这样的劳苦人，何以会一夜暴富呢？每天送完水，回到水铺倚着水铺外面的老槐树美美地睡一觉，再睁开眼，发财了——做梦去吧！

你还别不信，这样的事，就让张四连碰上了。

一天中午，张四连正倚在宝和轩水铺外面的老槐树上睡觉，就觉得有人摇他的脑袋，小声地询问："这位爷，您老是张四连老爷吗？"

张四连睡得正香，被人推醒，一脑袋瓜子不高兴，冲着推醒他的人就问："找谁？"

"我们找张四连老爷。"

"别拿我找乐，找张四连，我就是；找张四连老爷，你们哪儿凉快哪儿待着去。"说完，张四连又合上眼睡觉了。

"张四连老爷，张四连老爷，不是天大的事，我们不敢打扰您老人家。"

"我说，你们几个人吃饱了撑的，拿我一个穷光棍开的什么心？再不走，我可要出言不逊啦。"

"张四连老爷，您老息怒，这可是天大的事呀。"

说着，一个文质彬彬的人走上前来，毕恭毕敬地向张四连鞠了一个大躬，更毕恭毕敬地向张四连禀告说："张四连老爷，我知道您老一时高兴，到如此平民居所，享受享受在老槐树下小憩的清福。可是这桩百年的旧事，您也不能就此放弃了呀。"

"我说你这个人看着像个书生，该不是闲得难受，你跟我一个穷光棍找的什么乐？"

张四连站起身来，打了一个哈欠，重重地瞥了书生模样的人一眼，万般生气地向他说着。

"张老爷，张老爷，打死我也不敢和张老爷开玩笑呀。实言相告，我本是江南一个小书生，家里逼我进京赶考，也是命运不济,半路上遇见强人,将我洗劫一空,一步步好不容易快走到京城了,已经到了身无分文的境地。这一天,好歹吃上一个饼子,夜里无处安身,只好露宿街头。偏偏这一夜下起了暴雨，我匆忙中走进一处大院，这处大宅院门洞很深,正好可以避雨。一天无食,虽然饥肠辘辘,到底有了一处避雨的地方。只是后半夜我被饿醒,只听到门洞后大院里一片噼里啪啦打算盘的声音，我想这一定是一户富有人家,便想进去向主人讨块干粮。

“只是,我才走进大院,大院里的景象吓得我出了一身冷汗。只见这大院里各个房间灯火通明，透过明亮的玻璃窗，便看见各个房间里都有几位留着长白胡须的老人,都在认真地拨打算盘,明明就是在算账。我一时受饥饿所迫,便大胆推开房门,先向各位老前辈鞠躬致礼,并开口言道:‘各位大人请了,小可乃一江南小生,如今路过贵乡,不幸遭强人劫掠,只想向各位大人暂借几分银子,待我……’

“我的话还没说完，几位老先生便打断我的话说:‘小先生,你来得不是时候,我家主人外出多年,杳无音信,我们只是替他看管钱财,哪里敢做主借钱给你呀。’‘你家主人在哪里,我去求他。’‘我家主人如今不知游玩至何处,我们等他回来。你看我们一个个已到垂暮之年,他回来我们也应该告老还乡了。’‘你家主人是谁呀?我可以代你们寻访。’‘我家老爷大名张四连。每天在北马路宝和轩水铺门外晒太阳。’”

“他妈的!”张四连火了,跳起身来破口大骂,抡着胳膊就要打人。此时,坐在身旁的人立即好言相劝,连说:“既然来人说得如此真切,反正你也没事,你就随他去看看。如果此人取笑于你,到地方你再揍他也不晚。”

“也罢。”张四连说着,就要那人带他去那宅院,“走,到地方再说!你若拿我找乐,我可是挑水的人夫,抡起扁担来,当心你的小命。”

哈哈哈哈……说罢,张四连拉着那人就找他说的老宅院去了。

大步流星,穷书生引领张四连老爷一口气跑到他昨天晚上避雨的大宅院,才推开院门,一声喊叫吓得张四连老爷打了一个哆嗦。若不是有穷书生在身旁,张四连老爷几乎就要摔倒在高台阶下边了。

“张四连老爷回府!”

我的天,张四连不光是老爷,如今还“回府”了。

壮足了胆子,张四连老爷举步就往院里走,豁出一条穷命,大不了让老狗咬一口,回府就回府吧。

几个老用人簇拥着张四连走过门洞,穿过二道门,过假山,过小桥,绕过花圃,踏过遍地落花,终于走进正院。

“给张四连老爷请安。”

举目一看,张四连又吓了一跳,齐刷刷几十名账房先生跪在院中央。一位年纪最大的老先生,颤颤巍巍地向张四连禀告:“张四连老爷云游天下多年,我等在院中侍候多年。今天张四连老爷回府,也到了我们交差的日子。一切金银财宝都结算清楚,钱财就放在正房大木柜里,请张四连老爷过目。”

如此这般，这般如此，再一抬头，跪在地上的老先生们不见了，只看见各个房间里的金银财宝闪着点点光斑。张四连狠狠拍拍脑袋瓜子，没错，活着，醒着，眼前的一切一切都是真的：我张四连穷光棍发财了。

宝和轩水铺门外老槐树下一个月没看见挑水的人夫张四连的身影，突然有一天，一辆大马车丁零丁零跑过来，停在宝和轩水铺门外，一个仆人先下车，拉开大马车车门，躬身搀扶着张四连走下马车。再看这个穷光棍张四连，人模狗样了。

一挥手，宝和轩水铺他买下了，凡是宝和轩水铺挑水的人夫，每人发二十两黄金，宝和轩水铺掌柜的去账房领一百两黄金，重新看地方开一家买卖。这地方铲除旧房，盖起一片民居，满天津卫凡是没房子的老百姓每家一套新房，原来六扇门当差的衙役、县长和幕僚除外。

哈哈哈哈，全天津卫老百姓都乐了，只有原来做官当差的人后悔了。

无稽之谈，无稽之谈。

没有人信你的鬼话。只有老天津人说，绝对确有其事。那一年在工厂劳动，挖防空洞，挖着挖着，挖出一口棺材，好大好大，有人说是金丝楠木做的，一定是大富人家的棺材。找来找去，这户人家的后人来了，一问，是张四连的后人。你说说，谁说张四连做梦发财的故事是无稽之谈，是好事之徒信口开河编出来，写成小说，骗稿费的？

幸亏天津有一位高人，无事不知、无事不晓，此人名叫

“小神仙”,雅号“鬼难拿”,俗称“鬼难拿小神仙”。

据鬼难拿小神仙老哥考证,张四连做梦发财,确有其事也。

鬼难拿小神仙老哥说,张四连此人,家住西门外小西庄,在世时挂过千顷匾,是津门首富。其后人有出息,长子已经去世,二子、三子皆为国家栋梁。孙辈更是杰出精英,天天上电视,报上登照片,了不得也。

张家后人最了不得的人物,乃国家一级作家也。

那么张四连做梦发财,又是怎么一回事呢?

据一级作家考证,张四连人品好,每天往南门里一带人家送水。天津卫南门富、西门贱,南门里有好几户财主。就说张四连送水的这户人家吧,老两口没儿没女,张四连见这老两口孤单无助,每天送水之余,还帮助老两口扫院子买菜。邻居们都听老两口说过,挑水的人夫张四连可是好人呀。

每天早晨,老两口都在院里打太极,这一天,张四连挑着水桶走进院来,没看见老两口打太极,感到奇怪。张四连才要询问,就听见老太太在房里喊叫:“老爷子,老爷子,你醒醒呀!”再听,也没听见老爷子的声音。不好不好,张四连急忙向屋里大声询问:“奶奶,有用我的地方吗?”

屋里的老太太听见张四连的声音,万般着急地回说:“四连呀,你快进来看看吧,老头子不出声了。”

闻声,张四连一步闯进房来。一看,老头子果然出事了,脑袋瓜子歪在炕沿上,嘴也歪了,眼也斜了,嘴巴咕噜咕噜冒泡……不好,中国人说“紧痰火”,洋人说脑梗,赶紧抢救,晚一步就没救了。

老太太慌了，没主意了："四连呀，好儿子，你老爹的命就交给你了，你想想办法吧。"

"奶奶，我有什么办法呀？救命要紧！这样吧，我试试，听说河东一位先生，针灸专治中风不语。"

"你快去请医生呀，无论多少钱都行，请医生放心。"

"只是现在不是正发大水嘛，医生住河东，东浮桥让大水淹了，河上早就没有渡口没有船了。"

"哎呀哎呀，这可怎么办呀！"

老奶奶急得抓着张四连放声大哭。有人遇到难事，张四连一定挺身而出，刀山火海，在所不辞。

"奶奶，奶奶，您老别急，给我一条绳子，我摸着桥栏杆蹚过河去，把医生背过来。"

"哎哟，哎哟，儿呀，老爷子保住这条命就靠你了。"

如此这般，这般如此，张四连腰上系着一根绳子，摸着大桥栏杆，一步步渡过大河，来到河东，将医生背到南门里大街。一番针灸，老爷子坐起身来，唤了一声："儿呀，多亏了你呀，小鬼已经把我拉到阎王殿门口了，就听里面阎王爷喊了一声：'送回去，此人还有十年阳寿。'小鬼立马又拉着我回来了。"

哈哈哈哈，就这么一回事呀！

老爷子起死回生，张四连照常给这户人家送水。老两口表示感谢，给他什么金银财宝他也不收。张四连只说："见死不救，那还是人吗！"

东拉西扯，说了大半天，这和张四连做梦发财有什么关系呢？

有关系呀。

据一级作家考证，多少年后，一天早晨，张四连又推开这户人家的院门，走进大院，悄无声息。张四连想，一定是老两口睡沉了，于是故意咳嗽了一声。没有反应，他敲敲窗户，说："爷爷奶奶，天时不早了！"没人应声。他扒着窗子一看，不得了了，老两口安安静静地睡得好沉呀。张四连一下子明白了发生了什么事，立即跑到警察局报警。警察局来人闯进住房，没什么大惊小怪的，老两口驾鹤西去了。

警察看过情形，转身走了，把老两口的尸身留给了张四连。

张四连不避责任，老两口生前唤过自己儿子，那就尽孝子之责吧。当着街坊四邻的面，他打点老两口入土为安。完事后张四连转身要走，街坊四邻们张开双臂将张四连拦下，交给他一纸公函，上面有天津市和平区区公所大印。

老两口遗嘱：动产、不动产全部归义子张四连所有。

哎哟，哎哟，张四连做梦发财的事，你还能说是瞎掰吗？

天津好人许满堂

许满堂,何许人也?

许满堂乃天津警察署水上警察局东浮桥派出所一员,三等警察是也。

哎哟,水上警察,好差事呀。

警察署,二十世纪三十年代天津卫顶顶肥的差事。天津警察署署长,比南京政府财政总长宋子文老爷还肥。宋子文老爷家的大客厅,只相当于天津警察署署长大人家的小厕所。天津警察署署长大人家的醋瓶子都是翡翠的,天津警察署署长大人家满屋的摆设都是价值连城的文物古董。天津警察署署长大人吃炸酱面的饭碗,是秦始皇喝长寿不老汤的玉碗,还有刘邦当亭长时戴过的瓜皮小帽、项羽赐予虞姬绝命酒的夜光杯,一件一件都是国宝。最被视为镇宅之宝的,是赛金花娘娘坐过的小板凳,据说,那个小板凳,坐多久也不硌屁股。

哈哈,一笑,一笑……

天津东浮桥派出所，管辖着海河东浮桥一带地界。这地界，黑白两道共存共荣。

桥上车马，桥下行船。桥上白菜萝卜，桥下虾蟹鲤鱼。桥上人来人往，桥下魑魅魍魉。桥上光明正大，桥下不见天日。桥上行人，正人君子，教书的、写作的、编书的、印报的；桥下，行窃的、贩毒的、吃白钱吃黑钱的、玩轮子的（火车上偷盗的）、站街的、拉皮条的、开暗门子的，但凡不是人的勾当，都有。

东浮桥桥下生意，只有你想不到的，没有你买不到的。无论天上飞的、水里游的、地上跑的，只要你说出名来，绝对能够买到，就看你肯出多少钱。

有人得了怪病，要三岁的蛐蛐，原配。

配药。

哪儿买去呀？东浮桥。别着急，常来常问，来时间长了，就有人问你：‘寻’点吗？”天津人说“学”点吗。

“哎呀！憋死牛了，一对三岁的蛐蛐，原配。”

“哎呀！早说呀，昨天刚过手一对。”

有门。

这就是桥底下的买卖。

桥底下的买卖，最缺德的生意是配阴婚。一户人家的女儿死了，要配个雄鬼，好办，绝对门当户对。商人家庭，配做生意的；读书人家的，配秀才人家。然后合八字，换帖，定日子成婚，做法事，一条龙服务。

世上光明正大的生意不过一二，一大半的生意，都在桥下。

在这个世界里混事由，好人三天变恶鬼。看见一个人拉着一个大姑娘走到桥下，一倒手，被另一个人拽走了，光天化日之下绑架良家女子，难道天津卫没人拔刀相助吗？

拔刀相助？你敢喊一嗓子，一根棍子抡过来，废你一条腿，那时候派出所不管，自己花钱看病去；装看不见，说不定，恶人走过你身边的时候悄悄塞给你五毛钱，你敢不收，也是一条腿。

管辖这一片地界，有好人吗？

有！

此人就是天津好人许满堂。

…………

见义勇为的事，许满堂没干过，他知道自己没那份能耐。你抓小偷扭送警察局，办完手续，你从警察局出来，那个刚被你扭进来的小偷，正在警察局门口小摊上吃锅巴菜呢，你说惹那个麻烦干吗？

但许满堂在岗的时候，东浮桥一带，绝对治安良好，没人在许满堂眼皮子下打劫财物，更没有发生过打群架杀七个宰八个的恶性事件。每天早晨东浮桥两岸，欢声笑语，遛鸟的、吊嗓子的、打太极的，平平安安，绝对没有人故意往地面上扔西瓜皮，看老头儿们滑倒的倒霉乐。

东浮桥河边，什么人都有，见了好人多搭讪，见着恶人数落几句，有打架的劝开，天津人和睦相处，平安是福。

…………

东浮桥河岸，一帮小无赖，合伙在河边练七步神拳。

七步神拳是种什么武功？七步神拳又叫七步索命拳，绕着对手走七步，能要了他的命。

这是杀人不见血的黑拳，干的是脏活。

东浮桥下练习武功，千奇百怪，五花八门，人山人海，这儿一群，那儿一伙，练功的人都夸自己练了一身功夫，扶正祛邪，健身强体，补气、养血、滋阴、助阳，强身立国。对于如此诸多武功，许满堂绝对支持鼓励，你无论如何喊叫，许满堂绝对不会制止。有人功夫不到家，小武把子翻跟斗，眼看着从河边翻下来要掉河里了，危险！许满堂跑过去扶一把。跌倒了，拉起来，拍拍身上的土，还嘱咐练功不能急，不能一口吃个胖子，得按部就班，不可着急。

在东浮桥边值班，对于练功的人群，许满堂不敢靠近，更不敢掺和。他观察了许久，闹不明白这是什么功，更闹不明白这些人练这种武功有什么用。他只是远远地看着，不敢询问。

许满堂闹不明白的两大神功：一是十几个人聚在一起练习的七步神拳，二是“甲乙经”。七步神拳，打拳而已，一个绰号叫“大龇牙”的青年，不到三十岁，身子骨强壮，大扇子面胸膛，八块腹肌，领头喊号“天——地——人——鬼——”如何如何，众人随着他的喊号，一步一步跺得河堤梆梆响。

许满堂只是闹不明白，这许多人每天早早来到东浮桥边，一个个又喊又闹，最后累得人人满头大汗，摔得龇牙咧嘴，说是健身，何必那么玩命呢？

练习“甲乙经”要清心寡欲，不问人间冷暖，这群人面相斯文，练的是内功，不东瞧西看，心静神定，看着是一种真功夫。

而且这些人还纪律严明，不收新人，不和看热闹的人搭讪。练功之前，先站成一圈，抱拳施礼，口中默默祷念，难怪自称神功，其中必有机关。

许满堂遇事用心，在河边走来走去，细心观察练习武功的人们。他发现练习七步神拳的人，圈子外立着一面旗子，上面绣着八个字“七步神拳，国泰民安”；再看练习“甲乙经”的人群，圈外也立着一面旗子，上面也绣着八个字“甲乙神功，天下太平”。

哦，原来他们都身负重任，一个要国泰民安，一个要天下太平。再看大龇牙，在两伙人之间跑来跑去，明明就是两边的老大。

没错，许满堂看出端倪来了，世上凡是打出旗号来的事情，都是在兜揽生意。他两家，一个国泰民安，一个天下太平——他们做的是什么生意呢？

许满堂发现河边时常有人找大龇牙，好像不是老朋友，见面相互敬烟，还神秘地塞点什么，一番推让，最后收下了，名正言顺，受之无愧，如此，大龇牙一定是做生意。

细心观察，也有人来到河边向许满堂打听：“伯伯，劳驾您老，打听个事，说东浮桥河边有家摆平公司……”

哦，摆平公司！

顾名思义，摆平公司，就是摆平万般不公之事的公司。

这世界不公之事太多了，棒子面涨钱，公平吗？拉屎撒尿的公共厕所收费，公平吗？不公平，找摆平公司来呀！摆平公司只管管不了的事，马路上一个人冲我骂娘，摆平公司派人过去冲着他也骂一声娘；有人踩我脚了，摆平公司派人过去踩他的脚。摆平嘛，一切不公平的事都要摆平。

摆平公司只管这些芝麻谷子小事，大事绕开走。张作霖和段祺瑞打仗，摆平公司不闻不问。张作霖是奉系，山海关以外是他的地盘，他跑进关来，和人家段祺瑞争天下？难道摆平公司出面劝几句："不都是吃杀人放火饭的吗？好说好商量，差不离就拉倒吧！你们看看天津卫满城是逃难的灾民，没吃没喝，围着麻袋片，睡在河堤上，人心是肉长的，你们的心是铁疙瘩吗？"

听说，摆平公司也干过几桩露脸的活。

一家公司，向一家银行借了一大笔钱，赔光了，不还钱。这家银行找到摆平公司，摆平公司一出手，当天下午那小子提着大皮包乖乖把钱送回来了。银行感谢摆平公司，摆大席。银行的人向大龇牙总管致谢："辛苦辛苦！""嗨，辛苦吗呀，我让那小子坐在椅子上，我说：'我绕着你走七步。'那小子笑了笑：'你走呀，你走到劝业场，一万步，别吓唬人，世上吹破天的人见多了。'嘿！我才走过去三步，那小子㞞了，立马从椅子上站起来，连连向我鞠躬说：'我还钱，我还钱。'"

他还接过"甲乙经"的买卖，只一根手指，俗称"点穴"，只冲着他的致命穴一点，立马，人瘫在地上，服了服了。

"甲乙经"是什么神功呢？

是专门研究针灸穴位的学问,《甲乙经》书上说,人身上有一百零八个穴位,其中回阳穴位三十九个,更有致命穴九个,所以研究针灸穴位既可以挽救生命,也可以置人于死地。东浮桥河边研究"甲乙经"的一伙人,有人研究回阳穴,也有人研究那九个致命穴。许满堂每走过这些人身边时,总唠叨几句劝劝:"散开散开,锻炼身体,不可窝藏黑心,练功先立德,'甲乙经'一招一式暗藏杀机,练不得呀。"

"你懂吗?先知道致命死穴,才能研究救命之术。"

"凭良心吧!人在做,天在看,苍天有眼,报应在眼前。"

…………

冬天的一个早晨,许满堂执勤,按时来到东浮桥。见到遛鸟的老头儿,他点点头,叫一声"王伯伯""李大爷",问一声"吃了吗""偏您了"。和气生财,一天痛快。

今天,许满堂起冒了,天还没亮,早早出来,进"大福来",一碗锅巴菜,一个大烧饼,一根油条,日子不错。吃罢早点,他哼着"一轮明月",往河边走。昨夜一夜大风,除了几位梨园界吊嗓子的朋友,连遛鸟的大爷都没出来。反正,无论什么大风大雨,水上警察得按时上岗。

东浮桥两岸安安静静,许满堂的"一轮明月"也唱完了,有人喊了一声"好",许满堂接上那声"好",默默补充了三个字——"不要脸",变成"好不要脸",哈哈一笑,算是自谦。

咦,奇怪,河岸上一个从来没见过影的生脸,默不作声地蹲坐在地上,不时还重重地捶脑袋瓜子,明明有什么过不去的事。走近看看,这人身后一溜深深的脚印。不对,许满堂经历过这等恶事，凡是来河边寻短见的，都是深夜来到河边，走过来走过去，舍不得往下跳，可是，不跳下去，又没有别的路呀。

仔细看看，一个倒霉蛋，一身好穿戴，水獭领子大衣，里面露出西服，雪白的衬衣领，脚下一双沙船牌锃亮大皮鞋，头发油光黑亮，全身一股法国香水味。少爷秧子，他见识过。前几年就是这么一个倒霉蛋，在自己眼皮子下面跳大河了，喊兄弟们救上来，还死命挣扎："不活了，不活了，我没脸活了，老爹的买卖全让我输光了……"

兄弟们一听，狗食盆子，一气之下，一撒手，他又掉河里了，您猜怎么着，扑腾几下，他自己爬上来了。

今天，又是个什么倒霉蛋呢？

别管是什么倒霉蛋吧，人命关天，许满堂动了恻隐之心。

许满堂知道，遇到自寻短见的人，千万不可贸然向他靠近。他那里正犹豫不决，突然看见有人向自己跑来，纵身一跳，扑通一声，一命呜呼了。

心里有了准备，许满堂若无其事地在河边慢慢走着，走到靠近那个倒霉蛋的时候口中默默自语："唉，大冷的天，坐在河边干吗？找豆腐坊喝碗豆浆暖和暖和身子，多好。"

正像上面说的那样，倒霉蛋一听见后面有人说话，一吓，跳起身来，扑通一声，跳到河里了。

许满堂手疾眼快，伸出胳膊抓住倒霉蛋的衣服，只是为时已晚，人跳下去了，只把那件水獭领子大衣抓在了手里。

"救人！救人呀！"

许满堂喊声未落，河边几个戏班练功的小武把子已经七手八脚把倒霉蛋举出河面了。

倒霉蛋肚子灌得滚圆滚圆。

天津卫好人多，遛鸟的大爷也围上来了。“快，快，送医院，对岸就是水阁妇科医院，不就是灌了个水大肚嘛，妇科医院大夫医术好，没有折腾不出来的东西。”

立马拉过来一辆三轮车，武把子们把倒霉蛋抬上三轮车，呼的一声就拉走了。

就在三轮车拉着跳河的人往外走的时候，爱看热闹的大龇牙凑过身来，拨开众人俯身一看，哎呀一声喊了一句：“原来是他呀，我早说这小子迟早得跳大河。”

谁呀？

此人名叫杨半城，天津四大公子第一名，家里有钱。他老爹杨八里，天津卫方圆八里地之内，买卖、良田都是他们家的财产。杨半城自幼上学读书，中学毕业，他老爹打算送他去英国留学，他不去。他迷上了跳舞，是天津维格多利舞厅每天垫底的锅底子——什么是锅底子？就是做米饭煳在锅底的那层锅巴，那是人家跳得好呀，什么探戈、伦巴、华尔兹、狐步舞、恰恰、布鲁斯舞，没有他小子跳不上来的。一次去巴黎参加交谊舞大赛，他小子竟然得了第一名，气得全世界舞星凑钱雇杀手要刺杀他，幸亏他随身带着保镖，保镖身怀“甲乙经”、七步神拳的神技，这才保护着他平安回来。

还说杨半城的事。一个多月前，杨半城一天早晨，突然来到东浮桥，穿过密密匝匝的人群，径直走到大龇牙面前。见到大龇牙，他二话不说，咚的一声直挺挺跪下身来，咚咚咚，磕了三个头。

大龇牙吓坏了，心想别是疯了吧，急忙将杨半城扶起身来：“哎哟，哎哟，杨少爷，您老这是干吗？”

“恩师在上，受小徒杨半城一拜。”

“干吗？干吗？”大龇牙赶紧向杨少爷问着。

“我跟您老学艺。”

“我会吗？”

这时候，京戏《文昭关》风靡天津卫，四大须生之一的杨老板一段西皮流水“一轮明月”醉倒天津人。大龇牙半拉嗑叽跟着哼两句，幸亏没被杨老板听见，杨老板若是听见了，非得派人把他掐死不可。

“您跟我学《文昭关》呀？就我这破锣嗓子，您老这么有钱，找杨老板去呀，听说每天求见杨老板的人排成长龙，拜师礼，四百大洋，就学‘一轮明月’。磕个头就是名师亲传、关门弟子，上了扎靠就是名票，您老找杨老板去呀！小半辈子，头一遭有人向我学‘一轮明月’。这不是糟改吗？”

“大哥大哥，我不是拜您为师学‘一轮明月’的。”

“您找我学吗？”

“七步神拳。”

“啊。”听说来人要学七步神拳，大龇牙吓了一跳。他抬头看看来人，微微一笑：“我是粗人，说话没轻没重。”

“有话您老直说，我听着。”

“好吧，您老站稳当了，我可说了，您老听着不顺耳，随便抽我大嘴巴子。”

“不敢,不敢,在下就是向您老学七步神拳来的。”

“就凭您老这身子骨?别怪我不会说人话……”

“您老直说,您老直说……”

“说吗?就凭您老这副身子板,痨病腔子一个,想学七步神拳?我伸一根小手指头,把您拨拉一个大跟头,有罪有罪。”

“我、我、我不跟您老学七步神拳。”

“您想学吗?”

“我学‘甲乙经’。”

“呸,”大龇牙狠狠地往来人脸上吐了一口唾沫,大骂道,“玩蛋去!”大龇牙上了“子曰诗云”“之乎者也”文明词了。

“你学‘甲乙经’,学那九个致命穴位,一下戳住,要了人的小命。”

“哦哦哦,对!”

“对你娘个屁,你把我们习武的人看成阎王殿的索命小鬼了,杀人不见血,干脏活,下毒手,横行霸道,我可是憋着一口气,等我这口恶气冲上来,我把你小兔崽子‘卸’了。”

卸了,就是把一个活人拆散了,把人大卸八块。

话声未落,大龇牙一个拳头过来,来人倒是好眼神,一溜烟,跑得没有影了。

…………

救人的三轮车跑远了。“大氅,大氅!”天津人叫大衣为大氅。许满堂大喊,跳河的倒霉蛋的大衣还在自己手里呢。

规规矩矩把倒霉蛋的大氅送到水阁妇科医院去吧,许满堂抱着倒霉蛋的大氅往医院走。走着走着,发现顺着大氅衣袋滑出来一件东西,捡起来一看,一封信。好像写好没多久,装在信封里,还没写收信人的姓名、地址。拿着吧,到医院交给倒霉蛋,由他寄出去吧。

走着走着,迎面走过来送倒霉蛋去医院的小武把子们,正好,把信交给他们,省了自己再跑一趟。

武把子们才把那封信接到手里,呼啦啦,河岸边练七步神拳的十几个人围了上来,一伸手,把信抢走了。许满堂见状大喊:“那是人家的私信,不许偷看,偷看人家的私信,是不道德的行为。”

“嗐,哪里这么多讲究,小命都快完犊子了,还有什么隐私?看看倒霉蛋为什么跳河,准是在赌场把老爹的家当都输光了。看看,有乐!”

可惜可惜,练习七步神拳的小子们,无人识字。只有领头的大龇牙读过《三字经》《百家姓》,抢过这封信,先咳嗽一声,亮亮嗓子,立即大声地读了起来:“美丽,美丽,我的美丽。”

“吗玩意儿?美丽不是好看嘛,有给美丽写信的吗?”

“瞎嘟囔吗?在老英租界,戈登堂对面,维格多利舞厅刚挂出来的牌子,上海舞女——爱美丽小姐到津献舞,雪佛莱汽车接送。”

“哦,这倒霉蛋小子和爱美丽小姐有一腿,艳福不浅呀。”

“听着,别打岔。”

“美丽,我的美丽,当你看到这封信的时候,那个被你抛弃的大男孩已经离开这个无望的世界了。”

“吗意思？”

“自己琢磨去。”大龇牙接着念。

“你不要以为我已经破产，一文不名，大东银行董事长的家族，永远不会山穷水尽。母亲将她的首饰匣给了我，告诉我里面有翡翠手镯三件、二十克拉钻戒五枚。大东银行已经和我签订合同，再次向我投资四百万元，无须多久，我的公司就要重新开业。想到你目前的经济困境，你找到戈登堂牧师，他会给你一本大东银行支票，你可任意使用，待我处理完此间诸事，我将接你去惠中饭店原来包房，共叙旧情。”

读到关键处，大龇牙眼睛一亮，念不出口了，众人催促：“接着念，接着念。”大龇牙看看许满堂，问了一声：“还念吗？”许满堂反问：“介有吗不能念的？”大龇牙回答说：“不是我不往下念，下边是人家二人的秘密。”

一听说秘密，众人更来了精神，一把将那封信抢过来，大龇牙不松手，挣扎着，抓着那封信跑没影了。

一会儿，又听见有人喊：“平分，平分。”许满堂猜想一定是钱财上的事。追不上，许满堂只得在那群人后面大喊：“都是规规矩矩诚实孩子，见色生淫、见财起贪的事，不能做呀！”

许满堂喊着，一群人围着大龇牙跑远了，大龇牙还摇着手中的那封信，喊着：“平分，平分，谁多贪一分钱，谁就是孙子！”

钱财的事，使这帮人起了贪心。

哎呀哎呀！莫看大龇牙一伙人在习武时心怀真诚，说不定在财色面前就可能动心。许满堂后悔没有追上大龇牙一伙人，没有好好嘱咐他们万万不可动邪念。

一晃十几天，东浮桥两岸没看见练七步神拳的小无赖们，起初许满堂没往心里去，觉得他们可能出门各奔前程去了，七步神拳有什么用，赚钱养家是正道。

这帮小无赖哪儿去了？最近也没听说哪儿有打群架的消息。这些小无赖不到东浮桥来，只要不惹祸，他们迟早得露面。

情况不对，各家的家长们找到东浮桥来了。

“许伯伯，没看见我们家大龇牙吗？”

“我也好几天没见着。”

又过来一位。

“许伯伯，看见我们家八里臭了吗？”

“我也琢磨，这些天他们哪儿去了呢？”

又过来一位。

“许伯伯，看见镇山虎那小子了吗？就是天天在您眼皮子下面练功的，十八岁，总穿着练功的小皮坎肩的。”

不对，不对，这帮小无赖怎么一起都不见了呢？跳河了？他们没靠上爱美丽小姐他们舍得跳河吗？下个月大龇牙他娘给他娶媳妇。八里臭他老爹病在床上，他跳河，他老爹交给谁呀？许满堂坐不住了，虽然小无赖们失踪与自己无关，但是这群人真若是结伙晃荡，说不定就要惹祸。借着在东浮桥早晨上岗的方便，许满堂逢人就问：“老哥，见着大龇牙了吗？见着八里臭了吗？见着天不怕了吗？见着镇山虎了吗？”

反正都是天津卫有名有姓的人物。

“没见着。”

好在东浮桥就是天津卫的《大公报》，上至军阀混战，下至棒子面涨钱，每天早晨遛一趟，天下大事，全知道了。

“许伯伯、许伯伯，听说前几天水阁妇科医院收了十几个外伤急诊，说是让炸雷子炸了。”炸雷子，就是地雷，那家伙厉害，一个人踩上地雷，十几个人一块丧命。

“哎哟，哎哟，出大事了，好好的天津卫什么地方会埋着地雷呀？”

许满堂不辞辛苦，早晨下岗，一溜烟跑到水阁妇科医院。

“前几天是收了十来个外伤吗？”

“别提了，一个个满脸乌黑，活赛‘黑李逵’，说是在什么地方拉响了一个炸雷子，幸亏没炸开，若是炸开了几个小子全没了。”

“说也奇怪，他们拉开的炸雷子，炸开之后喷出一股黑烟，黑烟喷在十几个人脸上，眼睛也睁不开了，一群人抱成团跑到医院，吓得都不会说话了，急救了半天，领头一个叫大龇牙的，说是炸雷子炸的。”

三步并作两步，许满堂一溜烟跑进病房，大喊道：“大龇牙！”

“许伯伯，我在这儿。”

病房大厅墙根处，站起来了大龇牙。许满堂看看，小脸已经洗干净了，两只眼睛被药布蒙着。一股强烈的药水味，呛得许满堂喘不出气来，他忙问：“没事吧？”

“没事没事，我还以为两眼炸瞎了呢，妈妈的，拉响了地雷，没炸，冒出一股黑烟，谁也没跑开。”

“怎么一回事？”

“嗐,别提了。”

那封信念到最后,那个倒霉蛋小子还怕爱美丽小姐一时缺钱,告诉她,他把老娘的首饰匣子偷出来了,里面有翡翠钻戒,都是值钱的宝贝,首饰匣子交给维格多利舞厅门童吴小六。倒霉蛋小子告诉爱美丽小姐，维格多利舞厅散场之后，向吴小六要首饰匣子，回家将里面首饰取出来变现,够她花的。

“他们几个小子起了贪心,把首饰匣子骗到手,拉开首饰匣子箱盖,轰的一声,地雷炸开了。”

“炸了？”

“真炸了,小兔崽子们早完犊子了。”

“没炸？”

“假地雷。”

“天津卫还有做假地雷的？”

“有,别处没有,天津卫有,天津卫真有。”

大龇牙告诉许满堂:“假地雷没装芯子，拉开首饰匣子盖,轰的一声,喷出来一股黑烟,喷到脸上,烫得人嗷嗷叫,黑烟烫着眼睛,火辣辣的,睁不开了……许伯伯,都怪我们不听您的话,见色生淫意,见财起贪心,遭报应呀！”

…………

假地雷,拉开芯子,没炸,喷出一股黑烟。这事蹊跷,许满堂回家向他老爹说。他老爹听后放声大笑:“真是无巧不成书,这桩怪事怎么让你遇到了？这个假地雷是我做的。”

“怎么？您老会做假地雷？”

"哈哈哈哈,你听我说呀,原来袁世凯在小站练兵,我是火器营大工匠。袁世凯死后军阀混战,我跟段祺瑞到江西军械所,我拿手的手艺就是做地雷,想怎么炸,它就怎么炸。

"上个月维格多利舞厅门童小六找我来了。小六忙呀,在维格多利舞厅门外看门,舞客们坐汽车来了,他拉车门,再拉开舞厅大门,看着舞客进去,还得冲着舞客屁股大鞠躬。门童没有上工下工的时间,老板舍不得招人,说不定派你在门外站三天三夜,敢说困,就让你滚蛋。这年头有个事由多不容易呀,小六就这么忍气吞声地干着,站累了身子一歪,老板看见挥起胳膊就是一个大耳光。每次,维格多利舞厅找我去修理什么机器,他也只是向我点点头,立马就招呼舞客去了。

"虽说认识小六多少年了,但他和我从来没有交情,那天他突然找到咱家来,吓了我一跳。"

"吗事?"

"没工夫拉闲篇,开门见山,我猜他一定有要紧事。

"小六把一个小木头盒子放在地上,对我说,一个舞客,维格多利舞厅的锅底子,天天抱着舞女爱美丽小姐跳到散场,舞厅打烊了,两个人手拉手一块去惠中饭店包房跳舞。维格多利舞厅的舞客们都知道,这位爷养着爱美丽小姐,可花了不少钱。

"我问他:'这跟你有吗关系?'

"他说:'本来没关系呀,人家有钱,爱怎么造怎么造,可是、可是昨天他突然交给我一个小木头匣子,小匣子很精致，一看里面就是有值钱的东西。把小匣子交给我之后，这位爷对我说，明天等舞厅打烊，爱美丽小姐从舞厅出来，她会向我要这个小匣子，也许她太忙，会派人拿着他一封信找你要这个匣子，到时候你把小匣子交他就是了。’

“我就说，你按着他吩咐的话做就是了。

“他又说：‘可是，许大爷，在这地方当差不是得多长个心眼吗？我一琢磨，不对，他们两人这么好，白天晚上形影不离，什么东西他直接交给爱美丽小姐不就完了嘛，何至于还要我多一道手？’

“小子，你机灵。

“不对，上个月渤海大楼，一个人抱着一团鲜花，交给老九，让他把这花送到三楼一个房间，交给一位于老爷。老九傻轱辘，按着来人的吩咐，抱着大鲜花上楼，走到楼上，敲开房间，还问了一声：‘您老是什么什么老爷吗？’对方答应一声：‘吗事？’他就说：‘一位先生给您送了一大束花。’那位老爷接过来鲜花，就听轰隆一声响，炸弹爆炸了，两条人命。记者们赶来了，又拍照，又写文章，说是被炸死的老爷是个财主，送花的也是一个老板。这个老板欠着那个老板一笔钱，人家催得紧，他小子又没钱，干脆，给你来个炸弹吧。缺德的是，他们你炸我我炸你，一对王八蛋，为吗把人家老九拉上？缺德呀！人家老九一家老婆孩子怎么活呀？”

于是，小六抱着小匣子找到许满堂老爹家来了。

这是谁和爱美丽小姐这么大的仇呀？

嗐，满天津卫都传开了，维格多利舞厅老锅底子，从舞厅开门到舞厅打烊，他一分钟不闲着，就是搂着爱美丽小姐转圈。刮风下雨，连乐手都请假，就是只有一个舞客，也是他。

家里有钱，他老爹是大东银行股东，姓杨，叫杨八里，天津卫八里地之内，良田、买卖，都是他们家的，到了他儿子这一辈，更发财了，叫杨半城。就是这位少爷，迷上了爱美丽。

别的就别说了……

没两年，也是上个月大东银行股东杨八里登报声明，自即日起，杨半城一切行为，与杨八里无关。

完了，您想呀，这种人不就是靠爹吗？老爹把他踢出家门，就只有跳河一条道了。

…………

于是，这才有了小六抱着一个首饰匣子找到许大爷的这宗事。

小六千嘱咐万嘱咐许大爷："杨少爷说别拉开首饰匣子。"许大爷接过首饰匣子，一掂，里面有东西，先把小门童支出去，一个人关上房门。

"我先把火芯子拆下来……"

"等等，您老把那颗炸雷子拿出来了，扔掉不就完了吗？"

"咱不得给小六留条退路嘛。有人把装着炸雷子的首饰匣子交给你，等有人把首饰匣子拿走，拉开，没炸，炸雷子没了，盗窃军火，事大了，抓进去，至少十年。"

"您老仁义。"

"我把炸药倒出来，买两包黑颜料，掺上半斤棒子面，又把炸雷子放回去，等着吧，爱美丽小姐，这回你就不美丽了。

“这桩倒霉事，怎么让那帮练七步神拳的小无赖遇上了？”

“哈哈哈哈……”

后来呢?

后来就没事了,那个倒霉蛋跳河被人救上来,呛了几口水,三九天水又凉,送回家,他再也不跳河了,他老爹把他踢出家门,走投无路,他跑王庆坨倒卖山芋去了。那个爱美丽小姐跟着一个外国人跑到巴黎，听说那个洋人把她卖了,也没消息了。只有他们几个小兔崽子,一人一个乌眼青。

烧钱的、贪财的,一块“现”吧(现世报也)。

…………

哈哈,许满堂父子做下许多好事,在天津卫留下了好名声,后来许满堂住的南市大杂院街道改造,重新起名,就叫满堂大街。

有时间我带你们逛逛。

纯正的“津味”
——读林希新作四篇

○ 贺绍俊

又读到了林希的小说,特别的惊喜!

记得三四十年前,我在《文艺报》做编辑,我们几个年轻编辑特别喜欢林希的小说,只要在刊物上发现了林希的新作,便欣喜若狂,大家争抢着先睹为快。为什么这么喜欢林希的小说?就因为林希小说有着地道的“津味”!一九八〇年代和一九九〇年代,京味小说和津味小说作为两大地域文化风格的小说流派,十分风光。但是当代文学的变化真是翻天覆地,各种新潮奔涌而来,人们逐渐对地域文化风格的小说不感兴趣了,津味小说也就被边缘化,再也不像三十多年前那样风光了。这次读到林希的新作,便有一种津味小说又回来了的感觉。

林希在《天津文学》上相继发表了四篇小说,分别是《流浪汉麦克》《哈罗,县太爷》《“黑心我”心不黑》《大太子列传》。不得不说,林希仍然写的是纯正的津味小说!

纯正的津味就是把天津特色原汁原味地呈现出来。林希对天津的地域文化有着精准的把握，他在《沽上纪闻》开篇的“引子”里就把天津地域文化的特点说得清清楚楚。在他眼里，天津曾是一个风水宝地，天津人则是友善的好人：“土著民众依沽而居，或耕或织，或商或渔，和睦相处，温饱即安。津人天性和善，吃苦耐劳，邻里和睦，市风肃正，果然人间福地也。”自从近代开埠以来，天津“领西风之先”，成为世界繁华大都市，“每日皆有感天动地的表演”。从林希的分析中可以看出，天津在近代是中国传统文化与西方现代文化这两条大河直接汇合的关键点，因此会产生很多的奇人奇事。我们又在这些奇人奇事上看到中西文化相碰撞的痕迹。林希在过去的小说里就突出天津之奇，塑造了一批以中国和西方两种文化共同打造出来的奇人，绘出了一幅代表天津文化特色的奇人图谱。这幅图谱并没有穷尽，因此林希再次动笔写津味小说时，必然要在这幅图谱上增添新的形象。他的四篇小说中，就有三篇专写近代天津的奇人。《流浪汉麦克》写了一个想到中国来轻松发财的洋混混；《哈罗，县太爷》写了一位要以中国的《奇门遁甲》对付洋人淫词邪说的大儒于之乎；《大太子列传》写了一个情商智商皆为负的纨绔子弟大太子；《“黑心我”心不黑》写的同样是一个奇人，只是时间挪移到了中华人民共和国成立前的革命年代，写的是一个能在珠宝行业里混吃混喝的大闲人“黑心我”。

写奇人不是为“奇”而“奇”，通过这些奇人，林希揭示了天津这座城市的历史价值和人格魅力。比如在《流浪汉麦克》中，麦克不过是一名在德国只能当乞丐的混混，为什么冒出念头要漂洋过海到中国来？就因为“中国刚刚敞开门户，商机多，无论做什么生意都能发财，于是许多外国投资失败者就跑到中国来碰运气”。而天津在当时应该是中国最有胸怀接纳来自各国的冒险者的，尽管在这些冒险者中不乏“带着资金带着技术来中国开办实业”的，但也有像麦克这样的洋穷光蛋。小说写了麦克凭借自己洋人的身份轻松地发财，也写他一瞬间又被打回原形，失魂落魄地又要另外去找饭辙。小说就这样既嘲弄了洋混混麦克，又展示了天津的包容性。《哈罗，县太爷》涉及的是中国和西方文化的交锋。小说中的县太爷是一个礼贤下士、想办实事的官员，他三顾茅庐去请当地的大儒于之乎出山做主管一切的主簿，“二人珠联璧合，将浩大的一个天津府治理得秩序井然”。但如今的县太爷遇到了一个大麻烦，这麻烦就是“接办洋务”，哪怕是精通《奇门遁甲》，哪怕是珠联璧合，他们面对洋人时竟手足无措。洋人开口打招呼，一声“哈罗”就把于之乎吓得“险些跌倒在地”。“哈罗”怎么会有如此大的威力？原来不是“哈罗”的威力大，而是于之乎想多了。这位大儒是按旧有思维，认为这是洋人发出的“夺命咒语”，于是他就要用《奇门遁甲》的六字真言“唵嘛呢叭咪吽”来破解洋人的咒语。于之乎自以为得计，却不料在与日本人交往时，被他们的照相机和镁光灯吓得魂魄都丢掉了，再也不肯当差理政，在手卷上写上“我要命”三个大字向县太爷辞职了。林希明显嘲弄和讥笑了中国传统文人在文化上的故步自封，在新型文化面前毫无招架之力。与此同时，深爱着天津的林希也痛惜地意识到了近代天津虽然领西风之先,但在观念上和文化上尚未做好经受西风吹拂的准备。因此，尽管天津发生了巨大变化,但这种变化只是被动的。《大太子列传》同样也是针对中国传统文化的糟粕进行批判的。小说揭示了近代天津的被动式变化,造就了一种藏污纳垢的文化生态。《"黑心我"心不黑》则写了成熟的天津，面对西方文化不再是被动式地接受了,它有了自主的文化,它有了独立的品格,这种自主性和独立性便体现在南苑大学的几位教授身上。林希的小说叙述亦庄亦谐，谐的成分更多一些，但当写到天津的自主性和独立性时,林希的叙述就多了庄重的成分。在庄重面前,大闲人"黑心我"也能觉悟起来,"幡然是一位新人了"。

林希就像是天津这座城市的一名特别史官,他在为天津写史立传,但他不像一般的史官那样专注于记录历史上发生的事件,而是准确记录下了天津的精神面貌和性格变化。你要了解天津是一座什么样的城市，天津人是什么样的品性，你就来读林希的小说吧。林希之所以能够做到这一点,当然离不开他对天津的熟悉、了解。他对天津可以说是钻研透了，他曾经对天津有过一段概括,他说:

> 天津地域文化在形成过程中,在兼容和吸纳了京都文化、燕赵文化和齐鲁文化的同时,也融入了江浙文化和闽粤文化。北方人的粗犷豪爽与南方人的精明干练，都对天津民俗的人文性格形成,产生了主要的影响。码头文化的流动性，赋予天津人更多的开放性和兼容性;

码头文化的竞争性，赋予天津人更多的危机意识和较强的求生意志；码头文化的多元特征，则赋予天津人更多的自由精神和适应能力。

…………

而且天津是一个平民城市，天津人安于做平民，而且安于世世代代做平民。天津人认为做老百姓最好，过小日子，是天津人最高的人生理想。

林希一直以小说的方式将他对天津的认识形象化地表现出来。

再次读到林希的新作，还有一个让我感触特别深的地方，那就是林希对自己文学观的坚守。读他的这四篇小说，还是过去的味道，林希没有变！今天的文坛，以求变逐新为最大目标，“变”与“新”也就成为评价作家作品的重要标准。求变逐新的确很重要，当代文学自新时期以来正是在求变逐新的刺激下取得了重大的进展，开创出一个五彩缤纷的文学世界。但是，在求变逐新的大趋势下，也出现一个不容忽视的问题，即一味把“变”与“新”视为评价标准，舍弃和否定了过去的一些有用的东西。林希并不被“新”所诱惑，他以不变应万变，坚持自己的风格，充分发挥自己的优势。这是我特别欣赏林希的地方。林希的“不变”自然首先表现在写作目标的不变上，他仍然像以往那样，通过自己的小说来展现天津这座城市的精神内涵，他依然是天津这座城市的特别史官。除此之外，他坚持讲好故事，坚守自己的语言风格，也是非常值得肯定的“以不变应万变”。

林希善于讲故事。他的小说好读，首先就在于他的小说具有充分的故事性。但在现代小说中，作家们不再看重故事性，甚至出现无故事的小说。在现代小说观念的影响下，许多作家在故事性之外，增加了更多的叙述元素，从而使得小说的表现空间得到充分的扩展。即使如此，林希仍然以自己的方式讲故事。《天津文学》二〇二三年刊发的这四篇小说基本上就是由故事构成的，人物形象也是在故事中丰满起来的。林希向人们展示了故事依然具有巨大的魅力。林希讲述故事的方式不断变化，比如《流浪汉麦克》是以一个细节为酵母，带动情节的发酵，使故事的容量不断扩展。这个细节就是麦克脚上所穿的一双法国名牌路威酩轩皮鞋。这双皮鞋首先发酵，生发出故事的开头：麦克在船上像乞丐一般捡漏捡到了一位富人偷情时遗弃下的一双皮鞋。由这个开头，皮鞋继续发酵，我们就看到，麦克凭着这双皮鞋被人视为身份高贵的人而住进了野鸡窝，出入各种高级场所，还被任命为一家洋行的副经理。最后，他在跟着天津人看热闹时被挤丢了这双名牌皮鞋，就只好又当他的流浪汉去了。以名牌皮鞋为酵母，不仅是讲述故事的需要，而且也紧扣了小说的主题。《大太子列传》则是借用了主仆故事的传统结构，让两个精明的仆人张三、李四左右着大太子的行动，更加彰显了大太子“四体不勤，五谷不分”的本性。在情节发展中，林希又加入相声抖包袱的手法，使故事更加妙趣横生。比如最大的一个包袱是大太子躲在青岛租界里，假装在德国的大学留学，于是便有人声称是他在德国时的同学,要与他共叙同窗友情。大太子为了不让自己假留学的丑闻泄露出去,只好忍痛开出一张大额支票。这四篇小说的故事都是跌宕起伏、奇峰突起,具有极强的可读性。

林希具有自觉的语言意识,这一点尤其可贵。我曾说过:“如果我们觉得一部文学作品缺乏文学性,往往问题就出在语言上;作家要提高自己作品的文学性,也就应该首先在语言上下功夫。但是,文学界一直以来缺乏清晰、坚定的语言意识。我所说的清晰、坚定的语言意识,是将语言置于文学性的核心地位之上的语言意识,是围绕着一个完整的文学语言体系而展开的语言意识。”

当我读到林希的新作时,就发现林希便是一位具有语言意识的作家,因为他会认真研究天津人的语言特点,并由此提炼出自己的语言风格。他以天津方言为基础,巧妙地运用了当地的俚语和口头禅,非常典型地体现了天津市民幽默和豪爽的个性。林希特别欣赏天津人的语言才能,欣赏对天津人的昵称“卫嘴子”。他说:“天津人说话表情活泼,话语幽默,语音动听,内容丰富。”他在这里概括了天津人的言说特点,同时他也以天津人的言说特点来确立自己的叙述特点。林希是以天津人的语言风格表现天津城市的精神内涵,二者本来就是互为表里的,是形式与内容的完美结合。可以说林希为自己的小说确立了一种最恰当的语言。这就点明了林希的津味小说为什么具有纯正的津味,因为他是用地道的天津话来叙说天津这座城市的特性。

林希再一次让我领略到津味小说的魅力。我觉得津味小说作为一种风格特别的小说,完全值得加以发展,因为天津人说话的底气一直很足，天津这座城市的个性也始终很强!我期待读到更多也更新的津味小说。